Eleanor Taylor Bland

Das Wolfsfell

Ein Marti-MacAlister-Krimi

Aus dem amerikanischen Englisch
von Helga Bilitewski

Orlanda Frauenverlag

Originaltitel: Slow Burn
St. Martin's Press, New York

Die Deutsche Bibliothek – CIP-Einheitsaufnahme
Bland, Eleanor Taylor:
Das Wolfsfell :
ein Marti-MacAlister-Krimi / Eleanor Taylor Bland.
Aus dem amerikan. Engl. von Helga Bilitewski.–
Berlin : Orlanda Frauenverlag 1995
(Orlanda-Krimi)
ISBN 3-929823-19-5
1. Auflage 1995

Redaktion: Karla Ewerhardy
Titelillustration: Mirta Domacinovic
Gestaltung: Barbara Zillmann
Konvertierung, Umbruch und Belichtung: Satzinform, Berlin
Druck: Clausen & Bosse, Leck

Dieses Buch widme ich:

Meiner Tante Alica Marchand, 16. März 1899 – 5. Juli 1992
Margaret Kaiser, 92 Jahre jung
Leonard Hogan, Held

Außerdem möchte ich Joe Nemmers, Chris Turek
und Tom Scott dafür danken, daß sie mir bei
meinem Jonglierakt geholfen haben.

Für die technische Unterstützung danke ich
Mark Blitstein, M. D.; Leo Delaney, Esq.; Erik Eberhard;
Charles Homberg, M. D.; Dorene Kuffer, Esq.;
Georgina Matthews; Louise Powell; Mike Quane;
Greg Schuenemann; Marietta Webb;

und ein besonderer Dank gilt Warren Wood,
Leiter des Lake Country Department of Planning,
Zoning and Environmental Quality, für seine
ganz spezielle Unterstützung.

Prolog

Als Janey aufwachte, befand sie sich wieder im Schrank. Etwas berührte ihr Gesicht. Federn. Das mußte das Kleid der Frau sein. Sie schob es beiseite. Der Boden war hart, und abgesehen von den schmalen Lichtschlitzen an den Türrändern war es dunkel. Dieser Schrank war nicht so klein wie der zu Hause. Er roch auch nicht nach Mottenkugeln. Sondern stank wie das Parfüm der Frau.

Sie hörte niemanden sprechen. Wo war die Frau? Sie begann zu zittern und konnte nicht mehr aufhören. Ihre Zähne klapperten. Sie zog einen Mantel herunter, um sich zuzudecken. Sie rollte sich zusammen und wünschte, sie wäre kleiner. Es war zu spät zum Angsthaben. Sie hätte Angst haben sollen, bevor sie in Chattanooga in den Bus gestiegen war.

Sie zog den Mantel von ihrem Gesicht weg, betrachtete die Kleider, die über ihrem Kopf hingen, und rutschte rückwärts, bis sie die Wand berührte. Tastend suchte sie den Boden nach Schuhen ab und nahm sich einen mit einem hohen, spitzen Absatz. Wenn die Frau sie wieder schlug, hätte sie wenigstens etwas zum Zurückschlagen.

Die Tür war abgeschlossen, aber sie mußte sich überlegen, wie sie fliehen könnte, wenn man sie wieder hinausließ. Am besten versuchte sie es, wenn die Frau allein kam. Wenn sie das nicht schaffte und der Mann nicht dabei war, würde die Frau sie wieder schlagen.

Wie sollte sie bloß wieder nach Hause kommen? Sie hätte niemals hierherkommen sollen. Sie wollte bei Maddie wohnen. Sie waren sich ähnlich, sie und Maddie, nicht so gerissen wie ihre anderen Schwestern. Sie hatte vorgehabt, bei Maddie in Chattanooga zu bleiben. Hätte sie das bloß getan! Dort war es sicher. Zwei Wochen hatte sie auf Maddies drei Kinder aufgepaßt, doch als sie das Geld bekam, hatte sie beschlossen, lieber woanders hinzufahren, als wäre sie nicht ganz dicht. Tiffany Lewis war letztes Jahr hier gewesen und ganz allein bis nach Chicago gefahren, wo sie einen Monat bei ihrer Tante geblieben und mit ein paar brandneuen Kleidern zurückgekehrt war, die anfangs keine ihrer Schwestern tragen durfte. Doch seit sie selbst hier war, hatte sie nur Probleme.

Sie verarschten sie, alle beide. Die Frau hatte sie verarscht, als sie sie herbrachte und so tat, als wollte sie ihr helfen, einen Job zu finden.

Jetzt verarschte sie der Mann, indem er so tat, als wollte er ihr helfen, wieder nach Hause zu kommen. Dafür müßte sie sich wahrscheinlich mit ihm hinlegen und sich von ihm anfassen lassen.

Ein Schlüssel drehte sich im Schloß, und die Tür ging auf. Das Licht war so hell, daß sie die Augen schließen mußte. Sie umklammerte fest die Schuhspitze.

»Komm raus da«, sagte die Frau.

Janey stand langsam auf und versteckte den Schuh hinter sich.

»Komm her.«

»Nein!«

Die Frau beugte sich in den Schrank, schob die Kleider beiseite, packte Janeys Arm und zog sie ins Schlafzimmer. Janey hob die Hand und schlug der Frau mit dem Absatz seitlich gegen den Kopf. Die Frau ließ sie los und fluchte.

Janey ließ den Schuh fallen und rannte los, aber die Frau hielt sie an den Haaren fest. Sie kam nicht einmal bis zur Haustür.

1

Als Detective Marti MacAlister die Lakeshore Klinik erreichte, war das Feuer gelöscht. Einige Schaulustige machten sich bereits auf den Weg, aber viele warteten mit verschränkten Armen und unterhielten sich in kleinen Gruppen. Die Kinder stampften mit den Füßen in den Wasserpfützen und lachten und schrien, als wäre es ein Straßenfest.

Marti boxte sich mit den Schultern durch die Menschenmenge, ohne sich als Sicherheitsbeamtin zu erkennen zu geben. Mit einer Größe von knapp einsachtzig und einem Gewicht von achtzig Kilo war sie das, was ihre Mutter als gesund bezeichnete. Die meisten Menschen gingen ihr eher aus dem Weg. Es war kurz nach acht. Die Scheinwerfer der Rettungsfahrzeuge erhellten den Abendhimmel. Selbst für den Monat Juli war der Abend heiß und feucht. Marti hatte sich eine frische Bluse angezogen, bevor sie das Haus verließ, und sie war schon wieder naß vor Schweiß.

Sie überquerte die gelbe Absperrung und stieg über die Wasserschläuche der beiden Feuerwehrwagen, die noch vor Ort blieben. Es würde mehrere Stunden dauern, bis sich das Gebäude abkühlte und die

Gefahr eines erneuten Aufflammens des Feuers vorbei wäre. Sie schaute sich um, ob ihr Kollege schon da war, aber sie sah ihn nicht. Ein Krankenwagen mit ausgeschalteten Scheinwerfern und verschlossenen Türen stand in der Nähe des zweistöckigen Gebäudes.

Der Geruch von Rauch und verkohlten Trümmern wurde stärker, als sie sich näherte. Die roten Ziegel über den Fenstern waren geschwärzt. Wasser lief in dünnen Strömen an den Fenstern hinunter. Glassplitter lagen auf dem Weg verstreut.

Ben Walker, ein Sanitäter, den Marti kannte, lehnte mit rußverschmiertem Gesicht am Krankenwagen. Seine Uniform war schmutzig. Walker war ein Bär von einem Mann – nicht dick, sondern einfach kräftig. Er hatte die Anmut großer Menschen, die sich behende bewegen und ihre Größe gewohnt sind. Marti konnte sich nicht vorstellen, daß er etwas so Kompliziertes tun konnte wie eine Infusion anlegen. Sein neunjähriger Sohn Mike war mit ihrem gleichaltrigen Sohn Theo befreundet.

Ben begrüßte sie mit einem trägen Lächeln, das von seinen Augen ausging. »Sie kommen spät, MacAlister. Ihr Kollege ist schon nach hinten gegangen. Er sollte heute abend nicht allzuviele Probleme machen. Der Experte für Brandstiftungen hier hat nicht sehr viel Geduld mit Leuten, die ihm erzählen wollen, wie er seine Arbeit erledigen soll.«

»Solche kleinen Dinge stören Vik nicht.« Mit einer Kopfbewegung deutete sie auf den Krankenwagen. »Glauben Sie, daß es drinnen noch ein weiteres Opfer gibt?«

»Nach Aussage des Arztes, dem diese Einrichtung gehört, hätte überhaupt niemand da drin sein sollen.«

»Ist er noch da?«

Ben zeigte mit dem Kopf auf das Gebäude. »Ich sah ihn nach hinten gehen. Er hat eine der Leichen für uns identifiziert. Eine der Empfangssekretärinnen.«

»In der Meldung hieß es, Sie hätten zwei weibliche Wesen gefunden. Wie schlimm waren ihre Verletzungen?«

»Sie hatten eine Rauchvergiftung. Die eine flüchtete sich in den Einbauschrank. Die andere lag auf einer Liege im Untersuchungszimmer. Die Türen waren geschlossen, und das Feuer breitete sich nicht in ihre Richtung aus. Es hätte mich nicht gewundert, wenn beide herausgekommen wären.«

»Jung? Alt?«

»Die Empfangssekretärin war zweiundzwanzig. Lateinamerikanerin. Ihre Mutter war schon fünf Minuten nach Ankunft der ersten Feuerwehrwagen da. Dann kam der Bruder, und sie wurden beide völlig hysterisch, bis er anfing zu hyperventilieren und die Mama über Brustbeschwerden klagte. Wir schickten sie ins Krankenhaus.«

»Und das andere Opfer?«

»Sie ist eine Schwarze und sieht wie zehn, zwölf Jahre alt aus. Sie war etwas merkwürdig gekleidet für einen Arztbesuch, aber bei der Mode heutzutage ...« Er zuckte die Schultern. »In dem Kleid hätte man sie schon gleich, als sie es anzog, in den Sarg legen können.«

Marti betrachtete die Mädchen hinter der Absperrung, die mit den Jungen, die um sie buhlten, flirteten. Das Schlimmste, was sie sich vorstellen konnte, war die Beerdigung eines Kindes.

»Sieht die Sache verdächtig aus?«

»Ein Brandstiftungsexperte untersucht den Fall gerade. Unten an der Treppe können Sie die Grenzlinie sehen. Das Feuer hat sich schnell ausgebreitet. Es zog von der Mitte des Gebäudes nach Osten. Der Westteil ist nicht betroffen.«

Der Haupteingang befand sich im Westteil. »Und dort wurden die Leichen gefunden?«

»Richtig.«

»Oben oder unten?«

»Die unteren Räume standen leer.«

Sie hätten also ein Stockwerk überwinden müssen. Vielleicht hätten sie es schaffen können.

»Wieviel Zeit hatten Sie?«

»Die Meldung kam um 6 Uhr 47. Doch es brannte schon fast das halbe Gebäude, als wir viereinhalb Minuten später eintrafen.«

»Ich würde gern wissen, warum die Opfer im Haus waren und der Arzt nicht.«

Ben grinste. »Ich bin sicher, daß Sie es herausfinden werden.«

Vik stand abseits vom Gebäude in der Gasse und sprach auf einen großen, dünnen Mann ein, der ihn zu ignorieren schien. Sie waren fast gleichgroß, aber Vik mit seinen einssechsundachtzig überragte ihn leicht.

Vik hatte die Angewohnheit, sich über andere Menschen zu beugen. Sein Gesicht besaß wegen seiner spitzen, nach einem Bruch gekrümmten Nase und seiner drahtigen Augenbrauen, die sich in alle

Richtungen zwirbelten, einen Zug von Grausamkeit. Unter seinen grauen Augen hatte er dunkle Ringe, die nicht von mangelndem Schlaf herrührten. Kinder gingen ohne zu zögern auf ihn zu, aber die meisten Erwachsenen fanden seine Erscheinung einschüchternd.

Der andere Mann blickte Marti an, als sie sich näherte, und trat dann beiseite.

»Der Arzt?« fragte sie Vik.

»Ja. Edwards. James Edwards.«

Sie betrachtete ihn, sagte aber nichts. Nach ein paar Sekunden drehte er sich zu ihr um. »Ja?«

»Detective MacAlister.« Sie zeigte ihm ihre Marke.

»Ich hoffe, Sie wollen jetzt nicht auch noch Fragen stellen. Nicht nach alledem.« Er deutete gestikulierend auf das Gebäude.

Er hatte eine Stimme, die sie eher bei einem Rundfunksprecher erwartet hätte. Eine gemäßigte Tonlage. Perfekte Aussprache. Kein Hinweis darauf, woher er kam. Wenn sie ihn gehört hätte, ohne ihn zu sehen, hätte sie sich niemals vorgestellt, daß seine Haut so glatt und so braun war wie der Eichentisch in ihrer Küche.

»Gut, daß Sie nicht da drin waren.«

»Niemand hätte da drin sein sollen.« Er stieß die Hände in seine Taschen. Seine Hose war braun und sauber.

»Warum nicht?«

»Teresa rief an und sagte, sie käme ein paar Minuten später.«

Marti wartete. Als er unaufgefordert nichts hinzufügte, fragte sie: »Um wieviel Uhr haben Sie sie erwartet?«

»Um sieben, Viertel nach sieben.«

Wieder wartete sie. »Um wieviel Uhr sind Sie heute weggegangen?«

Er sah sie mit einem verdrießlichen Ausdruck an. Sein Gesicht kam ihr irgendwie ökonomisch vor: schmale Nase, dünne Lippen, kleine, tiefliegende Augen. Seine Ohren standen ein wenig ab, wodurch er etwas weniger düster und streng wirkte. Er war nicht gesprächig. Jedenfalls nicht heute abend. Vielleicht lag es am Schock. Vielleicht am Kummer, wenn er die Empfangssekretärin gemocht und gut gekannt hatte.

»Wie lange hat Teresa für Sie gearbeitet?«

»Zwei Jahre.« Er wirkte wie hypnotisiert von der ausgebrannten Klinik.

»Um wieviel Uhr sind Sie heute weggegangen?« fragte sie erneut.

»Gegen sechs.«

»Und wann kamen Sie wieder her?«

»Als das Gebäude brannte.«

»Haben Sie die Feuerwehr gerufen?« fragte sie.

»Sie war schon da.«

Er hatte die Klinik für ungefähr fünfzig Minuten verlassen. Nicht sehr lange.

»Wo sind Sie hingegangen?«

»Ist das hier ein Verhör?«

»Ich bin vom Morddezernat. Ich muß wissen, wie die Opfer gestorben sind und, vielleicht, warum.«

Er trat ein paar Schritte rückwärts. Ohne sich umzudrehen sagte er: »Die elektrischen Leitungen und was auch immer möglicherweise die Ursache dafür war, wurden vor meinem Einzug überholt. Ich habe bis jetzt noch nicht darüber nachgedacht. Wie kann ich Ihnen helfen?«

»Hat es irgendeinen ungewöhnlichen Vorfall mit der Empfangssekretärin gegeben? Hatte sie einen Streit mit ihrem Freund?«

»Das weiß ich nicht. Ich habe Teresa heute abend nicht gesehen, aber am Dienstag schien es ihr gut zu gehen. Wir hatten zweimal wöchentlich eine Spätsprechstunde.«

»Was ist mit dem anderen Opfer?«

»Ich habe sie nie gesehen. Ich habe keine Ahnung, warum sie hier war. Ich habe nicht einmal eine Idee.«

»Und Teresa hätte auch nicht hier sein sollen?«

»Nicht so früh.«

»Wie kam sie rein?«

»Sie hatte einen Schlüssel.«

»Für den Haupteingang oder für die Hintertür?«

Er wirkte irritiert. »Sie hatte einen Schlüssel für beide Türen. Ich sollte jetzt wirklich ihre Mutter besuchen. Die arme Frau ist verzweifelt.«

Statt zu gehen, blieb er vor der Hintertür stehen und starrte auf das Gebäude.

2

Am Freitagmorgen, nach der Autopsie, gingen Marti und Vik die zwei Straßen vom Leichenschauhaus zum Revier zu Fuß. Sie arbeiteten in einem zweistöckigen, grauen Steingebäude in einem Komplex von Verwaltungsgebäuden im östlichen Teil der Stadt, nicht weit vom Lake Michigan.

»Wahrscheinlich ist das die einzige Tageszeit, in der man hier einen Parkplatz findet«, sagte Vik, als sie am Gericht und der Kreisverwaltung vorbeigingen.

Es war nach sieben.

»Wir haben gerade erst den Dienstappell verpaßt, und es ist bereits heiß«, klagte er. Er wischte sich die Stirn mit einem zerknitterten Taschentuch ab, das er unerwartet in seiner Tasche gefunden zu haben schien. »Eine feine Art, den Tag zu beginnen. Es wäre nett, wenn Janet Petrosky die Termine nicht so früh legen würde. Die halbe Nacht ist man wegen des Feuers auf den Beinen, dann vier Stunden Schlaf, bis der Wecker klingelt ...«

Als Marti und Vik anfingen zusammenzuarbeiten, hatte Marti geglaubt, er sei so schroff, weil er keine weibliche Kollegin haben wollte, die auch schwarz war. Jetzt wußte sie, daß das nicht persönlich gemeint war; Vik war fast immer mürrisch. Sein Verhalten störte sie nicht besonders, weil sie mit jemandem arbeiten wollte, der ihr nicht zu nahe kam oder Fragen stellte, warum sie eine besser bezahlte, höhergestellte Position bei der Chicagoer Polizei aufgegeben hatte, um mit ihren beiden Kindern und dem Hund hierherzuziehen. Sie sprach nicht gern über ihren Mann Johnny, dessen Tod der Grund für die Veränderung gewesen war.

Vik lockerte seinen Schlips. »In diesem Jahr sind bereits drei, vier Kinder gestorben, weil sie mit Streichhölzern gespielt haben. Und jetzt das noch. Zumindest starb dieses Mädchen nur an einer Rauchvergiftung.«

Marti hatte den kürzeren gezogen und deshalb die Aufgabe gehabt, die Autopsie des nicht identifizierten Opfers zu beobachten. »Meins hat sich nicht von der Liege erhoben. Hat nicht einmal versucht wegzulaufen, nichts. Lag einfach da und starb«, berichtete sie.

Das Mädchen hatte eine hellbraune Hautfarbe, ein zartes Gesicht und naturglattes Haar. Ein hübsches Kind. Klein für ihr Alter. Sie war ganz in Weiß gekleidet gewesen, von den Patentlederschuhen bis zu dem Spitzenband an der Spange in ihrem Haar.

»Das Mädchen war im zweiten Monat schwanger und selbst noch ein Kind. Zwölf Jahre laut Doktor Cyprian. Sie hat keine Ähnlichkeit mit den vermißten Personen, deren Beschreibung im letzten Monat oder so über meinen Schreibtisch gegangen ist.«

Marti versuchte, nicht daran zu denken, wie dünn das Mädchen gewesen war, oder an die blauen Flecken und Verletzungen, die auf körperliche und sexuelle Mißhandlungen hingewiesen hatten. Sie hatte zehn Jahre bei der Polizei in Chicago gearbeitet, bevor sie vor etwas über einem Jahr sechzig Meilen nördlich nach Lincoln Prairie gezogen war. Dort hatte sie in einer Woche oft mehr Autopsien beigewohnt als hier in einem Monat. In Chicago hatte sie viel mehr tote Kinder gesehen, aber damals hatte sie sie besser verdrängen können. Vielleicht verminderte sich die Wirkung durch die Masse. Hier war es viel schwieriger, ihre Gesichter zu vergessen und wie sie gestorben waren.

»Das Martinez-Mädchen sah fast so aus, als würde es schlafen«, sagte Vik. »Bei ihr können sie den Sargdeckel offenlassen.«

»Kein Toter sieht aus, als würde er schlafen, finde ich. Tot ist tot«, erwiderte Marti. Vor Johnnys Tod war es für sie etwas anderes gewesen, wenn sie die Leute nicht kannte. Jemanden zu verlieren, den man liebte, war bis dahin etwas gewesen, was anderen passierte. Johnny hatte auch bei der Polizei in Chicago gearbeitet. Durch seinen Tod hatte sich ihre Betrachtungsweise der Morde, mit denen sie seitdem zu tun hatte, verändert. Wenn hier vielleicht etwas mehr los wäre ... »Manchmal geht hier alles zu langsam.«

»Wollen Sie noch ein paar Feuer, MacAlister? Einen Brandstifter von der wahnsinnigen Sorte? Noch ein halbes Dutzend tote Kinder?« Er trat gegen einen Pappbecher auf dem Weg.

Eine hüfthohe Steinbrüstung umgab diese Seite des Kreisverwaltungsgebäudes. Zwischen den immergrünen Hecken, die dort gepflanzt waren, wuchsen Petunien im Überfluß.

Vik riß eine Handvoll strahlend rosa Blüten ab. »Es hört sich so an, als wäre die Martinez ein artiges Mädchen gewesen«, sagte er. »Ging jeden Sonntag zur Messe und zur Kommunion. Wohnte bei ihrer Mutter. War verlobt mit dem Freund ihres älteren Bruders. Sie wollte im Dezember heiraten.« Er zerdrückte die Blüten und warf sie auf den Weg. »Wollen wir im Barrister frühstücken gehen?«

Der Gedanke an Essen kostete sie nach einer Autopsie immer wieder Überwindung.

»Schwedische Waffeln?« schlug er vor.

Der puertoricanische Polizist, mit dem Marti in Chicago gearbeitet hatte, war nach der Autopsie immer scharf auf Sushi gewesen. Vik schlug immer etwas vor, was man mit Sirup aß. »Ich frage mich, ob die Hirn mit Eiern haben«, sagte sie.

»Schweinehirn oder Rinderhirn?« fragte Vik.

»Ich weiß es nicht genau. Mein Vater hat das immer gegessen. Beides wird erst verrührt und dann in Butter gebraten.« Ihr Magen machte eine leichte Drehung.

»Wie sieht das aus?«

»Irgendwie grau, wenn es gar ist. Schmeckt vielleicht gut mit Erdbeersirup.«

Als sie die Ecke erreichten, ging Vik weiter zum Revier, ohne einen Blick auf das Barrister am Ende der Straße zu werfen. Es war das erste Mal, daß sie ihn vom Essen abhalten konnte. Sie versuchte, nicht zu lächeln.

Den ganzen Morgen lang überprüften sie jedes Haus und jedes Geschäft, das im Radius von zwei Querstraßen von der Klinik entfernt war, und kamen ohne Ergebnis zurück. Unerschrocken befragten sie die engsten Freunde von Teresa Martinez und Carmen Rodriguez, die an den Abenden in der Klinik einsprang, wenn Teresa nicht arbeiten konnte. Das einzige, was sie herausfanden, war, daß es keine Probleme zwischen Teresa und ihrem Freund gegeben hatte und daß sie anscheinend gern mit ihrer Mutter und ihrem Bruder zusammen wohnte. Teresas Schwester brach schon nach wenigen Minuten in Tränen aus.

»Verdammte Zeitverschwendung«, schimpfte Vik hinterher.

»Teresa klang wie eine Kandidatin für die Heiligsprechung.«

»Zumindest für die Seligsprechung«, pflichtete Vik ihr bei.

Marti fragte nicht, was das bedeutete.

Als sie aufs Revier zurückkehrten, trafen sie sich mit dem Lieutenant. »Dirty« Dan Dirkowitz hatte seinen Spitznamen bekommen, als er noch Verteidiger im Footballteam der Southern Illinois University Salukis war. Er hatte die Statur, die für diese Position erforderlich war, und sah typisch amerikanisch aus: groß, blond und muskulös. Marti mochte ihn, weil er immer davon ausging, daß sie kompetent war, und nie irgendwelche Bemerkungen über die Unterschiede zwischen männlichen und weiblichen Polizisten machte wie ihr früherer Vorgesetzter in Chicago.

Das Büro des Lieutenants war doppelt so groß wie das, welches Marti und Vik sich teilten. Er hatte hauptsächlich einen Ausblick auf den östlichen Teil der Stadt und ein Stückchen vom Lake Michigan. Der Fußball auf seinem Schreibtisch lag so, daß sie das Autogramm sehen konnte, als sie sich setzte: Mike Ditka. Der einzig andere interessante Gegenstand auf dem Schreibtisch war eine entschärfte Handgranate. Dans ältester Bruder war in Vietnam gefallen. Johnny hatte auch dort gedient.

»Was haben Sie herausgefunden?« fragte Dirkowitz.

»Nichts«, sagte Vik. »Keine Verdächtigen, kein Motiv. Wenn sich der Experte für Brandstiftungen etwas beeilt, haben wir den Bericht vielleicht innerhalb der nächsten sechs Monate. Daraus könnten wir mehr erfahren.«

»Montagmorgen«, versprach Dirkowitz. »Mit Ausnahme der Laboranalyse – die braucht länger.« Er war gerade über dreißig, sah aber noch jünger aus, als er sich mit den Fingern durch das exakt geschnittene blonde Haar fuhr. »Ich brauche in diesem Fall eine baldige Festnahme.«

Da die Empfangssekretärin Lateinamerikanerin und das nicht identifizierte Opfer eine Schwarze waren, machten die örtlichen Vertreter der beiden Minoritäten Lärm. Marti haßte diese Art von Druck, insbesondere wenn die Zeitung daran beteiligt war.

»Wie laut sind sie schon geworden?« fragte sie.

»Noch ist niemand feindselig gestimmt.«

Sie entspannte sich.

»Ich frage mich, ob Vern Halloran und seine Lebensschützer-Gruppe dahintersteckt«, sagte Vik. »Der Arzt, dem die Einrichtung gehört, führt im Lincoln Prairie Krankenhaus Abtreibungen durch. Sie haben vor der Klinik seit Mitte Mai Broschüren verteilt.«

»Wir wollten Reverend Halloran heute nachmittag befragen«, sagte Marti, »aber er war bei einer Protestveranstaltung gegen die Wiederaufnahme von Abtreibungen im Cook County Hospital. Auf einem der Fotos von gestern abend ist ein Teil vom vorderen Kotflügel eines weißen Kleinwagens zu sehen. Halloran besitzt einen weißen Escort, der von den Beamten, die die Verteilung der Broschüren beobachteten, in der Nähe der Klinik gesehen wurde. Die Marke des Autos auf dem Foto konnten wir noch nicht feststellen.«

Der Lieutenant spielte mit der Handgranate. »Er wohnt in dieser Gegend. Ich glaube nicht, daß Halloran hier diese Art von Publicity haben möchte. Dank einem Vorstandsmitglied des Diakonats hat die News Times die Sache mit den Broschüren ignoriert und in die andere Richtung geschaut, als das Krankenhaus bestreikt wurde. Ich habe das Gerücht gehört, daß sie den Streik abgebrochen haben, weil die Krankenhausleitung ihre Abtreibungspolitik ändern will.«

»Die eigentliche Frage ist die«, sagte Marti, »warum sie Dr. Edwards ausgesucht haben. Er ist nicht der einzige Arzt, der Abtreibungen durchführt.«

»Ein weiterer möglicher Verdächtiger ist Edwards selbst«, bemerkte Vik. »Auch wenn die Ärzte anscheinend reicher sind als Rockefeller, sind es oft die Eigentümer selbst gewesen, wenn so ein Geschäft in die Luft geht, oder sie haben jemanden dafür bezahlt.«

»Was ist mit dem anonymen Anruf, der auf der Sondernummer einging?« fragte Dirkowitz. »Wenn da etwas dran wäre, hätten wir einen großen Erfolg.«

»Der Hinweis auf R. D.?« höhnte Vik.

»Ja, Reginald Davies«, bestätigte der Lieutenant. »Zuhälter und Drogenhändler«, er zog den Zünder der Granate, »Dreck, den ich hier nicht haben will.«

»Wir haben das an die Sitte weitergeleitet«, sagte Vik. »Soll sich jemand mit ihm befassen, den er kennt.«

»Wir wollen keinen Staub aufwirbeln«, fügte Marti hinzu. »Er soll lieber nicht glauben, daß wir uns ernsthaft für ihn interessieren, ehe wir nicht handfeste Beweise haben. Meistens hält er sich in Chicago auf, obwohl er auch noch das Haus drüben in Greenview hat.«

»Und dann haben wir noch die nicht identifizierte Minderjährige.« Der Lieutenant ließ die Granate auf die Schreibunterlage fallen und signalisierte damit das Ende der Besprechung. »Halten Sie mich auf dem laufenden. Die Minderjährige macht mir Sorgen. Es gefällt mir nicht, was ich im Zwischenbericht des Leichenbeschauers lese. Wir befinden uns genau zwischen Chicago und Milwaukee. Weiß Gott, wieviele Kinder auf dem Weg nach Norden hier durchkommen. Und sie können dabei in verdammt viele Schwierigkeiten geraten. Ich will diese Art von Schwierigkeiten hier nicht haben.«

Im Fahrstuhl sagte Marti zu Vik: »Ich sehe mich noch mal in der Klinik um, bevor wir den Bericht von den Brandexperten bekommen.«

Funkelnd sah er sie an. Sie wußte genau, was er dachte: Intuition. »Polizeiarbeit ist Männerarbeit«, hatte er an ihrem ersten Arbeitstag gesagt. »Wir arbeiten hier professionell. Wir haben keine illegalen Waffen bei uns, und wir ziehen nicht beim kleinsten Anlaß die Pistole. Wir überzeugen. Wir bleiben ruhig und gelassen. Wir ermitteln und lassen unseren gesunden Menschenverstand und unsere Urteilskraft nicht durch so unzuverlässige Faktoren wie Intuition beeinflussen.«

Er wirkte jetzt etwas irritiert, als sie lachte. Dann murmelte er gerade so laut, daß sie es hören konnte: »Großstadtcop.« Aber das war sie jetzt nicht mehr.

3

Am Samstagmorgen nach dem Dienstappell fuhr Marti in die ausgebrannte Klinik. Vik begleitete sie. Die Hitze hielt unvermindert an, und beide hatten in den letzten beiden Nächten nicht viel Schlaf bekommen. Nach der gestrigen Besprechung mit dem Lieutenant hatten sie beide jeweils fünf Mitglieder von Reverend Hallorans Lebensschützer-Gruppe aufgesucht. Die Mitglieder waren ohne Ausnahme überzeugt davon, daß sie mit der Demonstration vor der Klinik Gottes Werk dienten. Niemand konnte jedoch einen Grund nennen, warum gerade diese Klinik ausgesucht worden war, außer daß die Patienten arm waren und daß die Armen leicht verführt und ausgebeutet werden konnten. Marti konnte sich ihrer Logik nicht anschließen. Sie verstand sie nicht einmal.

Als sie bei der Klinik vorfuhr, sah sie, daß Ben Walker auf sie wartete. Sie fragte sich, ob er freiwillig entschieden hatte, sie herumzuführen, oder ob er dazu beauftragt worden war. Am Abend des Feuers hatte sie es vermeiden können, irgendwelche persönlichen Gespräche mit ihm zu führen, aber heute würde es schwieriger sein.

Ben wollte mit den Jungen in der übernächsten Woche einen Campingausflug machen, und sie war nicht sicher, ob sie wollte, daß Theo mitfuhr.

Die Klinik war mit Brettern vernagelt und mit Warnhinweisen versehen worden. Ein bitterer, beißender Geruch erfüllte die Luft.

Ben kam zu ihnen geschlendert. »Wir müssen durch den Nebeneingang gehen.« Er ging ihnen voran. »Der Inspektor sagt, für eine kurze Besichtigung sei es sicher genug.«

Der rauchige Geruch durchdrang die wassergetränkten Wände, Decken und Fußböden in dem dunklen, engen Raum. Eine klebrige Schicht feuchten Rußes bedeckte alle Flächen. Irgendwo hörte man Wassertropfen laut und gleichmäßig fallen. Marti fühlte, daß der Boden, der sich an manchen Stellen verzogen hatte, unter ihrem Gewicht nachgab, und hatte ein unbehagliches Gefühl.

Ben folgte ihrem Blick nach unten. »Der Raum ist unterkellert«, sagte er. »Der Boden ist fest.« Er schaltete seine Taschenlampe an, so daß ein Lichtkegel entstand. »Dort können Sie die Grenzlinie in der Nähe der Treppe erkennen.«

Da, wo die Treppe gewesen war, klaffte ein Loch, und aus dem zweiten Stock hing ein metallenes Treppengeländer herunter.

»Um das Feuer zu entfachen, wurde Alkohol benutzt. Die Gießspuren reichen von der Treppe bis zu einem Meter vor dem Hinterausgang. Die stärkste Konzentration befindet sich am Ende der Treppe«, erklärte Ben. Er wirkte so gelassen, als bestünde keine Gefahr, daß die wasserdurchtränkte Decke jederzeit auf sie herabfallen oder der Boden unter ihnen nachgeben könnte. »Das Feuer brach neben der Tür aus und breitete sich nach oben aus. Es zog nach Osten, und abgesehen von dem Rauch und dem Wasser blieb die westliche Seite unbeschädigt. Der Brandstifter muß weit weg vom Punkt der Zündung gestanden haben. Die Stichflamme war zu hoch. Wahrscheinlich stand er an der Tür und warf eine brennende Schachtel Streichhölzer hinein. Dann schloß er die Tür. Dadurch hatte er Zeit genug, um zu flüchten, bevor das Feuer draußen bemerkt wurde. Und außerdem war er schlau genug, um sich nicht selbst in Brand zu setzen.«

»Wie lange brannte das Feuer schon, bis Sie hier eintrafen?« fragte Marti.

»Sie müssen den Bericht abwarten. Inoffiziell ungefähr zwanzig Minuten.«

Marti drehte sich zu Vik um. »Der Doktor sagte, er sei gegen sechs gegangen. Das Feuer brach etwa dreißig Minuten später aus. Edwards kam ungefähr um zehn vor sieben zurück. Er hatte die Martinez erst später erwartet, zwischen sieben und viertel nach sieben. Ich vermute, daß Teresa Martinez normalerweise zur selben Zeit wie er gekommen wäre.«

»Genau die Art von Fall, die ich mag«, sagte Vik. »Völlig unkompliziert. Entweder haben wir es mit jemandem zu tun, der den Zeitplan nicht kannte, oder mit jemandem, der ihn kannte und nur das Haus abbrennen wollte, oder mit jemandem, der dafür sorgte, daß das kleine Mädchen hier war, damit er es umbringen und so tun konnte, als wäre es ein Unfall gewesen ...«

»Ich weiß«, pflichtete sie ihm bei. »Eine Möglichkeit von tausenden. Wir wollen ja nicht, daß dieser Fall langweilig wird.«

»So wie das Feuer gelegt wurde, wäre es vom Sauerstoff direkt nach oben getragen worden, wenn dort jemand zur falschen Zeit eine Tür geöffnet hätte«, sagte Ben.

»Dann haben wir es also entweder mit einem schlauen Täter zu tun oder mit jemandem, der Glück hatte«, sagte Vik.

»Das kann ich Ihnen nicht sagen. Es liegen zur Zeit drei verdächtige Brandfälle vor, und wir sind froh, daß wir nach drei verschiedenen Brandstiftern suchen und es sich um keinen Serientäter handelt.« Ben zog mit der Taschenlampe einen großen Bogen. »Meistens geht es immer um dasselbe, daß jemand sein Geschäft anzündet, weil er pleite ist, oder daß er aus Rache ein Feuer legt. Dieses Feuer brach nicht an einer Stelle aus, wo man davon ausgehen kann, daß damit die Unterlagen des Doktors oder seine Geräte zerstört werden sollten. Das deutet normalerweise darauf hin, daß der Eigentümer das Feuer selbst gelegt hat, auch wenn man nicht vorhersagen kann, was das Feuer anrichtet, wenn es erstmal brennt.«

Er richtete den Lichtkegel auf die Hintertür. Sie war mit einem Riegelschloß versperrt, für das man auf beiden Seiten einen Schlüssel brauchte. Marti prüfte den Fußboden, zögerte, als er knarrte, und ging dann vorwärts, um die Tür auf Einbruchspuren zu untersuchen. Es gab keine. Teresa hatte Schlüssel für die Vorder- und Hintertüren gehabt. Hatte sie die Hintertür etwa offengelassen?

»Und«, sagte Ben, »das ist auch inoffiziell: alle Schlösser wurden vor zwei Wochen ausgewechselt, weil ein Schlüsselbund verlorenging.

Der Schlüssel am Bund der Martinez, der mit ›Vordertür‹ bezeichnet war, paßte nicht ins Schloß. Das wird dann auch im Bericht stehen.«

Also, selbst wenn Teresa es die Treppe hinunter geschafft hätte, wäre sie nicht hinausgekommen.

»Danke«, sagte Marti.

»Nach Aussage des Doktors befindet sich der Wandschrank, in dem der Alkohol gelagert wurde, hier«, erklärte Ben. Er ging zu der Wand in der Nähe der Stelle, wo das Feuer ausgebrochen war. Bei jedem Schritt ächzte und stöhnte der Fußboden.

Marti mußte sich dicht neben Ben stellen, um einen Blick in den Vorratsschrank werfen zu können. Sie bemerkte, daß er sich rasiert hatte, bevor er gekommen war. Als sie in den Schrank schaute, atmete sie einen Hauch Limonenduft ein.

»Das sieht nach einem Hausmeisterschrank aus«, sagte Ben. Der Besen hatte Plastikborsten, die in der Hitze nicht geschmolzen waren. In einem Eimer lag ein dicker, schwerer Scheuerlappen. Auf einem Haken neben der Kehrschaufel hing ein Fuchsschwanz. Die Toilettenpapierrollen waren vom Wasser durchtränkt, und der saure Geruch von feuchten Wischlappen hing in der Luft. »Ich kann Sie nicht nach oben führen, aber über diesem Schrank befindet sich noch einer.«

Er zeigte auf den Grundriß und deutete nach oben, als er erklärte, wo die beiden Mädchen gefunden wurden. »Es gab da noch einen Raum, der als Lager benutzt wurde. Der Doktor erzählte dem Ermittler, daß er ihn zur Aufbewahrung chirurgischer Geräte benutze, die er beim Umzug aus Chicago mitgebracht habe. Er sagte, er habe sie verkaufen wollen, hätte aber nicht die Zeit gehabt, sich darum zu kümmern.«

»Wissen Sie viel über ihn?« fragte Marti.

»Eigentlich nicht. Das hier ist die einzige Frauenklinik in der Gegend, seit die andere, ungefähr sechs Straßenzüge weiter, vor ein paar Jahren geschlossen wurde. Sie war größer und besaß auch eine pädiatrische Abteilung.«

»Und jetzt gibt es gar keine mehr«, sagte Vik. »So eine Schande.« Er trat einen Schritt zurück. Holz splitterte. »Verdammte Scheiße noch –« Sein Fuß versank, und er erstarrte, wagte nicht, sich zu bewegen.

»Jessenovik«, sagte Marti. »Sagen Sie bloß nicht, daß Sie mit dem

Fuß feststecken. Während Sie noch über das eine Unglück reden, wartet schon das nächste auf Sie.«

Ben ging auf ihn zu, prüfte den Boden bei jedem Schritt und blieb kurz vor ihm stehen. »Versuchen Sie, den Fuß herauszuziehen.«

»Er ist festgeklemmt«, murmelte Vik.

»Versuchen Sie, den Fuß aus dem Schuh zu ziehen.«

Marti beobachtete ängstlich, wie Vik sich bückte, in das Loch griff und herumhantierte. Nach wenigen Minuten hatte er seinen Fuß befreit, nicht aber seinen Schuh. »Verdammt.« Es dauerte eine Weile, bis er die Tür erreichte, und er wirkte unbeholfen mit nur einem Schuh.

Als er in Sicherheit war, fragte er: »Was ist mit den Rauchmeldern – in der News Times steht, sie hätten funktioniert. Stimmt das?«

»Sie funktionierten«, antwortete Ben. »Das Mädchen ist nur in Panik geraten. Sie hätte die Vordertreppe hinunterlaufen können.«

»Mit einem Schlüssel, der nicht ins Türschloß paßte«, erinnerte Marti die beiden. Sie blickte sich noch einmal um. Sie war wütend. Vielleicht lag es am Geruch oder am Ausmaß des Schadens. Vielleicht lag es auch am Gedanken an die panikerfüllte junge Frau, die keinen Weg nach draußen gefunden hatte. Sie ging vorsichtig zur Tür und vermied sorgfältig die Stelle, wo Vik mit dem Fuß in den Boden eingebrochen war.

Ben kniete sich hin und wühlte mit der Hand unter den Fußbodendielen. Er brauchte keine Minute, um Viks Schuh zu befreien. »Er muß irgendwo abgewischt werden«, sagte er und reichte ihn Marti.

»Danke«, sagte sie und blinzelte in dem hellen Sonnenlicht, als sie nach draußen kamen. Sie wollte sagen: »Ich bin Ihnen etwas schuldig«, zögerte aber, als sie an den Campingausflug dachte.

»Die beiden Feuerwehrwagen sind im Einsatz«, sagte Ben. »Ich war mit dem Dienst fertig, darum hatte ich Zeit herzukommen.« Er lächelte mit einem breiten Grinsen, so daß sich die Lachfalten um seine Augen zusammenzogen. Er könnte ihr sehr gut gefallen, wenn sie es wollte.

Marti hielt vor Viks Haus an, damit er die Socken wechseln konnte. Als sie ins Revier zurückkamen, zog sie eine andere Bluse an, die sie von zu Hause mitgebracht hatte. Jetzt haftete nur noch ein leichter Rauchgeruch an ihrer Kleidung, aber sie hatte die Erinnerung nicht nötig.

Sie und Vik teilten sich mit zwei Cops vom Sittendezernat ein Eckbüro im zweiten Stock. Obwohl es mit den vier Schreibtischen eng im Raum war, wirkte er nach dem fensterlosen Zimmer, in dem sie in Chicago gearbeitet hatte, luftig und geräumig. Die Fenster, die sich über zwei Wände erstreckten, boten einen Blick auf das Gericht und das neue Gefängnis auf der anderen Straßenseite. Wenn sie sich Zeit nahm, konnte sie eine Straße weiter die Wipfel einer Gruppe von Bäumen erkennen. Eine schlaffe, braune Kletterpflanze, die jemand eines Abends auf dem Fensterbrett hatte stehenlassen, lebte jetzt von einer Diät aus kaltem Kaffee und warmer Limonade.

Die Cops vom Sittendezernat, Slim und Cowboy, hatten die Wände dekoriert, bevor Marti dem Team beitrat. Posters und Pin-ups waren nicht gestattet, aber Kalender. Einer, der im Dezember aufgeschlagen war, zeigte ein fast nacktes Modell, das ein Funkgerät zwischen den herabhängenden Brüsten hielt. Ein anderer Kalender, der im Februar aufgeschlagen war, zeigte eine vollbusige Brünette, die wollüstig eine Smith & Wesson betrachtete. Der einzige Kalender, der den aktuellen Monat anzeigte, war der kleine auf ihrem Schreibtisch, den ihr Sohn Theo an Eisstielen befestigt hatte. Im Gegensatz zu ihren Schubfächern war ihre Schreibtischplatte aufgeräumt, und es befanden sich nur wenige Dinge darauf: der Kalender; ein Schnappschuß von ihr, Johnny, Theo und Joanna, der vier Monate vor Johnnys Tod aufgenommen worden war; ein leuchtend blauer Tonbecher, den Joanna gemacht hatte; und ein Bleistiftbehälter von Theo – eine mit weiteren Eisstielen beklebte Limonadendose, die mit einem Bild von Bigfoot, ihrem Hund, verziert war.

Marti und Vik waren noch keine fünf Minuten im Büro, als sie schwere Stiefel in den Raum trampeln hörten, gefolgt von dem intensiven Duft nach Obsession for Men. Ohne von ihrem Bericht aufzusehen, sagte Marti: »Ich hoffe, Sie haben uns etwas Neues und Aufregendes über Reginald Davies zu erzählen, Cowboy. Und Sie auch, Slim.«

Cowboy schlenderte zu Viks Schreibtisch. »Habt ihr beiden in eurem Fall noch keine Spur gefunden, oder was?« fragte er schleppend.

Slim stellte eine Schachtel mit Pfannkuchen neben die Kaffeekanne und nahm sich einen, der mit Marmelade gefüllt war. »Von wegen Relikte. Vik mag vielleicht älter als der Lake Michigan sein, aber bei Marti spielt das Alter doch keine Rolle.« Mit den Fingerspitzen strich er über ihr Haar.

Sie blickte zu ihm auf, sah die zu einem Lächeln verzogenen Lippen, die seinem hellbraunen Gesicht einen unschuldig süßen Ausdruck verliehen. Sie hatte nie bei der Sitte gearbeitet und es auch nie gewollt, da sie nur wenige Sittenpolizisten kannte, die nicht gleichzeitig Zyniker und Charmeure waren.

Sie hustete, als würde sie an dem starken Duft nach Obsession ersticken, und wedelte mit dem Arm. »Es gibt einen feinen Unterschied zwischen gut riechen und stinken, Slim. Sie neigen heute eher zum Stinken.«

Slim lächelte unbeirrt. »Sie haben es also bemerkt.«

»Was haben Sie über R. D. herausgefunden?«

»Er hat ein Alibi«, berichtete Cowboy. »Und zwar ein so verdammt gutes Alibi, daß man sich fragt, warum er eins braucht.«

»Er war im Esperanza«, erklärte Slim. »Dem mexikanischen Restaurant in der Websterstreet, nicht weit vom Jefferson.«

»Er aß Tamales und trank drei Stunden lang Sangria«, fügte Cowboy hinzu. »Die ganze verdammte Zeit über, als die Klinik brannte, und zwar schon eine Stunde vorher und eine Stunde nachher.«

»Das klingt, als bräuchte der Mann ein Alibi«, stimmte Slim zu. »Er hat sogar sieben Zeugen dafür. Wir dachten, wir hätten den Kerl, von gelegentlichen Besuchen abgesehen, aus der Stadt vertrieben. Jetzt sieht es so aus, als müßten wir ihn einsperren.«

»Bis jetzt ist es Ihnen aber noch nicht gelungen«, beschwerte sich Vik. »Und Sie hatten genügend Gelegenheiten.«

»Was soll ich sagen?« entgegnete Slim. »Der Mann ist einfach gerissen.«

»Er verlangt eine Menge Loyalität«, sagte Cowboy. »Es müssen nicht nur ein oder zwei Leute für ihn lügen, sondern sechs oder sieben. Wir haben es ihm allerdings so schwer gemacht, hier mit seinen Huren und Drogen ins Geschäft zu kommen, daß er seine Aktivitäten nach Chicago verlagert hat.«

»Wo er besser auch bleibt.« Slim lächelte Marti an und nahm sich einen weiteren Pfannkuchen.

»Ich habe eine tote Minderjährige«, erinnerte sie die beiden. »Glauben Sie, daß er damit etwas zu tun hat?«

»Wir haben ihn hauptsächlich wegen der Minderjährigen verfolgt«, erwiderte Cowboy. »Ich glaube, er hat diese beiden jungen Frauen, die er immer bei sich hat, wenn er herkommt, mehr oder weniger aufgezogen.«

»Linda, die eine der beiden, ist hier geboren«, erklärte Slim. »Das ist die, die sich die bunten Farben ins Haar sprayt. Die andere heißt Glodine.«

Marti kannte Linda schon. Sie färbte ihr Haar nicht – vielleicht war ihr das zu dauerhaft , sondern machte sich immer grellbunte Strähnen in Rot, Gelb und Blau, so daß das von Natur aus schwarze Haar hindurchschimmerte. Ihre Kleidung wählte sie passend zum Haar aus oder umgekehrt.

»Wie lange ist Linda schon bei ihm?« fragte Marti.

»Vermutlich seit sie zwölf war«, sagte Slim. »Sie war ein richtiger Teufel und hatte von Anfang an Schwierigkeiten in der Schule. Mit elf führte sie bereits eine Bande von Ladendieben an, und sie war die Jüngste von ihnen. Angeblich schickte ihre Mutter sie daraufhin zu Verwandten, aber genau zu der Zeit zog R. D. nach Chicago um. Ich wette, daß sie mit ihm ging.«

»Dann steht er also auf junge Mädchen«, stellte sie fest.

»Anscheinend ja. Er war mit einem Mädchen aus dieser Gegend verheiratet, das er von der Straße geholt hatte, aber sie haute hier ab, als ihre beiden Töchter acht und zehn Jahre alt waren. Es heißt, R. D.'s Mutter habe ihr geholfen, von ihm loszukommen. Seine Frau war seit ihrem dreizehnten Lebensjahr mit ihm zusammen gewesen, darum hatte sie vielleicht einen guten Grund, ihn zu verlassen – nämlich um ihre eigenen Kinder zu schützen. Wir konnten R. D. nie etwas nachweisen. Er treibt sich mit einem Kerl namens Brick herum. Ein Schläger, Bodyguard oder was auch immer. Brick war Ringkämpfer im Staat Illinois. Und Jurastudent. Als wir R. D. einmal verhafteten, war er von Brick oder jemand anderem so gut vorbereitet worden, daß er sich für schlau genug hielt, ohne Anwalt auszukommen.«

»Darum haben wir ihn so lange belästigt, bis er die Stadt verließ«, grinste Cowboy.

»Was ist, wenn er für eine Weile zurückgekehrt ist?« fragte Marti.

»Er wird nicht lange bleiben«, versprach Cowboy.

»Er wird überhaupt nicht bleiben, wenn er Minderjährige in die Stadt mitbringt«, pflichtete Slim ihm bei.

Sie glaubte ihnen.

4

Nach dem Mittagessen beschloß Marti nachzuschauen, ob Reverend Halloran zu Hause war. Vik lächelte, als sie in ihren Zivilwagen stiegen.

»Mein Vater und seiner waren befreundet«, sagte er.

»Vik, Sie kennen wohl aus fast jeder zweiten Familie in Lincoln Prairie einen! Mit neunzigtausend Einwohnern ist das nicht gerade eine kleine Stadt.«

»Aber früher war sie es einmal. Da gab es nur eine Highschool, so wie es jetzt wieder eingeführt werden soll. Da kannte man zwangsläufig eine Menge Leute, und die meisten von ihnen und ihre Kinder und Enkelkinder sind immer noch hier. Man wußte, wer mit den Ratsherren und dem Bürgermeister verwandt war, wessen Vater ein guter Klempner oder Elektriker war, wo man Gebrauchtwagen kaufte und welche Familien ein Geschäft besaßen. Hallorans Vater war Pfarrer und sehr aktiv in der Gemeinde. Mein Vater und meine Onkel waren an vielen Dingen beteiligt.«

Marti lächelte und schüttelte den Kopf. »Daran muß man sich erst gewöhnen.« Sie hatte schon gemerkt, wie anders es hier war, als in der News Times ein Artikel über ihren Nachbarn stand, weil er im lokalen Gemüsegartenwettbewerb gewonnen hatte. Manchmal las sich die Lokalzeitung wie ein Klatschblatt, wenn sie über Scheidungen, Geburten und Verkehrsverstöße berichtete.

Halloran lebte auf der Nordwestseite der Stadt, nicht weit vom Golfplatz. Es war ein abgelegenes Wohnviertel, und die von Bäumen gesäumte Straße, in die Marti einbog, war gerade breit genug für zwei Autospuren.

»Wann macht Theo den Campingausflug?« fragte Vik. »Nächstes Wochenende?«

»Die Woche danach. Wahrscheinlich.«

»Mein Onkel hatte eine Hütte in Wisconsin, als ich klein war. Ich konnte den ersten Angelausflug zu Ferienbeginn kaum erwarten.«

Sie widmete ihre Aufmerksamkeit der Straße. Es gab keinen Fußweg. Die Bäume standen dicht zusammen, und das Sonnenlicht schien in scheckigen Mustern durch die Blätter. Die meisten Häuser, die groß und dicht nebeneinander auf rechteckigen Grundstücken gebaut worden waren, verbargen sich hinter Zäunen und großen Hecken.

»Theo war schon einmal mit Johnny auf einem Campingausflug«, erzählte sie. »Es war ein richtiges Spektakel für Pfadfinder. Mit Übernachtung im Freien, Mückenstichen, Eichhörnchen, die sich zum Vorratslager durchnagten, und einem Stinktier, das einen halben Meter vom Zelt entfernt Angst bekam.«

»Ich wette, daß Theo sich nicht daran erinnert.«

»Wahrscheinlich nicht«, gab sie zu. Sie hatte mitbekommen, wie Theo Bens Sohn, Mike, davon erzählt hatte. Seine Version hatte gar keine Ähnlichkeit mit der Realität gehabt. Sie wußte nicht, ob der Campingausflug mit Mike und seinem Vater ein Versuch war, die Vergangenheit zurückzuholen, oder ob Theo den Friedhofsbesuch zu Johnnys Geburtstag vermeiden wollte. Vielleicht traf beides nicht zu. Sie waren über Johnnys Tod noch nicht ›hinweg‹, was immer das heißen mochte. Vielleicht würden sie nie darüber hinwegkommen.

Marti trat für einen Jogger auf die Bremse.

»Was wissen Sie über den jüngeren Reverend Halloran?« fragte sie Vik, als sie in eine andere schmale, schattige Straße einbogen. Vor ihnen schoben zwei Frauen in weißen Tennisröcken ihre Kinderwagen auf der Straße entlang.

»Er ist überhaupt nicht wie sein Vater«, sagte Vik. »Sein alter Herr gründete diese Kirche und erbaute sie auf einem Stück Land, das ein Kirchenmitglied gespendet hatte. Ihm gehörte auch ein Radioprogramm. Für einen Protestanten war er sehr vernünftig. Der alte Reverend besaß Präsenz und tat eine Menge für diese Stadt. Abgesehen von diesen Aktivitäten, in die er ständig verwickelt ist, blieb für Vern nicht mehr viel auszurichten. Eine Weile engagierte er sich für die Schulausbildung. Er kam in den Schulrat, leistete seinen Beitrag zur Mittelmäßigkeit und widmete sich dann der Abtreibungspolitik. Wenn sein Vater noch da wäre, würde er sich eher für Dinge wie das Frauenhaus einsetzen und dafür, daß die Kirche eine Suppenküche und eine Obdachlosenunterkunft einrichtet. Jetzt beteiligt sie sich nicht einmal mehr am Fahrbaren Mittagstisch für die Senioren.«

»Das klingt, als wäre es zu schwierig gewesen, dem Beispiel des alten Mannes zu folgen. Vielleicht hat sich Vern dagegen entschieden.«

Marti nahm den Fuß von der Bremse, als die Frauen mit den Kinderwagen in eine Auffahrt einbogen. »Ich denke, der Brandanschlag auf die Klinik könnte eine Möglichkeit gewesen sein, um ein eigenes Zeichen zu setzen.«

»Und er hätte mehr erreicht als diese Idioten, die in die Klinik in Peoria eingebrochen sind«, stimmte Vik ihr zu. »Die haben nur das Gebäude verunstaltet und alle Geräte zerstört. Ein Feuer ist viel spektakulärer.«

»Glauben Sie, er könnte einen persönlichen Grund gehabt haben, Edwards' Klinik anzuzünden?«

»Das wäre merkwürdig, nicht wahr?« sagte Vik. »Aber Vern könnte tatsächlich noch weitere Gründe gehabt haben. Ich sage es ungern, Marti, aber das könnte der Fall sein, weil Edwards schwarz ist. Der alte Herr war nicht so, aber bei Vern wäre es gut möglich.«

Nach der nächsten Kurve sah sie die Kirche am Ende der Straße. Es war ein dunkles Gebäude mit breiten Stufen, die zu drei Doppeltüren führten. Ein großer Turm mit einem Kreuz auf der Spitze ragte in den Himmel. Ein viereckiger und nicht so großer Glockenturm stand im Hintergrund. Rechts, auf der anderen Seite des Parkplatzes, befand sich ein Haus, von dem sie annahm, daß es das Pfarrhaus war.

Eine schlanke Frau öffnete die Tür, ihre graublauen Augen blinzelten im Sonnenlicht. Glanzloses blondes Haar hing schlaff auf ihren Schultern. Auf ihren hervorstehenden Wangenknochen und ihrem Nasenrücken breiteten sich blasse Sommersprossen aus. Ihr Gesichtsausdruck war wachsam.

»Mrs. Halloran?« fragte Vik und zeigte seine Marke.

»Worum geht es?« fragte sie mit flacher Stimme.

»Wir möchten gern mit dem Reverend sprechen, Ma'am.«

»Ihre Leute waren schon da und haben Fragen gestellt. Die Ermittler für Brandstiftungen.«

»Wir sind vom Morddezernat«, erklärte Vik.

Mrs. Halloran sah sie einen Moment lang an. »Natürlich«, sagte sie und trat zurück. »Das ist reine Schikane«, murmelte sie. »Was soll man auch anderes erwarten. Vern war hier. Den ganzen Abend.«

»Ja, Ma'am«, sagte Vik unverbindlich.

Sie betraten einen schmalen Korridor. Drinnen gab es gedämpftes Licht und dunkle Wandpaneele. Marti verstand jetzt, warum Mrs. Halloran geblinzelt hatte. Als die Tür sich schloß, kam ein kleiner Junge auf sie zugetapst.

»Mama«, sagte er, streckte die Arme aus und lächelte sie mit denselben graublauen Augen an.

Mrs. Halloran hob ihn hoch und lächelte, als sie ihn an sich drückte. Sie hatten beide das gleiche verblichene blonde Haar. »Mamas kleiner Junge«, murmelte sie. »Mamas süßes Baby.«

Sie drehte sich zu Vik und Marti um. »Wenn Sie mit mir kommen wollen.«

Sie folgten ihr in ein kleines Zimmer mit zwei Stühlen, einem Schreibtisch mit einem Ohrensessel dahinter und drei Wänden mit eingebauten Bücherregalen, deren Fächer gefüllt waren. Die meisten Bücher hatten abgenutzte Lederrücken und sahen aus, als wären sie oft gelesen worden. Die beiden Stühle mit geschwungenen Armlehnen und Holzschnitzereien wirkten zerbrechlich und gehörten zu der Sorte, von der Marti immer annahm, sie seien für dünne Leute gemacht. Sie zögerte, dann setzte sie sich, innerlich darauf vorbereitet, das Splittern von Holz zu vernehmen. Nichts passierte.

»Ich sage Vernon, daß Sie hier sind«, erklärte Mrs. Halloran.

Marti sah sich im Zimmer um. Hier war es auch dunkel. Die Gardinen ließen gerade genug Licht herein, um das Sonnenlicht erahnen zu können. Marti hörte eine Uhr ticken.

»Wenn ich das den ganzen Tag hören müßte, würde ich durchdrehen«, sagte sie.

Vik zog eine Grimasse.

Nach ein paar Minuten kam der Reverend herein. Er war ein hager gebauter Mann, ein Büchernarr mit einer Drahtbrille und auf den zweiten Blick jünger aussehend, als er zunächst wirkte. Marti schätzte ihn auf Ende dreißig. Er strahlte Kraft aus, aber nicht wie jemand, der Tennis spielte oder irgendeinen anderen Sport trieb. Es war eher so etwas wie Eifer, dachte sie. Er war ein Mann mit einem politischen Ziel.

Als keiner etwas sagte, wirkte Halloran verärgert. »Warum sind Sie hier?«

»Wir müssen Ihnen nur ein paar Routinefragen stellen«, sagte Vik.

»Oh?« Wie seine Frau schien er auf der Hut zu sein. »Worüber?«

»Das Feuer in der Lakeshore Klinik.«

»Sie haben unsere Aussagen. Ich war den ganzen Abend hier bei meiner Familie.«

»Ist das üblich?«

»Es gab an dem Abend keinen Gottesdienst und keine Versammlungen. Wir haben sehr viele Versammlungen. Aber zufällig gab es an dem Abend keine.«

»Sie haben vor der Klinik demonstriert und Broschüren an die Patienten verteilt.«

»Wir haben arme, unwissende Mütter davor gewarnt, ihre Babys zu ermorden. Wir haben uns dafür eingesetzt, das ungeborene Leben zu schützen. Und wir haben den gebührenden Abstand gehalten und nicht gegen das Gesetz verstoßen.«

»Gruppen wie Ihre haben in anderen Kliniken Bomben gelegt«, bemerkte Vik. »Dort hat es Gewalt und Vandalismus gegeben.«

»Das Büro eines Arztes zu zerstören, der Babys tötet, ist kein Vandalismus.«

»Gehört Brandstiftung dazu?«

Halloran starrte Vik an und sagte nichts.

»Warum wurde Doktor Edwards' Klinik ausgesucht?« fragte Vik.

»Weil er die Armen und Ungebildeten ausbeutet.«

»Heißt das, daß es in Ordnung ist, wenn eine Klinik in Lake Forest oder Gurnee Beratungen zu Schwangerschaftsabbrüchen anbietet?«

»Natürlich nicht.« Der Reverend klang ungehalten. »Das hier ist unsere Gemeinde. Wir haben entschieden, auf die Nöte bei uns zu reagieren.«

»Aber Sie wohnen nicht im Süden der Stadt, sondern im Norden, und dort gibt es ein paar Kliniken, die näher sind. Warum haben Sie Doktor Edwards ausgesucht?«

»Warum ist das so wichtig?« konterte Halloran.

»Weil jemand sein Eigentum in Brand gesetzt hat und zwei junge Frauen darin gestorben sind.«

»Ich hatte damit nichts zu tun.«

Vik blickte in seine Notizen. »Besitzen Sie einen weißen Ford Escort, Jahrgang 1989?«

»Ja, das ist der Wagen meiner Frau.«

Vielleicht hatte jemand den Wagen gesehen, der auf den Polizeifotos zum Teil abgelichtet war. Sie hatten nur den Kotflügel im Bild.

»Wo war der Wagen am Abend des Feuers?« fragte Vik.

»Ich bin das schon alles mit den anderen Beamten durchgegangen.«

»Wir fragen im Zusammenhang mit einem Mord, nicht mit der Brandstiftung«, erinnerte ihn Vik.

»Das ist nur eine Ausrede, um mich wegen meiner Aktivitäten bei der Lebensschützer-Gruppe zu belästigen.«

»Sir, es interessiert uns nicht, an welchen Aktivitäten Sie teilnehmen, solange sie nicht gegen das Gesetz verstoßen. Wo war der Wagen am Abend des Feuers?«

»In der Garage.«

»Danke.«

»Ist das alles?«

»Für den Augenblick ja.«

»Ich werde mich über diese andauernden Verhöre beschweren«, sagte Halloran. »Schließlich muß jemand das Recht der Ungeborenen schützen.«

»Die beiden jungen Mädchen, die gestorben sind, hatten auch ein Recht auf Leben«, erwiderte Vik.

Marti verließ das Zimmer als letzte und folgte dem Reverend und Vik, als sie den Flur entlanggingen. Sie kamen an zwei anderen Zimmern vorbei, bevor sie die Haustür erreichten. Das erste war dunkel, mit zugezogenen Vorhängen. Ein Mädchen im Teenageralter stand darin mit einem Staubwedel in der Hand und sah aus, als hätte es gelauscht. Das Mädchen mußte die Tochter des Reverend sein. Marti versuchte, sich an ihren Namen zu erinnern. Sie war im Schwimmteam der Highschool und hatte Joanna das ganze Jahr über bedrängt, den Athleten für Jesus beizutreten.

Wendy, erinnerte sie sich, als sie die Haustür erreichten. Die Sonne draußen machte sie fast blind.

5

Danny Jones überquerte den unbeleuchteten Parkplatz und blieb an der Kiesböschung stehen, die steil zu einem schmalen Fluß abfiel, der sich etwa drei Stockwerke tief unterhalb der Straße befand. Dichtes Unkraut und Büsche berührten sein Gesicht, als er sich neben den Betonpfeilern hinhockte, wo die Straße die Schlucht überquerte. Obwohl es unwahrscheinlich war, daß jemand ihn hier warten sah. Abends um diese Zeit gab es hier keinen Verkehr und keine Menschen. Tagsüber war hier allerdings auch nicht viel mehr los.

Er wischte sich den Schweiß von der Stirn. Das lag an der Hitze, aber hauptsächlich an den Nerven. Er wollte hier endlich weg. Weg von diesem Ort. Virgie käme in wenigen Minuten, und dann könnten sie gehen. Nach Hause.

Aber welches Zuhause? Alles war auf die Straße gestellt worden, als er im Gefängnis war, und sie hatten alles verloren. Wenigstens wußte er jetzt ein paar Dinge, die er nicht gewußt hatte, bevor er eingesperrt wurde. Wie zum Beispiel etwas über die Sozialversicherung für Virgie. Sobald sie zurückkämen, würde er sich darum kümmern. Er war für nicht schuldig erklärt worden. Darum müßte er Arbeit finden können.

Er setzte sich auf den Absätzen zurück, hob einen Stein auf und warf ihn hinunter ins Wasser. Er hörte etwas – eine Ratte wahrscheinlich. Zu Hause müßte er erstmal eine Wohnung suchen. Ganz schnell. Ein paar Tage lang müßten sie im Obdachlosenheim bleiben. Das würde hart werden für Virgie, aber es würde nicht lange dauern.

Der Motor des Wagens hörte sich in der Stille laut an. Er stand auf und ging darauf zu. Die Scheinwerfer waren ausgeschaltet. Er konnte Virgie nicht sehen. Als er dem Wagen entgegenlief, beschleunigte der und raste auf ihn zu.

6

Als Marti den Parkplatz erreichte, standen am Rand vier Polizeiwagen. Am nördlichen Ende des Platzes befand sich ein leerstehendes Haus und am südlichen Ende ein Secondhand-Laden. Westlich des Geländes verlief die Sherman Avenue und östlich die Garden Street, die die Schlucht überquerte, wo die Leiche gefunden worden war. Marti wischte sich über die Stirn. Es war immer noch feuchtheiß. Kurz nach neun hatte sie den Dienst beendet, und dreißig Minuten später hatte sie zu Hause den Anruf bekommen. Vik war noch nicht da.

Es war Donnerstag, auf den Tag genau eine Woche nach dem Brand in der Lakeshore Klinik. Der hatte eine größere Menschenmenge angezogen. Sie hielt hinter einer Funkstreife an und beobachtete, wie ein halbes Dutzend Teenager sich gegenseitig anrempelten, lachten und sich über die Rapmusik unterhielten, die ihr Kassettenrekorder ausspuckte. Ein paar kleine Kinder versuchten, sich an einer Gruppe von Erwachsenen, die ihnen den Weg verstellten, vorbeizudrängen. Sie ließ den Blick über ihre Gesichter schweifen, sah aber niemanden, den sie wiedererkannte. Sie griff nach ihrem Fotoapparat und stieg aus.

Sie bahnte sich einen Weg durch die Menge, ohne sich auszuweisen. Lupe Torres kam auf sie zu, eine kleine uniformierte Beamtin, auf deren breiten Hüften etwa dreißig Pfund Geräte lasteten. »Bei dem Opfer handelt es sich um einen schwarzen Mann, der ungefähr die halbe Schlucht hinuntergefallen ist. Ein paar Teenager überquerten die Brücke und sahen zufällig hinunter. Burdett hält die Leute von der Brücke fern. Seit wir hier sind, hat niemand einen Fuß auf den Parkplatz oder in die Nähe eines Weges in die Schlucht gesetzt.«

Lupe war seit zwei Jahren bei der Polizei. Wenn Marti sich den ersten Beamten am Tatort hätte aussuchen können, wäre es Lupe gewesen. »Wie sind Sie an so einen Angeber wie Burdett geraten?« fragte sie und warf einen Blick auf den großen, blonden Auszubildenden.

»Ach, er bessert sich.« Der Ton in Lupes Stimme besagte, daß das das Mindeste war, was sie erwartete.

Marti lächelte.

»Und Isaac, der Säufer, liegt in dem Müllcontainer dort drüben bei dem Haus und schläft seinen Suff aus. Wie immer behauptet er, nichts gesehen zu haben. Ich ließ ihn dort, damit er für weitere Fragen zur Verfügung steht.«

»Erkennen Sie irgendwelche bekannten Gesichter in der Menge?«

»Ein paar Leute von hier kenne ich. Niemand, gegen den wir etwas vorliegen haben.«

»Fordern Sie einen Drogenfahnder und Spezialisten für organisiertes Verbrechen an, um sich die Schaulustigen anzusehen, und sagen Sie den Technikern von der Spurensicherung, daß sie am Rand des Parkplatzes ein paar Lampen aufstellen sollen. Dann warten Sie auf mich, während ich mit Isaac rede. Schreiben Sie ein Protokoll?«

»Ja, Ma'am.«

»Gut, dann machen Sie sich weiter Notizen.«

Als Marti sich dem Müllcontainer näherte, hörte sie Isaac schnarchen. Wenn sie Pech hatte, war er ihr einziger Zeuge. Isaac »sah nie etwas«, wie er sich ausdrückte. Wenn man die Frage richtig stellte, gab er vielleicht zu, etwas gehört zu haben, aber er bestätigte niemals, etwas gesehen zu haben.

Sie gab dem Deckel auf dem offenen Müllcontainer einen Stoß mit der Taschenlampe und ließ ihn mit einem Knall zuschlagen. Isaac zuckte zusammen, wachte aber nicht auf.

Sie hockte sich mit dem Gesicht zum Wind hin, um dem Geruch nach dreckiger Kleidung, Schweiß und alkoholgetränktem Atem auszuweichen.

»He, Isaac.« Sie schüttelte ihn wach. »Was wissen Sie über die Sache?«

»Häh?« Ganz plötzlich wurde er wach. Seine Augen sahen trübe und blutunterlaufen aus, aber hellwach. »Heh. Häh? Oh. Detective Mac.« Er sprach langsam, aber nicht schleppend. »Isaac hat nichts gesehen. Das schwör' ich bei Gott.«

»Was haben Sie gehört?«

Das nahegelegene Haus war zur Zeit Isaacs Domizil. Erst im letzten Monat hatte er auf den durchgetretenen Stufen gesessen und beobachtet, wie jemand ausgeraubt und zusammengeschlagen wurde, »ohne etwas zu sehen«. Allerdings hatte er gehört, wie ein Räuber den anderen beim Namen rief, und Marti mußte nur zweimal zu ihm zurückkehren, um diese Information aus ihm herauszulocken. Sie wußte, daß er das tat, weil er gern Gesellschaft hatte. Darum versuchte sie, ein paar Minuten länger zu verweilen, um sich mit ihm zu unterhalten.

Isaac bewegte sich und setzte sich aufrechter hin. »Könnte sein, daß ich was gehört habe. Ja, das könnte sein.« Er langte hinter seinen Rücken und zog eine Flasche Mad Dog 20-20 hervor. »Ah.« Er hielt die Flasche gegen das Licht, dann schüttelte er sie an seinem Ohr. »Leer. Verdammt.«

Er hielt die Flasche fest. »Ja, als ich hier saß und meine Augen ausruhte. Die brennen manchmal wie sonstwas, und ich muß sie zumachen, damit ich nicht blind werde. Da hab' ich vielleicht so was wie 'nen Aufprall gehört und splitterndes Glas und ein kratzendes Geräusch, etwa so.«

Er machte ein Geräusch, das ihr einen Schauder über den Rücken jagte. »Der Wagen kam ganz langsam, dann raste er plötzlich los. Schramm! Dann setzte er zurück. Schramm! Eine Frau rief: ›Du Hundesohn!‹ Eine Tür schlug zu. Der Wagen fuhr weg. Quietschend.

Ich hab' aber nichts gesehen. Isaac hat nichts gesehen.« Er überprüfte nochmals die Flasche, schien enttäuscht zu sein, daß sich kein Wein nachgefüllt hatte, und stopfte sie hinter seinen Rücken. Er hatte alles gesagt, was er sagen wollte.

»Haben Sie die Stimme erkannt?«

»Wie soll ich wissen, wer das war, wenn das alles war, was sie sagte?« Er wurde allmählich gereizt. »Hörte sich nicht so an, als ob ich sie kenne.« Mit gekreuzten Armen lehnte er sich zurück und schloß die Augen.

Es hatte keinen Sinn, ihn zu bedrängen, wenn er mit dem Reden fertig war, oder er würde das nächste Mal gar nichts mehr sagen. »Ich komme später noch mal vorbei, Isaac. Für den Fall, daß Sie sich an noch etwas erinnern, was Sie gehört haben. Oder falls Sie die Stimme wiedererkennen.«

Sie kehrte zu den Leuten von der Spurensicherung zurück und bat den Mann, der die Abdrücke nahm, zuerst die Reifenspuren zu sichern, bevor er mit der üblichen Routine weitermachte. Das ganze Gelände war mit gelben Bändern abgesperrt.

Noch mehr Beamte, einige Detektive und ein Krankenwagen waren eingetroffen. Dr. Cyprian, der Gerichtsmediziner, war noch auf dem Weg.

Dann sprach Marti mit den beiden Teenagern, die die Leiche entdeckt hatten.

»Ich warf dort einen Popcornbehälter runter«, sagte der Ältere. »Zuerst dachte ich, es seien ein paar alte Kleider.«

»Die Form der Kleider veranlaßte uns, noch mal genauer hinzuschauen«, erzählte der andere. »Es sah aus wie ein Körper. Vor Jefferson saßen ein paar Cops in ihrem Wagen. Wir gingen hin und erzählten es ihnen.«

»Daß irgendein alter Säufer wohl zu dicht an den Rand gekommen und runtergefallen sei«, sagte der ältere Junge.

»War sonst noch jemand in der Nähe?« fragte Marti.

»Nee. Abends kommt hier niemand her. Wir waren gerade auf dem Weg zu einem Freund. Sehen Sie, es gibt überhaupt keinen Verkehr.«

Vik hielt am Straßenrand. Er schlug die Tür hinter sich zu, als er aus dem Wagen stieg, dann blickte er finster einen kleinen Jungen an, der ihn mit seinem Mondgesicht über die Motorhaube hinweg anschaute, als er an den Beamten vor der Parkplatzeinfahrt vorbeiging.

Marti setzte ein Teleobjektiv auf ihre Kamera und knipste ein halbes Dutzend Mal. Vik gab einen unmelodischen und irritierenden Pfeifton von sich. Er war immer noch der Meinung, daß sie den Großstadtcop spielen wollte, wenn sie die Kamera benutzte. Doch sie wollte nur ihre eigenen Aufzeichnungen machen.

Sie hatten beide ihre eigene Routine. Vik sprach mit Lupe und überprüfte ihre Notizen. Marti ging den Leuten von der Spurensicherung aus dem Weg und betrat ein Gelände erst, wenn sie ihr bedeuteten, daß es okay sei. Die Spurensicherung war eine mühsame Arbeit, und es dauerte länger als eine Stunde, bis Marti zu der Kiesböschung an der Schlucht kam. Sie fotografierte die Bremsspuren, die in einem Bogen zu dem steilen Abhang führten, und die tieferen Abdrücke, die der Wagen im Rückwärtsgang hinterlassen hatte. Einer der Fahnder sagte, die tiefen Spuren zeigten, daß der Motor abgewürgt worden sei und daß der Wagen dann rückwärts gefahren sei, wieder angehalten habe und erneut losgefahren sei.

Als Cyprian kam und das Opfer mit seiner üblichen Gründlichkeit untersuchte, gingen Marti und Vik nach unten. Es fiel ihr schwer, die Ruhe zu bewahren, aber trotzdem machte sie ihre Fotos, als sie sich näherten. Das mit Schürfwunden zerkratzte Gesicht des Mannes war ihr in einem merkwürdigen Winkel zugewandt. Ein Auge war halb aus der Höhle gerissen. Sein zerfetztes T-Shirt enthüllte tiefe Schnittwunden auf seinem Körper, von denen manche so tief waren, daß sie eine weißliche Schicht Fettgewebe bloßlegten. Eine grüne Glasscherbe ragte aus seiner Seite heraus. Seine Jeans waren an den Knien zerrissen. Alte Risse, die nicht durch Schläge und Stöße verursacht worden waren. Sein Schritt war schmutzig und stank. Er mußte alles losgelassen haben, als er überfahren wurde.

Marti ignorierte den Gestank, zog ein Paar dünne Gummihandschuhe über, hockte sich neben den toten Mann und berührte sein Gesicht, seine Schultern, einen Arm. Er war noch am Abkühlen und hatte keine Leichenstarre. Kiesel hatten sich in seine Haut gedrückt, und seine dünnen, knochigen Arme hatten blaue Flecke.

Sie achtete kaum auf das Blut. Daran hatte sie sich schon vor Jahren gewöhnt. Doch im Augenblick hätte sie ihn am liebsten in eine natürlichere Position gelegt, so als wäre es dann für ihn bequemer. »Sein Geist irrt jetzt herum«, hätte ihre Momma gesagt, weil sein Mörder unbekannt war.

Als der Geruch nach menschlichen Exkrementen zu aufdringlich wurde, krabbelte sie den Hang der Schlucht hinauf und hielt oben inne, um sich Notizen zu machen. Es war fast Mitternacht, und die meisten Schaulustigen waren gegangen. Morgen würden sie und Vik als erstes die Nachbarschaft überprüfen.

Vik, der die mündliche Befragung immer noch für Frauenarbeit hielt, diskutierte gerade mit einem Techniker von der Spurensicherung.

»Ja, natürlich, sicher«, murrte der Techniker. »Als wenn ich das noch nie gemacht hätte. Prüfen Sie lieber noch mal nach, ob ich nicht die Zehen des Toten für die Fingerabdrücke benutzt habe.« Der Techniker schlug sein Notizbuch zu und ging weg.

»Ich habe diese Gegend nie besonders beachtet«, bemerkte Marti. »Interessant.«

»Ja«, stimmte Vik ihr zu. »Diese Schlucht gibt es seit der Eiszeit vor zwölftausend Jahren, und sie haben sie noch nicht mit dem Bulldozer zugeschüttet.«

Lupe gesellte sich zu ihnen. »Ich habe noch einen Fall für Sie«, sagte sie. »Jericho fünfhundertsiebzehn. Weiblich, weiß, alt. Sie ist als Ruth Price identifiziert worden.«

7

Etwa eine Viertelstunde später stand Marti in einem Tiefparterre-Einzimmerappartement und schaute auf Ruth Prices Leiche hinab. Der schummrige Lichtkegel der kleinen Lampe, auf deren Fransenschirm jahrealter Schmutz lag, wurde durch zwei strahlend helle Taschenlampen ergänzt, die zwei Beamte hielten.

Marti hockte sich neben die alte Frau. Ruth Price lag mit dem Gesicht nach unten. Ihre Stirn lehnte an einem alten Bügeleisen an der Wand. Es sah aus, als wäre die Frau darauf gefallen, aber Marti wußte, daß da zu viel Blut und Hautfetzen waren, als daß es ein Unfall gewesen sein konnte.

Sie betrachtete die Hände der alten Frau, die mit Leberflecken bedeckt waren. Die Gelenke waren geschwollen, wahrscheinlich hatte sie Rheuma. Marti schaute auf das weiche graue Haar, das kurz geschnitten war. Ruth Price war mindestens siebzig, entschied sie. Vielleicht war sie überrascht worden und starb, ohne viel Zeit für Schmerzen oder Angst zu haben. Aber irgend etwas war immer nicht richtig daran, wenn jemand so lange lebte und dann eines gewaltsamen Todes starb.

Ein Mann von der Spurensicherung erschien hinter Marti. Als er sich räusperte, stand sie auf und ging ihm aus dem Weg. »Ich bin dort hereingekommen.« Sie zeigte auf den direkten Weg von der Tür zur Leiche. »So wie die Nachbarin von oben, die sie gefunden hat. Eventuell finden Sie ein paar Abdrücke von der Nachbarin. Sie sagte den Beamten, sie sei nicht sicher, was sie angefaßt habe, nur daß sie hereingekommen, zur Leiche gegangen und rückwärts wieder hinausgegangen sei.«

Sie holte eine Taschenlampe heraus und machte damit langsame, kreisende Bewegungen. Über ihrem Kopf, zur Seite des Hauses hin, befanden sich zwei kleine Fenster, die sich nach innen öffneten. Die Rahmen waren verrottet. Ein Fenster war mit einem Riegel verschlossen. Das andere war aufgestoßen worden und stand noch offen. Es hatte nicht viel Kraft gekostet, die Schrauben aus dem Rahmen zu stoßen. Draußen sah sie hohes Gras und Unkraut.

Sie schaute sich im Raum um. Das große Metallbett, das mit einem schmutzigweißen Laken bedeckt war, nahm den meisten Platz ein. In dem weißen Porzellanwaschbecken war ein Rostfleck, und der Hahn tropfte. Auf einem Handtuch neben der Spüle befanden sich eine Schüssel, eine Tasse und ein Löffel, die abgespült worden waren. Sie sah in die Papiertüte, die als Mülleimer diente. Eine leere Dose Hühnernudelsuppe. Ein Pfirsichkern. Orangenschale.

Als sie von der Spurensicherung das Zeichen bekam, untersuchte Marti alles, fand aber keinen Hinweis, daß irgend etwas gestohlen worden war. Es gab einen kleinen Schwarzweißfernseher, und das Radio war ein altes Holzmodell mit Röhren. Wahrscheinlich funktionierte es nicht einmal mehr. Sie stellte es nicht an. Auf einem Regal im Schrank lag eine alte Kodak Brownie Hawkeye. Sie bezweifelte, daß es für so eine Kamera überhaupt noch Filme zu kaufen gab.

Hier gab es nichts, was zu stehlen wert war. Es war der letzte Donnerstag im Juli, zu früh für die Schecks vom Sozialamt und zu spät, als daß jemand, der davon lebte, noch viel Geld übrig hatte.

Marti nickte Vik zu, der den Leuten von der Spurensicherung folgte über den Hintern, und im Gesicht hatte sie ein Pfund Make-up. Ich soll vorsichtig sein, hat Ruthie gesagt. Sie glaubte, das Mädchen wolle das Haus auskundschaften. Sie sagte ihr, daß es bei ihr nichts zu stehlen gäbe.« Ihre Stimme brach.

»Hatte Mrs. Price irgendwelche Verwandte?«

»Eine Nichte.« Sie wischte sich die Augen. »Sie wohnt in St. Louis. Sie war nie hier, darum kenne ich sie nicht, aber zu Weihnachten schickte sie Taschentücher und Parfüm. Ich gebe Ihnen die Adresse. Ruthie und ich haben uns unsere nächsten Verwandten aufgeschrieben, nur für den Fall.«

Mrs. Banks ließ die Kette dran und die Tür offen, als sie die Adresse holen ging. Marti dachte an den Truman Park, ein Eckgrundstück mit Bäumen und grünen Schildkröten aus Metall zum Klettern. Der Ort war für Teenager nicht attraktiv und lag in einer auffälligen, verkehrsreichen Gegend. Wenn dieser Fall bis nächsten Donnerstag nicht gelöst war, würde sie dort vielleicht einmal spazierengehen. Für solche Dinge hatte sie bei der Polizei in Chicago nie Zeit gehabt.

8

Als Marti das Haus verließ, in dem Ruth Price gewohnt hatte, war die Leiche der alten Frau bereits weggebracht worden. Die Straße lag verlassen da, und es war still in der Nachbarschaft. Sie betrachtete ihre Hose. Sie war voller Laub. Ruiniert. Es war zu heiß gewesen für die dazu passende Jacke. Die Temperatur war heute auf fast vierzig Grad geklettert. Jetzt war es kühler, aber auch nur etwas. Ein Chor von Grillen zirpte in dem kniehohen Gras, das das Haus umgab, und sie konnte ein stehendes Gewässer in der Nähe riechen.

Sie schlug nach einer Mücke, dann schaltete sie ihre Taschenlampe an und begab sich auf die Seite des Hauses. Ein Betonweg führte zu den Fenstern von Ruth Prices Wohnung. Als sie das Fenster berührte, das eingestoßen worden war, schwang es auf. Die Scharniere waren verrostet, aber sie quietschten nicht. Sie berührte das rostige Metall. Die Scharniere waren geölt worden. Die Spurensicherung hatte keine Fingerabdrücke gefunden. Jemand hatte hier gewartet und Ruth Price vielleicht sogar beobachtet und war eingebrochen, ohne gehört zu werden.

Ruth Price war nicht vergewaltigt worden. Sie besaß kein Geld oder Wertsachen, und jeder Dieb in der Stadt wußte, daß der Scheck von der Sozialhilfe, falls sie einen bekam, erst in einer Woche fällig war. Eine alte Frau, die sich vor Gewalt nicht schützen konnte, war als Opfer ausgesucht und getötet worden. Martis Wangenmuskel verspannten sich. Geplante Morde machten sie wütender als Tötungen im Affekt.

Sie wischte sich die Ölspuren von den Fingerspitzen. Kein Motiv. Kein Verdächtiger. Diese Art von Fällen hatte sie in Chicago oft einstellen müssen. Hier würde sie wenigstens mehr Zeit zum Ermitteln haben.

Vik war noch drinnen und belästigte wahrscheinlich die Leute von der Spurensicherung. Sie ging wieder vor das Haus, um auf ihn zu warten. Die Verandatreppe knarrte unter ihrem Gewicht. Es war ein altes Haus, das zwischen einem leerstehenden Holzhaus und einem Bungalow eingeklemmt stand. Die weiße Farbe blätterte ab, und die Fliegengittertür hing nur noch an einem Scharnier.

Im Bungalow ging ein Licht an, und der Schatten einer schwangeren Frau strich am Fenster vorbei. Als Marti zum Tatort kam, war dort niemand zu Hause gewesen. Jetzt parkte ein zerbeulter grüner Ford-Pinto vor dem Haus. Jemand begann, ein paar Akkorde auf einer Gitarre anzustimmen, dann klimperte er ein paar Takte eines Liedes. Ein Kind lachte, und die Musik hörte auf.

Sie beachtete den Schmutz auf der Treppe nicht und setzte sich. Die Bewohner dieser Gegend im Süden von Lincoln Prairie hatten einmal der Mittelschicht angehört. Im Laufe der Jahre hatten sich die anfänglichen Eigentümer in anderen Gemeinden »nach oben« gekauft und waren umgezogen – in Städte wie Gurnee, Mundelein oder Lindenhurst.

Von den neuen Bewohnern waren viele genauso stolz auf ihr Eigentum und pflegten ihre Häuser und Grundstücke. Trotzdem war dieses Gebiet, das sechs Straßenzüge westlich vom Lake Michigan begann, allmählich von vernachlässigten Gebäuden, die der Reparatur bedurften, verschandelt worden. Manche große Häuser wie dieses hier waren in so viele kleine Wohnungen unterteilt worden, wie die Kanalisation, die Heizung und die Stromleitungen gerade aushalten konnten. Drogenhandel und Bandenkriminalität hatten in diesem Teil der Stadt zugenommen.

Marti hatte nicht mit der ethnischen Vielfalt gerechnet, die sie in Lincoln Prairie vorfand. Schweden, Finnen, Deutsche, Lateinamerikaner, Filipinos, Westinder und afrikanische Amerikaner lebten ohne größere Reibereien zusammen. Eine nahegelegene Kirche veranstaltete gelegentlich kroatische oder serbische Gottesdienste und jeden Sonntag einen spanischen Gottesdienst. Sie wohnte gern in einer Gegend, wo ihre Kinder öffentliche Schulen besuchen konnten, in denen so viele Kulturen vertreten waren.

In Chicago hatten sie eine vorwiegend schwarze Privatschule besucht, wo Drogen und Banden nicht zur Tagesordnung gehörten. Jetzt, wo die beiden Highschools zusammengelegt werden sollten, machte sie sich Sorgen, welche Auswirkungen dreitausend Schüler auf die Einrichtung haben würden. Auch hier könnten Drogen und Gangs eine Rolle spielen. Aber insgesamt gesehen war der Umzug aus Chicago gut für ihre Kinder gewesen, auch wenn sie eigentlich hergezogen war, um an einem stillen Ort über Johnnys Tod nachzudenken.

Vor vier Jahren hatte sich Johnny freiwillig für ein Drogensonderkommando gemeldet. Er diskutierte nicht mit ihr über seine Aufgaben, und sie stellte ihm keine Fragen zu seinen Überstunden. Es war fast zwei Jahre her, seit er gestorben war. Doch es schien nicht so viel Zeit vergangen zu sein, seit ihr erst der Polizeihauptmann und dann der Leichenbeschauer berichtet hatten, daß Johnny sich den Lauf seines Revolvers in den Mund gesteckt und auf den Abzug gedrückt habe. Sie glaubte es ihnen immer noch nicht. Nächste Woche würde sie das Grab besuchen. Am 2. August wäre er vierzig Jahre alt geworden.

Marti war wütend auf die gesamte Polizei von Chicago. Weil sie ihn nicht beschützt hatten. Weil sie glaubten, es wäre ein Selbstmord gewesen. Darum war sie hierhergekommen, zu ihrer einzigen Freundin, die sie seit ihrer Kindheit kannte, in eine kleine Stadt mit einem kleinen Polizeirevier und, wie sie dachte, wenig Kriminalität. Sie hatte mit ereignislosen Acht-Stunden-Schichten gerechnet und jeder Menge Zeit zum Grübeln. Da sie gern Polizistin war, hatte sie gehofft, daß die Arbeit nicht allzu langweilig sein würde.

Doch als sie hier ankam, stellte sie fest, daß die Kriminalitätsrate zwar niedriger war als in Chicago und es weniger Fälle zu bearbeiten gab, aber trotzdem hatte sie mit denselben Arten von Verbrechen zu tun. Es wurden Kinder mißbraucht, Drogen verkauft und Freier geworben, und die Betrügereien waren alt und einfallslos. Auch wurden junge Männer von Autos überfahren, aber bis heute abend hatte sie noch von keinem gehört, der in eine Schlucht geschleudert worden war. Und alten Frauen wurde der Schädel eingeschlagen, aber nicht oft.

Der einzige wirkliche Unterschied zu der Arbeit in Chicago war der, daß sie genug Zeit hatte, um eine Aufgabe zu erledigen, daß sie etwas richtig bearbeiten und weiterverfolgen konnte und am Ende der meisten Tage etwas erreicht hatte. Sie fühlte sich nicht so überarbeitet und nicht so frustriert, und oft hatte sie das Gefühl, etwas Gutes getan zu haben, wie zum Beispiel Hilfe für einen jugendlichen Straftäter besorgt zu haben, statt zuzusehen, wie er im gesellschaftlichen System steckenblieb und für den Rest seines Lebens kriminell wurde.

In der Nähe ließ jemand einen Motor aufheulen, und Reifen quietschten. Marti hörte, wie Vik drinnen einen Techniker von der Spurensicherung fragte, ob er unter dem Badewannenrand nach Fingerabdrücken gesehen habe.

Sie lächelte. Arroganter Hundesohn, hatte sie am Anfang gedacht. Viks Einstellung, daß die Polizeiarbeit »Männerarbeit« sei, deckte sich mit der inoffiziellen Politik des Reviers. Für sie gab es besondere Regeln: Sei doppelt so gut, doppelt so schlau und arbeite doppelt soviel. Sie war sich nicht mehr sicher, ob es diese Regeln gab, weil sie schwarz war oder weil sie eine Frau war. Sie akzeptierte sie, weil niemand verstünde, wovon sie redete, wenn sie sich darüber beschwerte. Sie hatte nie Wert darauf gelegt, eine Uniform oder ein Schutzschild und eine Waffe zu tragen, aber sie schätzte die Autorität, die sie repräsentierten. Sie hoffte, daß sie die Macht, die sie besaß, niemals mißbrauchen würde, aber sie wollte auch nicht von der Macht ausgeschlossen werden.

Die männlichen Beamten, mit denen sie arbeitete, vergaßen oder übersahen bald, daß sie schwarz und eine Frau war, genauso wie Vik im Begriff war, es zu lernen. In einer lebensbedrohlichen Situation waren Lebenserfahrung, Entschlußfreudigkeit, ein klarer Kopf und Zielgenauigkeit wichtiger. Diese Situationen kamen in Chicago häufig vor, aber hier mußte sie nur selten die Waffe ziehen.

Hinter ihr wurde die Tür zugeschlagen. Es war Vik. »Sind Sie drinnen fertig, Jessenovik?« fragte Marti. »Sie haben lange gebraucht, um der Spurensicherung ihre Arbeit zu erklären.«

»Ich habe eine Inventarliste gemacht und sie mit Mrs. Banks von oben durchgecheckt. Sie war ganz sicher, daß nichts fehlt.«

»Wer immer es auch war, er hat sich die Zeit genommen, um die Scharniere am Fenster zu ölen, bevor er einbrach.«

Vik vergrub seine Hände in den Taschen. »Es ist zum Kotzen, wenn sie beschließen, sich vorher alles genau zu überlegen. Da ist mir ein richtig gutes, zufälliges Opfer lieber. Ein sinnloses, dummes Verbrechen. Die Knallköpfe findet man viel leichter, wenn sie nicht versuchen, schlau zu sein.«

»Genau das macht einen nachdenklich. Warum wollte ihr jemand etwas antun?«

»Hören Sie, Marti, nun bauschen Sie die Sache nicht zu sehr auf. Wahrscheinlich war es nur irgendein Kind, das zuviel fernsieht.«

Vik, der das Fernsehen für die Hälfte aller Sünden und fast alle Verbrechen auf der Welt verantwortlich machte, war über alle Programme informiert und sah sich die an, die er am ekelhaftesten fand.

Jetzt gingen Marti und Vik zu ihrem Dodge, einem Zivilfahrzeug. Vik nahm auf dem Beifahrersitz Platz. Sie ans Steuer zu lassen, war sein erstes größeres Eingeständnis gewesen. Er war seit siebenundzwanzig Jahren verheiratet, und seine Frau besaß noch immer keinen Führerschein.

Als sie ins Revier zurückkehrten, holte sich Vik zwei Dosen Limonade aus dem Getränkeautomaten. Marti ging zur Kaffeemaschine und leerte die Kanne bis auf den letzten Tropfen.

Vik öffnete seinen Aktenschrank und holte zwei Berichtsformulare heraus. Mit der Vorfreude eines Menschen, der gern Formulare ausfüllt, suchte er zwei Stifte aus. Er war der einzige Cop, den sie je kennengelernt hatte, der nie über die Schreibarbeiten klagte.

Sie zog es vor, ihre Eindrücke in einer ausführlichen, informellen Form aufzuschreiben, eine Gewohnheit, die Vik immer ärgerte, weil er glaubte, alle müßten so prägnant sein wie er. Sie zog einen großen gelben Notizblock hervor.

Das Opfer der Fahrerflucht war noch nicht identifiziert. Mit seinem Tod, dem von Mrs. Price und den zwei Opfern des Feuers hatten sie innerhalb einer Woche vier Fälle zu bearbeiten. Das war bestimmt ein Rekord für Lincoln Prairie.

»Vik, wenn Mrs. Price letzten Donnerstag in den Park gegangen ist, kam sie vielleicht an der Klinik vorbei.«

»Ja, Kleine, ich weiß. Aber ziehen Sie daraus keine voreiligen Schlüsse, okay? Wir überprüfen morgen die Nachbarschaft und werden sehen, ob dabei etwas Nützliches herauskommt.«

Stirnrunzelnd nahm sie einen Stift. Sobald sie mit dem Bericht fertig wäre, könnte sie nach Hause gehen.

Ihre Kinder nannten die Straße, in der sie wohnten, das Ingwerbrot-Dorf. Es gab dort nur geräumige Steinhäuser spätgotischen Baustils in verschiedenen Braunschattierungen. Im Gegensatz zu ihrer Straße in Chicago standen die Häuser nicht so eng zusammen. Sie waren umgeben von weiten Rasenflächen mit Hecken und Rosensträuchern, und anstelle von Zäunen wurden die Häuser durch Kiefern getrennt.

Sie gähnte. Wenigstens brauchte sie sich keine Sorgen um Theo und Joanna zu machen. Als sie beschlossen hatte, hierherzuziehen, war ihre Freundin Sharon schon seit fast einem Jahr geschieden. Sharon hatte ganztags als Lehrerin und halbtags als Kellnerin gearbeitet, um für sich und ihre Tochter Lisa den Lebensunterhalt zu verdienen. Seit Marti und Sharon sich das Haus und die Kosten teilten, mußte Sharon nicht mehr zwei Jobs machen. Nach der Schule und im Sommer konnte sie zu Hause bei den Kindern sein. Dieses Arrangement funktionierte gut.

Vik öffnete seine zweite Dose Limonade. »Ich wünschte, die würden ihre Morde während der normalen Arbeitszeit erledigen, zum Teufel noch mal«, sagte er. »Das ist doch verdammt rücksichtslos, uns bis halb drei morgens wachzuhalten.«

»Ja, das haben sie schlecht geplant«, pflichtete Marti ihm bei.

»Eine verdammt schlechte Planung. Die machen das absichtlich.« Er trank einen Schluck. »Das fehlt uns gerade noch, eine unbekannte männliche Leiche als Gesellschaft für unsere unbekannte weibliche Leiche. Was zum Teufel ist da passiert? Hat jemand seine kleine Tochter zum Einkaufen geschickt und sie dann vergessen? Wir sollten hier besser verschwinden. Petrosky hat die Autopsieberichte bis Tagesanbruch sicherlich fertig. Wenn wir zurückkommen, ist vielleicht wenigstens das Opfer der Fahrerflucht identifiziert.«

»Vielleicht«, stimmte sie ihm zu. Wahrscheinlich war es jemand aus der Gegend.

9

Als das Telefon klingelte, tastete Marti nach dem Hörer. Blinzelnd blickte sie auf die Uhr: 6.10. Sie stöhnte. Normalerweise war sie morgens hellwach und stand sogar gern auf. Aber es gab auch Tage wie diesen.

Das Telefon stand unter dem Bett. »Ja.«

Es war die Leichenbeschauerin, Janet Petrosky. »MacAlister, um sieben habe ich zwei Autopsien auf dem Plan. Danny Jones, wahrscheinlich tot durch Überfahren – «

»Ist das Opfer der Fahrerflucht identifiziert worden?«

»Die Fingerabdrücke und das Foto passen zusammen. Er ist nicht von hier. Familienangehörige sind noch nicht festgestellt worden. Dann haben wir noch Ruth Price. Cyprian macht die Obduktion bei Jones.« Janet nieste. Sie klang, als wäre ihr ganzer Kopf verstopft. »Verdammte Allergien. Damit haben wir vier Leichen und mindestens zwei Morde innerhalb einer Woche. Haben wir eine Welle der Kriminalität?«

»Nein. Noch nicht.« Sie schloß die Augen.

»Ist Jessenovik immer noch dagegen, daß eine weibliche Beamtin die Leiche eines nackten Mannes untersucht?«

»Ja.«

Janet lachte. »Dieser Jessenovik war schon von Geburt an ein Anachronismus. Es wurde Zeit, daß er mit einer zusammenarbeiten muß, die nicht der Meinung ist, daß eine Frau sechs Schritte hinter ihm zu gehen hat.« Sie nieste erneut. »Also gut, wir sehen uns in vierzig Minuten, MacAlister. Zwei Autopsien, und dann bin ich weg beim Allergologen.«

Marti befahl ihren Augen offenzubleiben und stand auf. Sie hatte sich das kleinere der beiden Zimmer ausgesucht, als sie mit den Kindern eingezogen war. Sie wollte nicht in einem Zimmer schlafen, das groß genug für zwei Personen war. An der Fensterwand stand ein Einzelbett, und die gegenüberliegende Wand wurde zum größten Teil von einer alten Kommode mit Klauenfüßen eingenommen. Eingerahmte Bilder von Marti und Johnny und den Kindern bevölkerten die Kommode. In einem Zinnrahmen befand sich eine alte schwarzweiße Hochglanzaufnahme ihrer Eltern.

Alles, was sie seit Sonntag getragen hatte, stapelte sich auf einem Stuhl neben dem anderen Fenster. Blusen lagen in einem unordentlichen Haufen auf dem Sitz, in der Bügelfalte zusammengelegte Hosen hingen über der Rückenlehne. Außer bei Gerichtsterminen, wenn ein marineblauer Rock und Blazer besser geeignet schienen, trug sie bei der Arbeit immer Hosen und Schnürschuhe. Manchmal wurde sie geneckt, daß sie wohl immer auf eine Verfolgungsjagd vorbereitet sei, aber in Chicago hatte es häufig zu ihren Aufgaben gehört, Verdächtige zu verfolgen.

Janet Petrosky bestand auf Pünktlichkeit, darum duschte Marti eilig und zog sich schnell an. Sie warf die beigefarbene Überdecke über ihr zerwühltes Laken und horchte auf dem Weg nach draußen auf das Klicken der Tür, als sie sie hinter sich schloß. Ihr Zimmer war immer unordentlich, aber sie wollte nicht, daß jemand sah, wie lange es her war, seit sie Staub gesaugt und aufgeräumt hatte.

Um acht Uhr stand sie wieder draußen vor dem Leichenschauhaus. Der Arzt, der die Obduktion bei Ruth Price durchführte, war zu spät gekommen, so daß Vik noch drinnen war. Sie war froh, daß die Autopsie von Jones vorbei war. Dies war ein kalter Ort, und nicht nur wegen der Klimaanlage. Weißgestrichene Klinkerwände, rostfreie Stahltische und Instrumente, grelles Licht. Und der Geruch! Obwohl sie sich immer etwas Wick in die Nasenlöcher rieb, mußte sie entweder wegen des Geruchs oder wegen der Erinnerung daran, als sie ihn das erste Mal gerochen hatte, an die alten Schlachthöfe in Chicago denken, wo die Tiere geschlachtet wurden, als sie noch ein Kind war. Draußen war es schon wieder heiß, und als sie in dem grellen Sonnenlicht stand, bekam sie für einen Augenblick eine Gänsehaut auf den Armen und schauderte.

Danny Jones hatte auf diesem Tisch schrecklich ausgesehen, schon bevor man ihm die Kleidung ausgezogen hatte. Glassplitter und Kiesel hatten sich in sein Gesicht und seine Kopfhaut gedrückt. Seine Nase und mindestens ein Dutzend anderer Gesichtsknochen waren zerquetscht. Wer immer ihm das angetan hatte, war mehr als nur ein bißchen wütend auf ihn gewesen. An seinem unverletzten Auge hatte er einen blauen Fleck, von dem Dr. Cyprian meinte, daß er ihn mindestens zwei Tage, bevor er starb, bekommen habe.

Nachdem sie sich seinen Körper angesehen hatte – sein Unterleib war total zerquetscht, Knochen ragten aus seinem rechten Bein –

machte es ihr nichts mehr aus, beim Öffnen der Leiche zuzuschauen, bis sie feststellten, daß er kurz vor seinem Tod Schokoriegel gegessen hatte.

Vik mochte Schokoriegel. Sie sollte ihm eine Packung kaufen, abwarten, bis er sie gegessen hatte, und ihm dann beschreiben, wie sie eine Viertelstunde nach Beginn des Verdauungsprozesses aussahen. Das Problem war, daß sie vielleicht die einzige war, der dabei schlecht wurde.

Sie fuhr am Revier vorbei und holte sich eine Kopie von Jones' Polizeiakte. Danny Montana Jones, zwanzig Jahre. Er war im Mai wegen bewaffneten Raubes in Louisville, Kentucky, verhaftet worden. Er war achtundzwanzig Tage eingesperrt und dann wieder entlassen worden, als die Beschuldigungen zurückgezogen wurden. Zuvor war er noch nie festgenommen worden, jedenfalls nicht im Erwachsenenalter. Die einzigen aktenkundigen Verwandten waren seine Eltern, die beide tot waren. Jones war innerhalb einer Woche nach seiner Verhaftung vor Gericht gestellt worden, und die Ermittlungen gegen ihn waren bis zur Anklageschrift fortgeschritten gewesen. Es gab keinen Hinweis, warum er hierhergekommen war.

Um zehn vor neun bog Marti auf den Parkplatz des vorläufigen Quartiers der Lakeshore Klinik ein. Das einstöckige Gebäude lag nur zwei Straßen von der abgebrannten Klinik entfernt und war für die gewerbliche Nutzung ausgewiesen. Davor parkten keine anderen Wagen. Die Sprechstunde begann um neun Uhr dreißig. Sie hoffte, Dr. Edwards zu erwischen, bevor seine Patienten kamen.

Seit dem Brand hatte sie mit Edwards nicht mehr geredet. Der Brandexperte hatte bestätigt, daß das Feuer vorsätzlich gelegt worden sei, und darauf hingewiesen, daß die Feuerversicherung für das Gebäude nur den Wiederbeschaffungswert ersetze. Seit Edwards das Gebäude gekauft habe, sei die Versicherung nicht geändert oder erhöht worden. Er berichtete außerdem, daß alle Finanzunterlagen zerstört worden seien, aber es gab keinen Hinweis, daß Edwards ein Motiv hatte, diese Tat zu begehen.

Ein hellblauer Hyundai fuhr bei der Klinik vor, und eine ältere Frau stieg aus. Sie war klein und mollig und hatte walnußbraune Haut. Marti beobachtete, wie sie ihre große Handtasche durchwühlte. Das mußte Mrs. Johnson sein, Dr. Edwards' Empfangssekretärin für die

Tagesschicht. Am Abend des Feuers war sie in Racine kirchlich tätig gewesen.

Die Frau wollte gerade die Tür aufschließen, als Marti sich näherte. »Mrs. Johnson?«

»Ja.«

»Guten Morgen, Ma'am. Ich bin Detective MacAlister.« Sie zeigte der Frau ihre Marke. »Ich ermittle im Zusammenhang mit dem Feuer. Ich wollte mit dem Doktor sprechen, aber es sieht so aus, als sei er noch nicht da. Darf ich reinkommen?«

»Ja, natürlich.« Mrs. Johnson lächelte und blinzelte. »Der Doktor müßte etwa in den nächsten zwanzig Minuten dasein.«

Drinnen roch es nach neuen Teppichböden und frischer Farbe. Marti folgte Mrs. Johnson einen kurzen unbeleuchteten Flur entlang zum Empfang. Nach einem Blick auf die Plastikstühle beschloß sie stehenzubleiben.

Mrs. Johnson schlüpfte in einen rosa- und blaugestreiften Kittel und machte sich an ihrem Tisch zu schaffen. »Ich würde Ihnen natürlich gern helfen, aber ich war an dem Abend nicht da.«

»Es scheint, als hätten Sie viel zu tun gehabt, um diese Räumlichkeiten in Betrieb zu nehmen.«

Mrs. Johnson lächelte. »Oh ja, zumal so viele Unterlagen zerstört wurden. Ich habe bis Montag gebraucht, um alles in den Griff zu bekommen. Es gibt eine Menge Informationen, die für immer verloren sind, aber wir werden es trotzdem schaffen.« Sie tätschelte einen Stapel Akten und schien mit ihren Bemühungen zufrieden zu sein. »Ich hoffe wirklich, daß Sie sich beeilen und den finden, der das getan hat. Eine schreckliche Sache.«

Marti zog das Foto des Leichenschauhauses von dem nicht identifizierten Mädchen heraus, damit Mrs. Johnson es sich ansehen konnte, bevor der Doktor kam. »Haben Sie dieses Mädchen jemals gesehen?«

Mrs. Johnson nahm das Foto und betrachtete es. »Ich kann mich nicht erinnern, es jemals gesehen zu haben. Jedenfalls nicht in der Klinik. Der Doktor sagte, daß es keines seiner Mädchen gewesen sei.« Sie gab das Foto zurück. »Großer Gott, Sie wissen also immer noch nicht, wer sie ist, nicht wahr? Irgendeine arme Frau fragt sich jetzt, was aus ihrem Kind geworden ist.« Sie schüttelte den Kopf. »Nein, es tut mir leid. Ich würde mich an sie erinnern.« Sie betupfte ihre Augen mit einem Kleenextuch.

»Vielleicht könnten Sie ein paar Fragen beantworten, während wir auf den Doktor warten. Nur ein paar Hintergrundinformationen.«

Mrs. Johnson zögerte. »Nun, ich denke, das geht in Ordnung.«

»Wie gut kannten Sie Teresa Martinez?«

»Das mit Teresa ist solch eine Schande. Aber Gott weiß, was er tut, denke ich. Sie war so nett, so höflich. Benahm sich gut. Nicht so wie diese Freundin von ihr, die Carmen.«

Carmen Rodriguez war die andere Empfangssekretärin für die Spätschicht.

»Warum brauchte Dr. Edwards zwei Teilzeitkräfte für die Spätschicht, Mrs. Johnson?«

»Nun, zuerst hat der Doktor Carmen eingestellt. Wie sollte der arme Mann wissen, daß sie so unzuverlässig ist? Carmen nutzte nicht nur ihn, sondern auch Teresa aus. Teresa, das arme Mädchen, brauchte den Job, um ihrer verwitweten Mutter zu helfen. Soviel ich von Teresa wußte, tauchte Carmen wohl nur auf, wenn sie etwas Kleingeld brauchte.«

»Warum wurde die Rodriguez nicht gefeuert?«

»Du meine Güte, nein. So etwas würde der Doktor nicht tun.«

Die verbrannten Akten machten ihr sehr zu schaffen. Edwards behauptete, alle Aufzeichnungen seiner finanziellen Angelegenheiten und die meisten Patientenunterlagen – Diagnosen, Behandlungen, Verschreibungen, Überweisungen – verloren zu haben. Es war so, als hätte Dr. Edwards vor dem Feuer überhaupt nicht in Lincoln Prairie praktiziert.

Auf Wunsch des Brandexperten hatte sich Mrs. Edwards, die Buchhalterin war und die Bücher ihres Mannes führte, bereit erklärt, soviele Informationen wie nur möglich zu rekonstruieren. Diese würden sich auf vorhandene Unterlagen, wie zum Beispiel Steuerbescheide, stützen und nicht so genau sein wie die Originalunterlagen und Computerdateien.

»Doktor Edwards erzählte mir, daß Sie seiner Frau bei der Buchhaltung helfen.«

»Oh, ja.« Mrs. Johnson schlang die Hände fest zusammen. »An jedem letzten Mittwochnachmittag im Monat wird die Klinik geschlossen. Ich benutze diesen kleinen Computer, der kaum größer als eine Aktentasche ist. Ich kümmere mich nur um die Rechnungen – was der Doktor anderen schuldig ist, kommt auf eine Diskette, und was die Leute ihm schuldig sind, auf eine andere.«

»Und die Frau des Doktors hilft Ihnen.«

»Nein, eigentlich nicht. Sie zeigte mir, wie man ihn benutzt und so. Aber sie kümmert sich um die Schecks, bezahlt die Rechnungen, sorgt für die Einlagen. Und einmal im Monat kommt sie sonntags, um Inventur zu machen.« Sie runzelte die Stirn. »Sie zählt sogar die Verbände. So ein Blödsinn, die zu kontrollieren. ›Sie haben pro Patient drei Verbände verbraucht‹, sagt sie dann. Natürlich weiß ich, daß sie übertreibt, aber ich habe noch nie für jemanden gearbeitet, der alles so nachzählte.«

»Haben Sie von den Disketten, die Sie benutzten, irgendwo ein Duplikat aufbewahrt? Haben Sie eine Kopie?«

»Der Doktor hatte eine«, sagte Mrs. Johnson. »In seinem Schreibtisch hatte er eine, genauso wie ich. Wir haben nie – man denkt ja nie daran, daß so etwas passieren wird.«

»Hatte seine Frau auch Kopien?«

»Nein, ich glaube nicht.«

Der Doktor hatte Marti eine ähnliche Geschichte erzählt, aber sie glaubte nicht, daß es außerhalb des Büros keine weiteren Disketten gab. Vik, der seine Akten so peinlich genau führte, wie die Frau des Doktors Verbände zählte, machte von vielen Dinge dreifache Kopien. Und der Doktor hatte weitaus mehr Gründe, seine Unterlagen aufzuheben, als dieser Hamster Jessenovik. Es ergab einfach keinen Sinn.

Die Tür ging auf, ehe sie weitere Fragen stellen konnte.

Mrs. Johnson sah an Marti vorbei. »Doktor Edwards.« Sie klang erleichert.

Marti drehte sich um. »Guten Morgen, Doktor.«

Als sie sprach, glättete sich seine Stirnfalte, und er setzte einen ernsten, feierlichen Gesichtsausdruck auf, wie sie ihn schon am Abend des Feuers gesehen hatte.

10

Marti betrat Edwards' Büro und schloß die Tür. Ein eher stechender als süßer Hauch seines Parfüms stieg ihr in die Nase. Etwas Zitrusartiges. »Mein erster Termin ist in zehn Minuten«, sagte er. »Ich habe Sie nicht erwartet.« Er klang wie ein Radiomoderator.

»Ich muß Ihnen noch ein paar Fragen stellen.«

»Dann tun Sie das bitte so schnell wie möglich. Ich hoffe, Sie machen Fortschritte«, sagte er. »Wir waren damit beschäftigt, diese Räume zu eröffnen. Ich hatte keine Zeit, mich zu erkundigen.«

Sein Büro sah aus, als wäre er mit dem Einzug noch nicht fertig. Vielleicht lag es an den Wänden – sie waren leer, keine Diplome, keine Zulassung. Vielleicht im Feuer verbrannt. Wenn Leute ihre Geschäfte absichtlich anzündeten, neigten sie dazu, alles, was wertvoll oder wichtig war, vorher herauszuholen.

Die Angaben auf dem Versicherungsformular deuteten darauf hin, daß Edwards einen teuren Geschmack hatte. In seinem Büro lag ein dicker blaugrauer Teppichboden, der sich sehr von dem dünnen braunen Zeug im Wartezimmer abhob. Die Lampen und die Garderobe waren aus Messing, und die Stühle hatten ein graues Lederpolster.

»Warum haben Sie Carmen Rodriguez eingestellt?«

Er hob die Brauen. »Carmen? Sie meldete sich auf eine Anzeige. Mrs. Johnson wollte abends nicht arbeiten.«

»Warum haben Sie dann noch die Martinez eingestellt?«

Er begann, mit einem Kugelschreiber herumzuspielen. »Eigentlich habe ich kein Gespräch mit ihr geführt oder sie eingestellt. Carmen hat sich eines Abends krank gemeldet und gesagt, sie habe eine Freundin, die für sie einspringen könne. Teresa war kompetent und zuverlässig.«

Marti war bei der Totenfeier und der Beerdigung gewesen. Teresas Mutter hatte untröstlich geweint. Ihr Verlobter hatte rote Augen gehabt und geschwiegen. Der Doktor hatte bei der Totenfeier einen nervösen Eindruck gemacht und war keine fünf Minuten lang geblieben. Zur Beerdigung war er nicht erschienen.

»War Carmen auch kompetent und zuverlässig?«

Er zuckte die Schultern.

»Warum haben Sie sie nicht entlassen?«

Wieder ein Schulterzucken. »Solange eine von beiden da war ... ich wollte mich bei meinen lateinamerikanischen Patienten ja nicht unbeliebt machen, indem ich jemanden entließ.«

Marti wartete darauf, daß er sich nach dem nicht identifzierten Opfer erkundigte, nur um zu sehen, ob er wußte, wer sie war. Sie beschloß, sie nicht zu erwähnen, wenn Edwards es nicht tat.

»Der Haupteingang war am Abend des Feuers abgeschlossen. Sollte das so sein?«

Er trat einen Schritt zurück und verschränkte die Arme. »Ja. Ich hätte ihn aufgeschlossen, als ich zurückkam.«

»Und Sie hätten der erste sein müssen, der zurückkam?«

»Ja.«

»Wie kamen Carmen und Teresa hinein?«

»Durch die Hintertür. Nein, es gab keinen bestimmten Grund dafür. Es war einfach so.«

Das Feuer war in der Nähe der Hintertür ausgebrochen. Unten gab es noch die Seitentür, die sie und Vik am letzten Samstag benutzt hatten. »Sie hatten kürzlich die Schlösser ausgewechselt?«

»Ja.« Er verlagerte sein Gewicht und rieb seine manikürten Fingernägel am Ärmel. »Es war teuer, aber notwendig. Teresa hatte ihre Schlüssel verloren. Darum gab ich allen sofort einen neuen Schlüsselsatz.«

Sie erzählte ihm nicht, daß Teresas neuer Schlüssel nicht in die Vordertür paßte.

»Doktor, wie unterscheiden sich die Patienten, die Sie abends behandeln, von denen, die tagsüber kommen?«

»Es sind mehr berufstätige Frauen. Weniger Schwangerschaften. Die meisten suchen nur einen günstigen Ort für die jährliche Routineuntersuchung. Es fallen wenige Nachfolgebehandlungen an. In diesem Teil der Stadt gibt es keinen anderen Gynäkologen, und die, die sich im Umkreis dieses Gebiets befinden, bieten keine Spätsprechstunden an.«

»Hätten Sie eigentlich da sein müssen, als das Feuer ausbrach? Sind Sie unerwartet weggegangen?«

»Nein. So früh mußte ich nicht da sein. Aber die Nachmittagssprechstunde dauerte etwas länger als gewöhnlich. Dann fuhr ich zum Imbiß an der Ecke Webster- und Shermanstreet. Am Fenster für den Straßenverkauf bestellte ich einen Salat und aß im Auto.«

Er machte eher den Eindruck, daß er gern gesund aß. »Zu dem Zeitpunkt, als die Klinik angezündet wurde, rechnete niemand mit Ihnen?«

»Nein. Die Mädchen sollten eigentlich um Viertel vor sieben anfangen, aber sie kamen nie vor sieben. Die Sprechstunde begann um Viertel nach sieben.«

»Diese Lebensschützer-Gruppe hat in der Nähe Ihrer Klinik jeden Tag Flugblätter verteilt.«

»Ja, und ich habe auch anonyme Drohbriefe erhalten. Der Brandexperte hat sie.«

Er hatte vier Briefe erhalten. Die Wörter waren aus Zeitungen ausgeschnitten worden und nicht zurückzuverfolgen. Der Brandexperte war froh, daß die Briefe alle nur von einer Person stammten.

»Die staatlichen Krankenhäuser in dieser Gegend werden schon seit über einem Jahr unter Druck gesetzt, keine Schwangerschaftsabbrüche mehr durchzuführen. Ihre Klinik ist die einzige private Praxis, die aufs Korn genommen wurde. Gibt es einen Grund dafür?«

»Nein. Ich führe in drei Krankenhäusern Abbrüche durch, aber hier werden keine chirurgischen Eingriffe vorgenommen.«

»Gibt es dafür einen besonderen Grund?«

»Nein. Ich mache das nur lieber im Krankenhaus. Aus Versicherungsgründen. Mrs. Johnson hat eine Schwesternhelferinnenausbildung. Das reicht mir. Aber wenn ich in meiner Praxis mehr machen wollte, bräuchte ich eine ausgebildete Krankenschwester. Davon abgesehen brauchen wir hier eher einen günstig gelegenen Ort für Routineuntersuchungen und die Gesundheitsvorsorge. Nächstes Jahr wollte ich einen Kinderarzt dazuholen und danach eine Apotheke im ersten Stock einrichten. Jetzt weiß ich nicht, was ich als nächstes tun werde.«

Er warf einen Blick auf seine Rolex. »Wissen Sie, das hier ist eine Art Notstandsgebiet mit vielen armen, ungebildeten Frauen, die keinen Wohltäter brauchen, der ihnen erzählt, wie man arm und ungebildet bleibt, indem man jedes Jahr ein Kind bekommt.« Er sprach, ohne die Stimme zu heben oder Gefühle zu zeigen. »Was denken Sie denn, was diese religiösen Fanatiker tun? Daß sie ihre eigenen Ärzte bestreiken? Deren Töchter, die Cheerleaderinnen sind, aufs Internat gehen und Ehrenurkunden bekommen, besuchen alte Tanten oder verbringen lange Wochenenden in Florida oder Kalifornien, wenn sie einen Abbruch machen lassen.«

»Gibt es sonst noch irgendeinen Grund, warum jemand das Feuer gelegt haben könnte?«

»Nein. Und ich komme zu spät zu meinem ersten Termin.« Das nicht identifizierte Mädchen erwähnte er nicht.

Als Marti ins Revier zurückkehrte, saß Vik an seinem Schreibtisch.

»Was gibt es in dem Beutel an Beweismaterial?« fragte sie.

Er schüttete den Inhalt aus. »Jones' Eigentum«, antwortete er.

Sie trat an seinen Tisch. Eine schwarze, abgenutzte, lederne Brieftasche; ein halber Schokoriegel und das Einwickelpapier eines Snickers; fünfundsiebzig Cents. Sie schaute in die Brieftasche. Drei Eindollar-Lebensmittelmarken, ein Fünfdollarschein.

»Kein Führerschein, keine Sozialversicherungskarte, keine Fotos«, stellte sie fest. »Keine Telefonnummern. Keine Adressen.«

»Nicht gerade viel«, stimmte Vik ihr zu.

»Verwandte haben wir auch noch keine. Beide Eltern sind tot.«

»Am Ende wird ihn wohl unsere Gemeinde beerdigen müssen.«

»Schade, daß wir nicht feststellen können, ob es beim Jugendamt eine Akte über ihn gibt. Die Gerichte sollten nicht die Möglichkeit haben, sie verschlossen zu halten.«

Der Tod dieses Waisen ginge ihr nicht so nahe, wenn sie wüßte, daß er alte Damen überfallen und kleinen Kindern die Bonbons geklaut hätte.

»Wir haben das Auto des flüchtigen Fahrers gefunden«, berichtete Vik.

»So schnell? Ich bin beeindruckt.«

»Es hätte Wochen dauern können, wenn wir nicht Lupe Torres hätten. Einer ihrer Informanten schlug vor, einen alten Mann in ihrem Bezirk zu überprüfen. Anscheinend läßt er die Schlüssel seines Autos unter der Matte in seiner Garage liegen. Die Leute nehmen sich einfach den Wagen, und wenn sie ihn zurückbringen, hinterlassen sie entweder etwas Benzin im Tank oder ein bißchen Geld unter der Matte. Die Männer von der Spurensicherung sind gerade dort – sie fanden die gleichen Farbspuren wie am Tatort. Wir überprüfen, ob wir noch einen Fall haben, in den dasselbe Fahrzeug verwickelt ist. Der alte Mann sollte für seine Dummheit eingesperrt werden.«

»Oder für seine Klugheit«, entgegnete Marti. »Wahrscheinlich hat er einen guten Tausch gemacht und meistens einen vollen Tank gehabt.«

Marti erzählte Vik von Jones' Verletzungen und ihrem Gespräch mit dem Doktor. »Ich wollte, daß er sich nach dem kleinen Mädchen erkundigt«, gestand sie, »und ich war enttäuscht, als er es nicht tat.«

»Warum, weil er Arzt ist? Er ist im Augenblick auch mit einer Menge Dinge beschäftigt.«

»Ja, vermutlich. Was haben Sie über Ruth Price herausgefunden?«

»Sie starb an einer Schädelfraktur. Allerdings hatte sie drei Verletzungen und nicht nur eine. Und Hautwunden am Kopf, als hätte man sie am Haar gezogen. Ihr Bügeleisen diente als Türstopper. Möglicherweise ist sie gestoßen worden und beim Fallen mit dem Kopf darauf geschlagen. Aber jemand hat ihren Kopf noch mal und noch mal darauf geschlagen.« Er schlug zweimal die Handballen gegeneinander. »Es gibt keine Zeugen, keine Fingerabdrücke. Keinerlei Feinde, von denen wir wissen. Nichts. Das ist alles. Was meinen Sie, sollen wir alle Leute im Umkreis von fünfzehn Wohnblöcken befragen?«

Martis Magen knurrte und erinnerte sie, daß sie an diesem Morgen nichts gegessen hatte. Neben der Kaffeekanne lagen zwei Pfannkuchen – einer mit Honigüberzug und ein halber mit Schokolade. Ein bißchen vertrocknet, aber noch eßbar.

11

Gegen ein Uhr sprachen Marti und Vik mit dem Besitzer des Wagens, mit dem Danny Jones überfahren worden war.

»Die Leute nennen mich Old Tom«, sagte er und strahlte sie mit seiner breiten Zahnlücke an. Sein kariertes Hemd hing an ihm, als hätte es einem größeren Mann gehört.

Old Tom erkannte Danny Jones auf dem Foto des Leichenschauhauses nicht wieder. »Meistens steht der Wagen in der Garage«, erklärte er. »Ich benutze ihn kaum noch.«

Seine Hand zitterte, als er das Foto zurückreichte. »Ich habe Arthritis und fahr nicht mehr als nötig. Meine Enkel kommen oft vorbei und wollen ihn haben. Darum laß ich den Schlüssel einfach da, damit sie mich nicht wecken.«

»Anscheinend wissen eine Menge Leute im Viertel, daß der Wagen zur Verfügung steht«, sagte Vik.

»Ich brauche meine Ruhe«, sagte der alte Mann.

»Er ist vorn ziemlich beschädigt worden«, erzählte Vik ihm. »Der Kühler und die Haube sind verbeult, und der Scheinwerfer ist kaputt. Deckt die Versicherung das ab?«

»Das muß ich sehen«, erwiderte der alte Mann. »Ist alles dran, was amtlich vorgeschrieben ist. Das reicht.«

»Wenn wir feststellen, daß der Wagen in etwas verwickelt war, könnten wir Sie wegen Beihilfe belangen«, warnte Vik. »Passen Sie lieber auf, wem Sie von jetzt ab die Schlüssel geben.«

Als nächstes überprüften sie die Umgebung der abgebrannten Klinik im Umkreis von zwei Wohnblöcken. Doch es sah nicht so aus, als würden sie etwas Neues entdecken.

Als sie sich der Klinik näherten, übernahm Vik den Schnapsladen am Ende der Straße, der als einziger in der Stadt ein Fenster für den Straßenverkauf hatte. Marti ging in das Lebensmittelgeschäft an der Ecke, das durch ein freies Grundstück von der Klinik getrennt wurde.

Joe war ein kleiner, dunkelhaariger Iraner, der sich als Lateinamerikaner ausgab. Er sprach fließend Spanisch und hatte den Namen des vorherigen Eigentümers, Jose Lopez, an der Tür gelassen. Marti war überzeugt, daß sich ungeachtet seiner Vorsicht niemand im Viertel für Joes Herkunft interessierte.

Joe nickte und lächelte viel. »Ja, Ma'am. Natürlich. Ich sehe mir die Fotos noch mal an. Die anderen Beamten zeigten sie mir schon.«

Sie stand auf der Kundenseite des Ladentisches. Süßigkeiten mußten ein großer Renner sein. Es gab eine unglaubliche Auswahl an Bonbons, die meistens nur ein paar Cents kosteten. So etwas hatte sie seit ihrer Kindheit nicht mehr gesehen. Sie konnte die Kaugummikugeln und Mary Janes regelrecht auf der Zunge schmecken.

Joe betrachtete die Aufnahmen von R. D., den beiden toten Mädchen und ein paar anonymen Straftätern, die zur Zeit in Joliet einsaßen. Sie hatte ein paar Fotos aus dem Leichenschauhaus von Danny Jones und Ruth Price hinzugefügt und ein Foto des Erkennungsdienstes von Glodine, die mit R. D. verkehrte und einmal wegen Prostitution verhaftet worden war.

Joe identifizierte Teresa und Carmen. Er zögerte, als er die Aufnahme von Ruth Price sah. »Ist das die Frau, die gestern nacht umgebracht wurde?«

»Ja.« Er schien ihr etwas sagen zu wollen. Sie wartete.

»Ich kenne sie.«

»War sie eine Kundin?«

Wieder zögerte er.

»Sie ist tot«, erinnerte Marti ihn. »Was können Sie mir sagen?«

»Diese alte Frau, sie kam immer durch die Gasse. Donnerstags. Dann kommen die anderen Alten auch.«

Er sah verlegen aus und ging nach hinten in den Laden. An einer langen Kiste voller Obst und Gemüse blieb er stehen. Alles sah frisch aus mit Ausnahme von ein paar Waren, die auf einem ungekühlten Regal lagen.

»Am Donnerstag verkaufe ich alles, was am Montag geliefert wurde, zum halben Preis.« Er zeigte auf die ungekühlten Waren, die ein wenig verwelkt, aber nicht verdorben aussahen. »Das, was übrigbleibt, wenn ich den Laden schließe, stelle ich mit dem Abfall auf die Straße. In einer separaten Kiste. Dann kommen die Alten und nehmen es mit. Ich könnte es noch verkaufen«, sagte er, »doch ich stelle es nach draußen. In meinem Land gibt es Hunger. Aber es gibt hier so viele Vorschriften. Ist es falsch oder verboten, daß ich es rausstelle? Ich stelle es nicht neben den Abfall, sondern separat. Die Alten wissen das.«

»Das ist in Ordnung«, versicherte sie ihm, denn sie hatte keine Lust, sich mit Verstößen gegen Gesundheitsvorschriften zu befassen. »Sie können nach draußen stellen, was Sie wollen, und es verpacken, wie Sie wollen.« Jedenfalls war sie davon überzeugt. »Es gibt auch Suppenküchen, Kirchen und andere Stellen, die Essen verteilen.«

»Ja, ja. Aber die Alten, die kommen hierher. Sie müssen nicht betteln. Es ist da, und es ist umsonst, und niemand bemitleidet sie. Es ist fast wie einkaufen gehen.« Er gab ihr das Foto von Ruth Price zurück. »Sie mochte Orangen. Und manchmal Pfirsiche. Sie nehmen nicht mehr, als sie brauchen. Ist das erlaubt?«

»Das ist in Ordnung«, wiederholte sie. Sie sagte ihm nicht, wie froh sie war, daß er die Waren nach draußen stellte und Ruth Price jede Woche ein paar Orangen bekam und am Abend, bevor sie starb, eine gegessen hatte.

12

Marti verließ das Revier erst um halb sechs. Sie hatte Theo und Joanna versprochen, mit ihnen abends joggen zu gehen, aber vorher mußte sie noch eine ihrer Informantinnen aufsuchen.

Ihre Informantin, Doretta Eldridge, war eine Art Predigerin. Sie hatte die Schule verlassen, ohne lesen zu lernen, und war die nächsten sechzehn Jahre betrunken oder high gewesen. Als sie mit den Drogen aufhörte, fing sie an, eine Bibel mit sich herumzutragen und in der Stadt an einer Ecke, wo die Pendler auf dem Weg zum Bahnhof vorbeikamen, Predigten zu halten.

Nachdem sie sechs Monate lang clean und nüchtern gewesen war, waren ihre Eltern so froh darüber, daß sie wieder zu Hause wohnen und die Garage für ihre Gottesdienste benutzen durfte. Sie wohnten drei Straßen von der Stelle entfernt, wo Jones getötet worden war, und Doretta kannte ihre Nachbarschaft gut. Marti hoffte, daß sie etwas über Danny Jones wußte.

Sie fuhr bei dem gelben Bungalow vor. Petunien wuchsen in einer breiten Rabatte vor dem Haus und quollen aus Fensterkästen. Die Garagentür stand offen. Drinnen saßen fünf Leute auf Klappstühlen, mit dem Rücken zu den Gartenutensilien, die an der Mauer lehnten.

Für Doretta war das ein großes Publikum. Marti war sich nicht sicher, warum die Leute kamen, aber an einem Abend, als sie einmal darauf wartete, mit Doretta sprechen zu können, sagte eine Frau zu ihr: »Ist es nicht wundervoll, wie der Heilige Geist aus ihr spricht? Gott sei Dank. Wenn der Herr uns einen Übersetzer schickt, verstehen wir ihn.«

Doretta war zweiunddreißig und sah mindestens wie fünfzig aus. Sie hatte keine Falten oder war auf gewöhnliche Art alt, sondern einfach durch ihre Drogenabhängigkeit verbraucht. Mit aufgeschlagener Bibel ging sie hin und her, die Schultern nach vorn gebeugt. »Und Gott sagte: ›Teile das Wasser des Jordans, und die Kinder Daniels stiegen über Nebukadnezars Streitwagen und ertranken.‹«

Marti konnte sich aus Dorettas Predigten nie einen Reim machen und glaubte auch nicht, daß Doretta wußte, wovon sie sprach. Es schien, als gefiele ihr der Klang der miteinander verknüpften Sätze. Auf jeden Fall waren sie in keiner Weise mit den wohlüberlegten Predigten von Martis Pfarrer vergleichbar.

»Und der Herr sagte zu Hesekiel: ›Schicke Esau zu den Philistern, während ich in der Wüste Holz sammle.‹«

Marti nahm sich einen Klappstuhl und setzte sich mit einem Blick auf die Uhr in die Einfahrt. Es war fünf vor sechs. Der Gottesdienst müßte bald vorbei sein. Es kam ihr vor, als verginge noch eine halbe Stunde, ehe die Leute aufbrachen, aber es dauerte nur sechs Minuten.

»Schwester Mac. Wie schön, daß Sie gekommen sind«, begrüßte Doretta sie, zog sich einen Stuhl heran und wischte sich mit dem Handrücken den Schweiß von der dunklen Stirn. »Puh. Der Heilige Geist war heute sehr bewegend. Gedankt sei Gott.«

Doretta war bekehrt worden, als sie vor ein paar Jahren bei einer Kneipenschlägerei zusammengeschlagen und durch Stiche verletzt worden war. Nach ihrer Entlassung aus dem Krankenhaus begann sie, der Polizei Informationen über Schnapsläden, die Alkohol an Minderjährige verkauften, und Schulhöfe, wo Drogen an Kinder verkauft wurden, zu geben.

Doch als Doretta anfing, die Bibel zu zitieren, verlor sie den letzten Rest an Glaubwürdigkeit, die sie bei der Polizei noch besaß. Die Einsatzzentrale erklärte sie für verrückt und schickte die unerfahrensten Polizeirekruten los, um sie zu verhören. Um ihr einen Streich zu spielen, wurde Marti an ihrem zweiten Arbeitstag hierhergeschickt. Doch im Gegensatz zu den anderen mochte Marti Doretta und hatte darum gebeten, deren Anrufe an sie weiterzuleiten.

Mit Martis Unterstützung leitete Doretta die Namen von Satanshelfern an das Drogenreferat weiter. Gemeinsam schafften sie es recht gut, die beiden Grundschulen in der Nähe von Dorettas Haus von Drogen freizuhalten, und ihre Informationen hatten zur Verhaftung eines Dealers an einer der Junior Highschools geführt. Mehrere Inhaber von Schnapsläden erhielten wegen des Verkaufs an Minderjährige Verwarnungen, und zwei Bars waren vorübergehend geschlossen worden.

Doretta hatte einen Silberblick. Das linke Auge sah Marti direkt an, während das rechte versuchte, es einzuholen. »Das war wirklich anständig von Ihnen, daß Sie Bruder Malcolm zum Herrn gebracht haben, Schwester.«

Malcolm war ein dreizehnjähriger Junge, dem Marti geholfen hatte, ins Drogenprogramm zu kommen. Sie dachte an ihre beiden eigenen Kinder, die zu Hause mit zunehmender Ungeduld auf sie warteten oder vielleicht schon enttäuscht waren, weil sie nicht mehr glaubten, daß sie noch käme.

»Ich habe noch ein paar Namen für Sie, Schwester. Dieser Teufel trampelt gerade die Lilien und die Spatzen nieder, die sich von der Spreu auf den Feldern ernähren.«

Marti notierte die Namen und versprach, sich darum zu kümmern.

»Es ist so gut, wenn eine von uns diese Marke hat, Schwester. Damit die Kinder sehen, daß eine von uns da ist, um ihnen zu helfen, und nicht nur, um sie einzusperren.«

Das war einer der Gründe, warum Marti sie mochte. Doretta ging davon aus, daß sie den Leuten helfen wollte.

»Jakobs Kinder kommen aus der glühenden Hölle und lassen die apokalyptische Pest hinter sich verbrennen.«

Ihre Kinder warteten darauf, im Stadtpark joggen zu gehen. »Kennen Sie einen Mann namens Danny Jones?«

Doretta runzelte angestrengt die Stirn und knabberte auf ihrer Unterlippe. »Er wurde gestern abend umgebracht. Wohnte drüben in Eureka.«

»Gut«, sagte Marti ruhig. »In der Pension, in der es letztes Jahr gebrannt hat?« riet sie.

»Ja, genau.«

Marti dachte wieder an Joanna und Theo, die auf sie warteten, während sie die Pension überprüfen ging, aber vielleicht würde es nicht lange dauern.

»Wissen Sie etwas über Jones?«

»Pilatus' Zenturio, der das goldene Kalb reitet.«

Das war Dorettas Beschreibung eines Diebes. Jones war wegen bewaffneten Raubes verhaftet worden. Wollte er gerade etwas klauen, als er hier war? »Ich muß mehr über ihn wissen.«

»Die Schlange hat den Bösen gebissen, um sich zu rächen.«

Was zum Teufel sollte das wieder heißen?

»Er wollte mit der Hure des Satans Unzucht treiben, als Gott ihn strafte.«

»Unzucht treiben mit wem?«

»Ich weiß nicht, wer sie war.«

Isaac hatte gestern abend die Stimme einer Frau gehört.

»Rufen Sie an, wenn Sie mehr erfahren?«

»Na klar, Schwester. Das Feuer erhebt sich aus der Tiefe, um die Kinder zu verschlingen, und die, die jetzt kommen, vergießen ihr Blut im Kelch der Entrüstung.«

Doretta nahm eine kleine Spende für die Kirche entgegen, und Marti rannte schon fast zu ihrem Wagen. Sie rief im Revier an, damit Vik zu der Adresse in der Eureka Street käme. Sie hatte dem Verwalter das Foto von Jones gezeigt. Gleich am Montagmorgen würde sie das Haus auf Gesetzesverstöße untersuchen lassen. Das nächste Mal wäre er dann vielleicht kooperativer.

Sie sah auf die Uhr. Der Stadtpark wurde nach Einbruch der Dunkelheit geschlossen. Wenn es keine weiteren Verzögerungen mehr gäbe ...

13

Als Marti die Pension erreichte, wartete Vik schon auf sie.

»Diesmal hat der Hauswirt Jones' Foto erkannt«, sagte er. »Jones nannte sich Smith und hatte einen wöchentlichen Mietvertrag abgeschlossen.«

Jones' Zimmer befand sich am hinteren Ende eines dunklen Flurs, und seine wenigen Habseligkeiten lagen auf dem Fußboden verstreut: Jeans, eine Jeansjacke, rote Unterhose. Das zerknüllte Bonbonpapier und die drei ungeöffneten Dosen Cola waren der einzige Hinweis darauf, daß er hier aß.

Eine kurze Befragung der Säufer und Junkies im Haus bestätigte, was Marti erwartet hatte. Keiner wußte etwas. Keiner konnte das Foto vom Leichenschauhaus identifizieren. Eine Technikerin von der Spurensicherung kam, als sie gingen. Marti ging nicht davon aus, daß sie etwas finden würde.

»Woher haben Sie die Adresse?« fragte Vik.

»Von Doretta Eldridge«, sagte sie und versuchte, nicht zu zeigen, daß sie sich darüber freute.

Vik stopfte die Hände in die Taschen und stampfte, ohne etwas zu sagen, zu seinem Wagen.

Theo und Joanna warteten auf der Vordertreppe, als Marti nach Hause kam. Sie zog ihre blauen Shorts und die Nikes an und fuhr mit ihnen in Johnnys 1956er Bel Air zum Stadtpark. Sie hatte einen Mechaniker gefunden, der den Wagen fast genauso liebte wie Johnny und ihn vor ein paar Tagen überholt hatte. Alles klang gut.

»Noch eine dreiviertel Stunde bis zum Sonnenuntergang«, erklärte sie, als sie den Kiesweg zum Joggingpfad hinuntergingen.

»Drei Runden«, sagte Joanna.

»Zwei vielleicht«, konterte Marti. »Ich bin müde.«

Dank Theo wußte Marti mehr über die örtliche Flora und Fauna, als sie jemals wollte. Grüne und bernsteinfarbene Kornfelder hatten ihre Anonymität verloren und waren indischer Hanf und Gerstenkorn geworden. Ein ruhiger pastellfarbener Fleck kam ihr nicht mehr so malerisch vor, seit sie ihn als gelbe Silphion und rosa und weiße Ehrenpreis identifizieren konnte. Trotzdem machte es ihr allmählich Spaß zu wissen, wie die Blumen hießen.

Theo war vorangelaufen und hockte vor einem Haufen purpurroter Blüten. Als Marti sich ihm näherte, konnte sie an seinem Grübchen am Kinn und dem perfekten Bogen seiner Augenbrauen seinen Vater wiedererkennen. Theo hatte Johnnys dunkle Augen und den ernsten Gesichtsausdruck, der selten einem Lachen wich und fast nie seine Gedanken verriet.

Joanna, die neben ihr lief, bestimmte das Tempo. Beide Kinder liefen so, wie sie auch alles andere machten: Theo war unregelmäßig und sprunghaft und hielt ständig an, um sich alles am Wegesrand anzusehen; Joanna vergaß fast alles um sich herum, wenn sie ein Ziel vor Augen hatte.

»Hast du alles fertig für die Party morgen abend?« fragte Marti.

»Ich denke schon.«

»Bist du aufgeregt?«

»Eigentlich nicht.«

Marti warf ihrer Tochter einen Blick zu. Im Profil sah Joanna ganz wie ihre Mama aus. Die Konturen ihres runden Gesichts waren weich und voll, ihr Mund großzügig und zu einem leichten Lächeln verzogen. Auf ihrem Rücken hing ein langer, dicker, kastanienbrauner Zopf herunter und schaukelte beim Laufen. Joanna war bereits groß, hatte kräftige Knochen und war gut entwickelt. Obwohl sie sich für einen Jungen aus dem Fußballteam interessierte, war sie ohne Begleitung zu ihrer Erstsemesterparty und zum Frühlingsfest gegangen. Sharons Tochter hatte sich diesen Sommer mit Jungs verabredet, aber Joanna nicht.

»Wer kommt denn? Soll ich jemanden begleiten?«

»Oh, Mama. Du brauchst nicht die Polizistin zu spielen. Was ist mit Theos Campingausflug? Wirst du ihn fahren lassen?«

Verwirrt ließ sie Joanna das Thema wechseln. »Mir ist noch kein guter Grund eingefallen, um es zu verbieten.«

»Er war schon einmal mit Dad unterwegs.«

»Deinem Vater gefiel nicht einmal der Grant Park, als er aus Vietnam zurückkam.«

»Trotzdem machte er bei dem einen Campingausflug der kirchlichen Pfadfinder mit.«

Sie dachte einen Moment lang darüber nach. »Ich glaube, er wollte damit etwas beweisen.« Oder sich vielleicht an etwas erinnern. Oder herausfinden, wie er es vergessen konnte. Bevor er zu diesem Campinglager in Michigan fuhr, hatte Johnny wieder Alpträume gehabt. Sie waren vorbei, als er zurückkam.

»Wahrscheinlich würde er wollen, daß Theo mitfährt.«

»Wahrscheinlich«, stimmte Marti zu.

»Wir könnten Dads Grab auch einmal ohne ihn besuchen.«

»Ich weiß.«

Als sie den Joggingpfad hinter sich hatten, fuhr Marti mit Theo und Joanna nach Hause. Sie nahm eine kurze Dusche und zog einen Hosenanzug mit einer weißen Rüschenbluse an.

Hungrig teilte sie sich mit Joanna einen Salat: Karotten, Alfalfa-Sprossen, Spinat, Rosinen, Sonnenblumenkerne und ein wenig Fetakäse. Theo warf einen Blick darauf, sagte »Würg« und bediente sich mit gegrilltem Hähnchen und Kartoffelsalat. Marti fand seine Reaktion verständlich und hätte gern dasselbe getan, unterwarf sich aber Joannas Sorge um Cholesterin, Bluthochdruck, Arterienverkalkung und Herzinfarkt. Auch wenn Joanna vielleicht nicht in der Lage war zu kontrollieren, ob ihr überlebender Elternteil bei der Arbeit erschossen wurde oder nicht, so bemühte sie sich trotzdem, für ihren weiteren guten Gesundheitszustand zu sorgen, dachte Marti lächelnd.

Als sie wieder nach draußen ging, war der wolkenlose Himmel tintenblau und der Mond dreiviertelvoll. Die Sterne schienen ganz nahe zu sein. Eine leichte, kühle Brise wehte von Nordwesten, und der Duft des Rosenstrauches vom Nachbarn lag in der Luft.

Sie hatte beschlossen, mit Johnnys Wagen zu der Schlucht zu fahren, wo sie letzte Nacht Jones' Leiche gefunden hatten. Als sie das Licht ihrer Taschenlampe in die Dunkelheit richtete, konnte sie weit unten gerade eben den schmalen Streifen des langsam fließenden Flusses erkennen. Der Lincoln Prairie River laut Vik.

Es war dunkel hier. Es gab nicht viel Verkehr. Keine Menschen.

Zwei Straßen weiter befand sich eine Bar. Das Sozialamt war ganz in der Nähe, hatte aber zu, genauso wie die vier Secondhandläden, das Theater, die Bäckerei und das Lebensmittelgeschäft. Vor Jahren, bevor die Einkaufszentren gebaut wurden, war dies ein reges Geschäftsviertel gewesen.

Der Kies knirschte, als sie vom Rand der Schlucht zum asphaltierten Parkplatz ging. Der Müllcontainer und das Haus, wo sie Isaac zu finden hoffte, waren über hundert Meter entfernt. Zum Glück hatten Isaac und sein Freund Dare sich noch nicht vollaufen lassen. Um diese Zeit im Monat hatte Isaac kein Geld mehr, um sich zu betrinken, aber Dare jobbte gewöhnlich für ein paar Tage pro Woche als Müllfahrer und hatte genug Geld in der Tasche, um sie beide mit billigem Wein zu versorgen.

Im Gegensatz zu Isaac, der eher ein Einsiedler war, trank Dare gern in Gesellschaft. Ein Schluck Alkohol, und Dare mußte reden, auch wenn er mit sich selbst redete. Letzte Woche hatte Marti abends an einer Straßenecke geparkt und beobachtet, wie Dare fast eine halbe Stunde brauchte, um zur nächsten Ecke zu kommen, weil er bei jedem, der vorbeikam, stehenblieb und etwas sagen mußte. Da kam ihr der Gedanke, daß Dare auf seinem Weg vielleicht die eine oder andere nützliche Information erhielt.

Seitdem überlegte sie, ob sie die Beziehung zu Isaac als Informanten mehr pflegen sollte. Sie mochte Dare nicht und arbeitete ungern mit einem Informanten, den sie nicht respektierte. Aber Dare sprach stundenlang mit Isaac, und Isaac vergaß nie etwas, was er hörte. Sie mußte feststellen, ob er es ihr wiedererzählte.

Vik hielt sie für verrückt, weil sie vor ihren Informanten Respekt haben wollte. Johnny hatte das verstanden. Sie waren dazu erzogen worden, jeden zu respektieren. »Jeder verdankt sein Leben Gottes Gnade …« pflegten ihre Eltern zu sagen. Und ihre Mutter fügte noch hinzu: »Die schlechten Zeiten sind noch nicht so lange her. Keiner von uns sollte es in diesem Leben wagen, sich etwas einzubilden.«

Jetzt entdeckte sie Isaac auf der Hintertreppe des Hauses, das seine Sommerunterkunft geworden war. Die Sperrholzlatten, die die Fenster einst versperrt hatten, waren nun größtenteils abgerissen. Das Gas und der Strom waren abgestellt worden, als das Haus unbewohnbar wurde, aber sie hatte gehört, daß es noch fließendes Wasser gab.

Soweit sie es beurteilen konnte, wechselte Isaac einmal pro Monat die Kleidung. Nächste Woche, wenn er seinen Sozialhilfescheck bei der Post einlöste, würde er beim Christlichen Verein Junger Männer ein heißes Bad nehmen, sich mit einer neuen Jeans und einem Hemd eindecken, eine Hure aufsuchen und sich wieder dem langsamen Prozeß hingeben, schmutzig und stinkig zu werden.

»Wie geht's, Isaac?« Sie überprüfte das Verandageländer. Als es nicht nachgab, lehnte sie sich dagegen, so daß sie mit dem Wind zu Isaac stand.

»Detective Mac.« Er klang nicht, als hätte er getrunken. Trotz der kühlen Abendbrise glänzte Schweiß auf seinem braunen Gesicht. Vielleicht war Dare spät dran, und er brauchte einen Drink. Sein Brustkorb zeichnete sich unter dem engen olivbraunen T-Shirt ab. Sein Bart war zottig und grau gefleckt. Er hatte ihr erzählt, er sei neununddreißig. Sie konnte kaum glauben, daß er nur ein Jahr älter als sie war.

»Ist Ihnen noch etwas zu dem Unfallopfer von gestern abend eingefallen?«

Er trat gegen die Glasscherben und Kieselsteine, die den Weg bedeckten. »Isaac hat nichts gesehen«, erinnerte er sie. »Er sieht nie etwas.«

»Erinnern Sie sich an noch etwas anderes, was Sie gehört haben?«

»An nichts weiter als den Wagen, von dem ich schon erzählte.«

Er neigte den Kopf zur Seite, als lausche er auf etwas.

»Sind Sie sicher, daß das alles war?« hakte sie nach.

»Hier ist viel los. Ich versuche, das meiste zu überhören.«

»Es könnte wichtig sein.«

»Kann sein.« Er blickte die Gasse hinunter. »Meistens ist es nichts als Blödsinn, was hier passiert.«

»Vielleicht ist es nicht so blödsinnig, wie es scheint.«

Isaac sah nochmals zur Gasse. »Ach, typisch Frau. Nie zufrieden. Immer wollen Sie mehr wissen. Darin sind Sie besser als jeder Mann.« Er gab ein kurzes, träges Lachen von sich. »Kein Cop hat je daran gedacht, den alten Isaac irgendwas zu fragen, bis Sie kamen, Detective Mac.« Er lachte erneut.

Sie fragte sich, was er wohl dachte, wieviel er im Laufe der Jahre gehört und nie erwähnt hatte.

»Haben Sie 'ne Zigarette?«

Sie hatte eine Packung in der Tasche, obwohl sie nicht rauchte. »Hier. Brauchen Sie Streichhölzer?«

»Hab' ich selbst.« Nach mehreren Versuchen bekam er die Flamme mit seinen zitternden Händen dicht genug an die Zigarette, um sie anzuzünden. Er zog geräuschvoll daran, dann drehte er sich um und pustete den Rauch aus. »Hören Sie, da war nichts weiter, als daß ein Junge umgebracht wurde.«

Mit einer lebhaften, kreisförmigen Bewegung zeigte er mit der Zigarette auf die Stelle, wo Jones überfahren worden war. »Der Wagen erfaßte ihn, und er gab ein Umpf von sich, als hätte jemand die Luft aus ihm rausgelassen. Wurde wie ein Hund überfahren. Ja, wie ein gewöhnlicher Hund starb er.«

Marti glaubte nicht, daß Isaac dicht genug dran gewesen war, um so viel zu hören, aber sie war beeindruckt von seiner Vehemenz. Es war schwer zu sagen, warum ihn das so beschäftigte. »Ich möchte, daß Sie sich für mich noch etwas umhören.«

»Häh?« Er drehte sich um, so daß er mit dem Gesicht von ihr abgewandt saß, und blies den Rauch aus.

Sie war nicht davon ausgegangen, daß er gern ihr Informant sein würde. Sie ließ ihm ein paar Minuten, um darüber nachzudenken, und hoffte, er würde sich an den letzten Winter erinnern – wie kalt es gewesen war und wie sie ihn manchmal ins Obdachlosenasyl der Heilsarmee gebracht oder einen Beamten geschickt hatte, um ihn für eine Nacht ins Gefängnis zu bringen, wenn das Obdachlosenasyl voll war, damit er es warm hatte und etwas zu essen bekam.

»Ich möchte wissen, ob jemand kleine Mädchen in die Stadt bringt und an Freier vermittelt, Isaac. Treberinnen wahrscheinlich.«

Isaac nahm einen tiefen Zug von der Zigarette, wandte das Gesicht ab und zog noch mal. Nachdem er die glühende Kippe über die Stufen hinweggeschnippt hatte, sagte er: »Isaac sieht nie etwas.«

»Aber Sie hören sehr gut. Und ich habe ein kleines totes Mädchen, dessen Mutter sich irgendwo Sorgen macht.« Sie meinte zu übertreiben, aber Isaac wirkte nachdenklich. Sie hatte das Gefühl, daß er irgendwo eine weiche Stelle hatte. So war das oft bei Menschen, die nicht viel sprachen.

»Wenn ich etwas höre.« Ein Streichholz flammte auf, als er sich wieder eine Zigarette anzündete. »Kann sein, wenn ich darauf achte. Da es hier um ein Kind geht.«

»Danke, Isaac. Ist doch schade um sie, dazuliegen, ohne daß jemand nach ihr fragt.«

»Wie ein Koffer am Busbahnhof«, sagte Isaac. Mit der Zigarette im Mundwinkel blickte er zu ihr auf und starrte sie einen langen Augenblick an, als wägte er ab, ob sie ihn aus echtem Interesse darum bat oder ob es nur eine andere Form der Ausbeutung war. »Isaac wird sich umhören«, versprach er schließlich.

Wenn Marti Informanten anwarb, hatte sie dabei selten ein gutes Gefühl, außer sie taten es freiwillig wie Doretta. Isaac schien immerhin so anständig zu sein, daß er einfach nur betrunken sein und sich um seine eigenen Angelegenheiten kümmern wollte, wie er es auch anderen Menschen überließ, sich um sich selbst zu kümmern.

Als sie zu ihrem Wagen zurückkehrte, fühlte sie sich lausig. Sie hörte Schritte hinter sich und drehte sich um. Es war Isaac, der mit den Händen in den Taschen vor sich hinpfiff. Sie wartete, bis er sie einholte. Als er nicht stehenblieb, fiel sie mit ihm in den Schritt. Er hörte auf zu pfeifen und begann einen alten Blues-Song zu singen, den sie aus ihrer Kindheit kannte.

»Die Frauen sind wie kleine Engel, jede Nacht breiten sie ihre Flügel aus.« Seine Stimme klang hoch, dünn und verstimmt. »Kleine Mädchen wie kleine Engel«, begann er die Worte zu verändern. »Sie reiten auf Vögeln mit silbernen Flügeln. Ihr Daddy und ihre Momma zeigen ihnen, wie man fliegt und die Flügel ausbreitet.«

Er fing wieder an zu pfeifen, beschleunigte den Schritt und bog in Richtung Gaststätte ab. Dabei sah er sich nicht noch einmal um.

Sie saß in Johnnys Bel Air und dachte über das Lied nach, das Isaac mit seinen Worten verändert hatte. R. D. fuhr einen grauen Continental. Damit konnte der silberne Vogel gemeint sein. Und »Momma«. Eine Frau. Linda? Glodine? »Sie zeigen ihnen, wie man fliegt.« Drogen. »Die Flügel ausbreiten« war eine alte sexuelle Anspielung. Keine schlechte Leistung für eine Nacht, fand sie und summte das Lied, das Isaac gesungen hatte.

14

Am Samstagmorgen um Viertel vor sechs hatte Marti bereits vier Scheiben Speck und zwei Spiegeleier gegessen. Die Küche strahlte im Sonnenlicht, und von draußen hörte sie das Zwitschern der Spatzen, das vom Krächzen der Krähen unterbrochen wurde. Summend schmierte sie sich Ananasmarmelade aufs Toastbrot.

Um ihre Depression zu bekämpfen, hatte Sharon beschlossen, das Haus etwas »aufzuhellen«, als sie sich scheiden ließ. Die Küche war in einem glänzenden Gelb gestrichen, das einen mit einem lauten Guten Morgen begrüßte, egal wie spät es war. Die Wand zum Hof hatte sechs hohe, breite Fenster, an denen jeweils ein großes Farngewächs hing. Marti fand es unmöglich, in diesem Raum deprimiert oder gereizt zu sein, und hatte es deshalb in den ersten paar Wochen nach ihrem Einzug vermieden, sich hier aufzuhalten.

Als Marti sich eine zweite Tasse Kaffee eingoß, kam Sharon in sechs Zentimeter hohen Pantinen hereingeklappert.

»Vermutlich bist du um diese Uhrzeit schon hellwach«, bemerkte Sharon und strich sich das zerzauste, schulterlange Haar aus der Stirn.

Da sie nur einsvierundfünfzig groß war und keine fünfzig Kilo wog, tat Sharon alles, um größer und kräftiger zu wirken. Ihr zeltgroßer Kaftan, seidige Stoffbahnen mit türkisen, rosa und purpurroten Streifen, wirbelte auf und legte sich in anmutige Falten, als sie mitten im Raum stehenblieb.

»Ich kann es nicht glauben, Marti MacAlister, daß ich bei Tagesanbruch an einem Samstagmorgen mitten in den Sommerferien hier stehe, gehe und rede und mich fast wie ein Mensch fühle.« Sie schaute auf ihre Füße hinunter, wackelte mit den Zehen, als wollte sie sich das bestätigen, und gähnte. »Es gibt Tage, an denen ich diese Wände nicht aushalte. Wenn man keine anständige Nachtruhe hatte, ist diese Farbe genau das Falsche. Sie schreit einen an.«

Marti lächelte. Es gab Tage, an denen sie nicht aus dem Bett gekommen wäre, wenn sie nicht von dieser Wärme, die sie hier vorfand, begrüßt worden wäre.

Leicht schwankend blieb Sharon stehen. »Wie kommt es, daß du so wach bist? Ich weiß nicht, wie du das machst bei deinen Überstunden.«

»Man gewöhnt sich daran.« Marti goß ihr Kaffee ein. »Möchtest du einen Augenöffner?«

»Hast du den gekocht?«

»Sonst war noch niemand auf.«

»Bäh«, sagte Sharon, ohne ihn zu probieren. Der Kaffee schwappte auf den Fußboden, als sie zum Tisch ging und sich setzte, wobei sich der Kaftan aufblähte. »Es sieht aus, als hättest du mehr Wasser als üblich aufgegossen. Der Kaffee bewegt sich, wenn ich die Tasse kippe.«

»Ich mag den Kaffee so.«

»Ich auch, wenn ich in den nächsten vierundzwanzig Stunden kein Auge zutun will. Das kommt nicht allzuoft vor.«

Marti wischte den Kaffee auf, den Sharon auf dem Fußboden verschüttet hatte. »Klagen, nichts als Klagen. Du solltest mal einen Abend ausgehen, etwas tanzen.«

»Was glaubst du, warum ich so müde bin? Mr. Wunderbar kam gestern nach der Arbeit vorbei. Ich glaube, ich habe keine drei Stunden geschlafen.«

Seit ihrer Scheidung wechselte Sharon zwischen monatelangem Zölibat und gelegentlichen kurzen Affären. Sie schien Männer vorzuziehen, mit denen sie nichts gemeinsam hatte, und alle drei, mit denen sie sich getroffen hatte, seit Marti eingezogen war, hatte sie »Mr. Wunderbar« genannt.

»Ist er noch da?«

»Marti, natürlich nicht! Wir haben Kinder! Ich habe ihn gegen halb vier nach Hause geschickt.«

»Oh.« Verabredungen interessierten Marti im Augenblick nicht. Sie war nicht sicher, ob das jemals wieder der Fall sein würde. Vor allem wußte sie nicht, wie sie sich dann ihren Kindern gegenüber verhalten sollte. Ein oder zweimal im Monat ging sie mit Ben Walker aus, aber sie waren nur Freunde.

Sharon seufzte. »Er ist kein schlechter Tänzer. Wenn Mr. Wunderbars horizontale Bewegungen nur halb so gut wie seine vertikalen gewesen wären, hätte ich mich sogar wieder verlieben können, statt vor Langeweile ganz steif zu werden. Dabei fällt mir etwas anderes ein, was auch ganz nett gewesen wäre, wenn es etwas länger steif geblieben oder überhaupt länger gewesen wäre.« Sie lachte mit einem blechernen Ton und ohne Humor.

Marti hatte das Gefühl, daß dieser Kerl nicht einmal mehr die Zeit haben würde, um ihr vorgestellt zu werden. »Hast du Hunger?«

»Der Schinken riecht gut. Bist du so früh aufgestanden, um heimlich Cholesterin zu naschen?«

»Die beiden letzten Eier habe ich auch aufgegessen. Ich dachte, du wolltest gestern einkaufen gehen.«

»War ich auch. Mit Joanna.«

Marti lachte. »Siehst du, was habe ich dir gesagt? Das Essen verschwindet einfach aus dem Einkaufswagen, wenn man mit dem Kind losgeht.«

Sharon strich sich mit den Fingern durch das zerzauste Haar. »Du meine Güte, ich konnte es kaum fassen. Als ich an die Kasse kam, hatte ich fettarme Milch statt Vollmilch, zwei Packungen Schweinekotelett waren verschwunden, und es gab statt dessen fünf Pakete Barsch. Und keine Eier, obwohl ich zwei Dutzend aus dem Fach genommen hatte. Ich weiß nicht, was mit den Rippchen passiert ist, die ich heute grillen wollte, aber ich fahre noch mal hin, um welche zu besorgen. Von jetzt an nehme ich meine Tochter mit und lasse deine zu Hause. Lisa kommt nach mir. Sie mag nichts, wovon sie glaubt, daß es gut für sie sei.«

Marti legte Toastbrot und Schinken auf den Tisch. »Ich habe den Orangensaft weggeschüttet. Er schmeckte verschimmelt.«

»Da war Karottensaft drin, Mädchen. Joanna hat ihn gestern abend gemacht. Ich werde ihr sagen, daß er umgekippt ist. Trotzdem vielen Dank, ich habe mich überhaupt nicht darauf gefreut.«

Marti bemerkte die Schreibmaschine am Ende des Tisches und überlegte, ob sie Sharon fragen sollte, wofür sie sich jetzt wieder engagierte. Im letzten Sommer war es Greenpeace gewesen. Einen Monat, nachdem sie hier in den Polizeidienst eingetreten war, hatte sie Sharon aus dem Gefängnis holen müssen, weil sie wegen ihrer Teilnahme an einer Friedensdemonstration beim nahegelegenen Militärstützpunkt verhaftet worden war. Eine Woche lang hatte Vik sich daraufhin aufgeführt, als verkehre sie mit einer bekannten Verbrecherin.

Unwillkürlich fragte sie: »Du hast doch nicht etwa mit den Abtreibungsgegnern zu tun, die vor dem Krankenhaus demonstrieren, oder?«

»Welche Demonstration?«

Jetzt war es geschehen. Bis zum Mittagessen würde Sharon eine Gegendemonstration organisieren. »Die News Times ignoriert sie.«

»Gott sei Dank. Keiner soll mir sagen, was ich mit meinem Körper tun darf oder nicht. Die letzten zweihundert Jahre haben gereicht. Völkermord an Schwarzen – pah! Aber niemand außer mir wird die Kinder, die ich zur Welt bringe, ernähren, beherbergen und kleiden.«

Marti war gegen Abtreibungen, aber sie war genauso wie Sharon der Meinung, daß sie legal sein sollten.

»Ich kann mit diesen Anhängerinnen von Reverend Halloran einfach nicht umgehen«, sagte Sharon. »Vielleicht werde ich alt oder schwerfällig oder so was, aber ich habe nicht sehr viel Geduld mit ihnen. Einige ihrer Kinder kenne ich natürlich vom Unterricht. Sie sollten öfter in die Schule kommen, statt ihre Zeit mit Demonstrationen vor dem Krankenhaus zu verbringen. Sie sollten sich wirklich mehr Gedanken über die Kinder machen, die sie bereits haben, als über die, die es noch nicht einmal im Ansatz gibt. Sie hätten wahrscheinlich bessere Ergebnisse, wenn sie im Gottesdienst Kondome verteilten.«

Sharon kaute auf dem Schinken. »Ich glaube, es geht eigentlich gar nicht mehr um die Abtreibung. Sondern eher um Kontrolle. Um Macht. Die Männer bekommen eine Todesangst, wenn sie daran denken, daß ihre Frauen sich aus dieser Missionarsstellung erheben könnten. Manche Frauen bekommen auch etwas Angst.«

Wenn Sharon so zornig wurde, hieß das gewöhnlich, daß sie etwas von ihrem Ex-Mann gehört hatte. »Und wie geht es dem guten alten Franklin zur Zeit?« fragte Marti.

»Franklin geht's prima. Sie ist schwanger.«

»Sie« war Franklins zweite Frau.

»Bei denen wird es keine Abtreibung geben. Der gute alte Franklin wird mich wieder vor Gericht zerren, um seine Unterhaltszahlungen zu kürzen. Wenn das so weitergeht, muß ich ihm bald Unterhalt zahlen. Und der Richter ist immer seiner Meinung. Er glaubt wohl, daß jede Frau, die so blöd ist, sich scheiden zu lassen, es verdient, von dem Bastard hinterher verarscht zu werden. Ich mußte sechs Jahre warten, ehe ich schwanger werden durfte, weil Franklin erst das Studium beenden mußte. Jetzt zählen ich und meine Tochter nicht.«

Marti wußte nicht, was sie sagen oder wie sie helfen konnte. Ihre Ehe war ganz anders gewesen. Sie hatte Franklin immer für einen Ausbeuter gehalten. Es hatte vielleicht Zeiten gegeben, in denen sie sich wünschte, Johnny wäre nicht so still und würde mehr mit ihr reden, aber sie hatte sich nie ausgenutzt gefühlt.

»Wann ist der nächste Gerichtstermin?« fragte sie.

»Dienstag. Und mein Anwalt klang nicht optimistisch.«

»Sharon, besorg' dir einen anderen Anwalt.«

»Das hast du schon einmal vorgeschlagen, Marti. Was ist der Unterschied?«

»Vertraue mir.«

»Weißt du etwas, was ich nicht weiß?«

Marti zögerte, dann erklärte sie es. »Manchmal stimmt die Chemie zwischen einem Anwalt und einem Richter nicht. Vielleicht ist das ein Teil des Problems. Ruf' den Kerl an, den ich dir vorgeschlagen habe.«

Sharon dachte ein paar Minuten darüber nach. »Okay, ich werde es versuchen. Und ich werde versuchen, nicht sauer auf dich zu sein, wenn er noch schlechter ist als der Anwalt, den ich schon habe. Und um auf den eigentlichen Grund zu kommen, warum ich mich im Morgengrauen hierhergeschleppt habe – Lisa und Joanna geben heute abend ihre Party. Glaubst du, du könntest dabeisein oder mal vorbeischauen? Lisa kann es kaum erwarten, all diese jungen Typen einzuladen, aber Joanna scheint sich nicht einmal dafür zu interessieren. Ich dachte, sie würde alle mögliche Gesundheitskost vorbereiten, um sie abzuschrecken. Aber sie hat keine einzige Gelierform und kein zusätzliches Obst oder Gemüse besorgt, als wir gestern einkaufen gingen.«

»Vielleicht ist sie noch nicht reif dafür.«

»Mit fünfzehn? Nicht reif? Schätzchen, ihre Hormone schreien los! los!, bevor sie zwölf sind.«

Marti wollte nicht zugeben, daß sie sich über Joanna Sorgen machte. »Laß uns einfach abwarten und sehen, was passiert. Es hat keinen Sinn, sie zu etwas zu drängen, wofür sie noch nicht reif ist. Sie wird es merken, wenn sie Lust hat, mit den Jungs rumzumachen. Wenn ich noch für einen Sommer Aufschub bekomme, werde ich mich nicht beklagen.«

»Da hast du wohl recht«, räumte Sharon ein. »Was ist mit Theos Campingausflug?«

»Wir können morgen darüber reden.«

»Ich werde dich morgen wahrscheinlich nicht sehen. Darum habe ich heute morgen den Wecker gestellt.«

Marti schüttete den letzten Schluck Kaffee hinunter und nahm ihre Handtasche. Es war Zeit zu gehen. »Theo war noch nie campen. Nicht richtig. Es gibt also keinen Grund, warum er es jetzt tun sollte.«

»Oh Marti, nun komm schon. Es geht nur um ein paar Tage im Wald. Um Lagerfeuer, geröstete Marshmallows, angebrannte Hotdogs, giftige Pilze, hungrige Mücken, wilde Bären, die die Camper angreifen. Es geht nicht um Entführung oder Kindesmißbrauch.«

»Du weißt, was für ein Tag der nächste Samstag ist.«

Sharon rieb sich die Augen. »Ich weiß. Es wäre Johnnys vierzigster Geburtstag gewesen. Das steht mir auch bald bevor. Es ist schon merkwürdig, Johnny nicht mehr um sich zu haben. Er war für mich fast so etwas wie ein großer Bruder, Vater, Onkel und Freund. Aber Ben hat die Hütte im März gemietet. Hast du es ihm gesagt? Über irgend etwas müßt ihr doch reden, wenn ihr ausgeht.«

»Einmal im Monat essen gehen ist nicht dasselbe wie ausgehen, und nein, über so persönliche Dinge wie Ehepartner haben wir nicht geredet.«

»Ich dachte, ihr seid Freunde.«

»Sind wir auch.« Aber Johnny und Bens verstorbene erste Frau waren noch Tabuthemen. Sie wußte nicht, warum er so schnell wieder geheiratet hatte oder ob die Scheidung von seiner zweiten Frau schon endgültig war. »Essen gehen reicht. Es gibt keinen Grund, persönlich zu werden.«

Sharon strich sich das Haar aus der Stirn. »Du meinst das ernst, nicht wahr? Ihr beide meint es ernst. Von jetzt an geht ihr auf Nummer Sicher, was? Auf ganz sicher. Euch einmal im Monat gegenüberzusitzen, Pommes frites zu essen und eventuell über das Wetter zu reden, reicht.«

»Keine Pommes frites«, log Marti.

Sharon lachte. »Ich kenn' dich doch, Mädchen. Solange es im Umkreis von einer Meile Pommes frites gibt, läßt du dich nicht mit einer gebackenen Kartoffel abspeisen.«

Marti grinste und legte den Riemen ihrer Handtasche über die Schulter.

»Gehst du schon?«

»In zwanzig Minuten ist Dienstappell.«

»Aber heute hast du doch gar keinen Dienst.«

»Man weiß nie, wann man etwas Interessantes erfahren kann.«

»Du könntest hier etwas Interessantes erfahren«, neckte Sharon sie.

Marti füllte ihre Tassen nach und setzte sich wieder hin. Seit einer Woche hatte sie kaum Zeit zu Hause verbracht.

»Du solltest deine Arbeit ab und zu mit nach Hause bringen.«

Marti schüttelte den Kopf. Es ging ihr eher um Verständnis für ihre Arbeit als darum, die Einzelheiten zu besprechen. Mit Ben redete sie mehr über ihren Job als damals mit Johnny. Wahrscheinlich, um über nichts anderes zu sprechen.

»Dann willst du also nichts über Reeva Edwards wissen?« fragte Sharon.

»Die Frau vom Doktor? Was weißt du über sie?«

»Sie wurde hier in Lincoln Prairie geboren.«

»Aber sie lebt doch schon seit Jahren nicht mehr hier.«

»Aber diese alten Schwestern in der Kirche ziehen wer weiß wie über sie her, Mädchen.« Sharon begann, eine alte Frau zu imitieren. »›Ja klar, Schätzchen, ist sie weggegangen und hat sich gebildet. Aber obwohl sie ihre Familie, die Kirche und die Stadt verlassen hat, ist sie trotzdem nichts Besseres, als sie vorher war, nämlich eine von den dreckigen Wrights.‹«

»Warum nennen sie sie so?«

»Weil sie arm ist. Sauarm. Und verrückte Ideen im Kopf hat.«

»Das ist doch nicht schlimm, Sharon. Sie ist so wie wir.«

»Viele Leute halten es nicht für richtig, wenn du niemanden mitnimmst und nicht zurückkommst. Sie stammt aus einer großen Familie und ist jetzt zu reich, um keinem zu helfen.«

Sharon räusperte sich und nahm wieder die Stimme der alten Frau an. »›Und Fräulein Hochmut hat auch schon seit zehn Jahren nicht einmal mehr mit ihrer Mama gesprochen.‹«

»Was ist mit dem Doktor?«

»Ich war einmal bei ihm«, erzählte Sharon. »Er ist der einzige schwarze Arzt in der Stadt, na und. Er stellt dir keine Fragen. Er redet überhaupt nicht. Ich hätte dort mit Krebs am ganzen Körper weggehen können und wäre kein Stück klüger gewesen. Ich glaube, er wußte nicht einmal meinen Namen, als ich zur Tür hinausging.«

»Er scheint viele Patientinnen zu haben.«

»Das kann ich mir gut vorstellen. Er nimmt jede mit einer Arbeitserlaubnis an.«

»Schränkt er die Patientinnen, die von Sozialhilfe leben, nicht ein? Die anderen machen das alle.«

»Er nimmt jede an, die zu ihm kommt, obwohl der Staat Illinois so spät bezahlt. Er hat auch mittwochs, zweimal pro Monat am Samstagmorgen und zweimal pro Woche am Abend Sprechstunde. Und seine Praxis ist die einzige in dem Stadtviertel. Wenn er also nicht allzu freundlich ist, sich nicht an deinen Namen erinnert und dir seine Arzneimittelmuster verkauft – «

»Er verkauft seine Arzneimittelmuster?«

»Ja und?« fragte Sharon irritiert. »Der Kinderarzt, den ich früher mit Lisa aufsuchte, verkaufte uns immer Penicillin. Billiger als der Apotheker.«

»Waren das auch Muster?«

»Nein, reguläre Packungen, wie man sie in der Apotheke bekommt. Edwards verkauft die kleinen Musterpackungen, die dir andere Ärzte umsonst geben. Das ist doch nicht verboten, oder?«

»Nein«, log Marti. Edwards könnte deswegen für einige Zeit in den Knast gehen. Es war ein Verstoß gegen das Bundesgesetz.

15

Am Samstagnachmittag um halb vier saß Marti in einem braunen Chevy, den sie sich im Fuhrpark geliehen hatte, und beobachtete R. D.'s Haus. Den Nachbarn hatte sie nicht lange überzeugen müssen, daß seine Garage der ideale Platz für die Überwachung sei.

Von ihrem Platz aus konnte sie über den zerbeulten rechten Kotflügel des Chevys hinweg R. D.'s Hintertür, seinen Hof mit dem kurz gestutzten Rasen und nicht einer Blume darauf und die Garage, die getrennt vom Haus nahe an der Straße stand, observieren.

Vik hatte den Auftrag, das Haus von vorn zu beobachten. Es war Martis Idee gewesen. Wenn R. D. kein minderjähriges Mädchen bei sich hatte und nicht den dringenden Wunsch verspürte, es an einen sichereren Platz zu bringen, würde Marti am Montagmorgen eine Menge schlechter Witze zu hören bekommen. Sie war nicht sicher, wie lange Vik das mitmachen würde. Ihr Funkgerät schwieg. R. D. war noch im Billardsalon, wo er seit zweieinhalb Stunden den Queue schwang.

Sie veränderte ihre Position und lockerte die Schultern. Obwohl sie die Lehne zurückgestellt hatte, fühlte sie sich verkrampft. Ihre Bluse war an der Stelle, wo sie sich an das Vinylpolster gelehnt hatte, feucht. Draußen war es schwül und bedeckt, und durch die reglose Luft in der Garage kam es ihr noch heißer vor. Der Eigentümer der Garage lackierte einen Tisch. Der Geruch war in der Hitze geradezu übelkeitserregend.

Ihre Kehle fühlte sich trocken an, darum nahm sie noch einen Schluck von der abgestandenen, lauwarmen Pepsi, darauf bedacht, nicht zuviel zu trinken, damit sie nicht aufs Klo mußte. Vor drei Stunden erst war sie aufs Revier gefahren, um einen kurzen Bericht zu schreiben und sich anschließend Joannas Baseballspiel anzusehen. Doch ihre Pläne kamen schon in dem Augenblick durcheinander, als sie mit dem Beamten an der Anmeldung sprach, der auf ein kleines Wartezimmer zeigte.

»Sie haben Besuch, MacAlister. Der Bruder von der Martinez.«

Mit den Verwandten von Verstorbenen zu sprechen, gehörte nicht zu den Dingen, die Marti gern machte. Sie blieb an der Tür stehen und hoffte, daß es nicht lange dauern würde. Ein untersetzter Mann, der mindestens einen Kopf kleiner war als sie, schritt die kurze Strecke zwischen dem Tisch in der Mitte des Raumes und der schmutzigen rosa Wand auf und ab. Es gab keine Fenster.

»Mr. Martinez.« Sie erkannte ihn von der Beerdigung seiner Schwester wieder. Er hatte ständig geweint, sich die Augen gewischt und die Nase mit einem großen weißen Taschentuch geputzt.

Als er sich jetzt umdrehte, sah sie ein Büschel schwarzes Haar, das sich über dem gerippten Halsbündchen seines T-Shirts lockte. Seine Arme waren mit Haaren bedeckt. Direkt über seinem Gürtel wölbte sich der Ansatz eines Schmerbauches.

Er fuchtelte mit seinem kurzen, dicken Finger in der Luft herum. »Sie sind die, die kam und meine Mutter in Aufregung versetzte.«

»Jemand mußte ihr ja von Ihrer Schwester berichten.«

»Und Sie haben noch nicht herausgefunden, wer meine Teresita umgebracht hat. Neun Tage sind es jetzt, und Sie wissen es immer noch nicht.« Seine Stimme zitterte ein wenig. Vielleicht war er seiner Schwester nahe gewesen, vielleicht war er aber auch nur besitzergreifend und übertrieben wachsam gewesen. Im Augenblick wirkte er eher frustriert als böse. »Sie glauben wohl, weil wir Lateinamerikaner sind, müssen Sie sich keine Mühe geben, um herauszufinden, wer es war.«

Sie erinnerte ihn nicht daran, daß auch sie einer Minderheit angehörte. »Wir tun alles, was uns möglich ist.«

Sie nahm sich einen Stuhl und wünschte, sie könnte die Zeitung lesen, die jemand zusammengefaltet auf dem Tisch hatte liegenlassen. Selbst die Nachrichten von gestern kamen ihr interessanter vor als eine erneute Aufzählung von Teresa Martinez' Tugenden.

»Meine Teresita war ein gutes Mädchen. Nie machte sie uns Sorgen. Nie. Diese Carmen hätte dasein müssen. Carmen, die ihre Eltern nicht achtet und nichts tut, um ihren Schwestern zu helfen. Carmen, die jetzt lebt, während Teresita tot ist.«

Sie verschränkte die Arme. In der Wohnung der Mutter gab es so viele Fotos von Teresa. Auf den Tischen, an den Wänden. Teresa hatte stets, ob als Kleinkind oder Teenager, kunstvolle Kleider aus Organza und Taft und Satin mit Rüschen und Bändchen und Schleifen getragen. Immer lächelte sie in der Art, als hätte der Fotograf zu ihr gesagt: »Sag Cheese.«

Sie ließ Mr. Martinez gute fünf Minuten über seine Schwester reden, bevor sie ihn unterbrach. »Wir müssen wissen, mit wem sie befreundet war.«

»Das habe ich Ihnen gesagt.«

»Neben den beiden Mädchen, die sie aus der Kirche kannte, Carmen Rodriguez und ihrem Verlobten, mit dem sie sich seit der Highschool traf, muß Teresa doch noch mit anderen Leuten verkehrt haben.«

»Ihr Verlobter ist der Bruder meines besten Freundes. Sie haben sich verlobt, als sie sechzehn war. Es gab nie einen anderen Mann. Und meine Teresita ist nicht mit Leuten wie Carmen Rodriguez befreundet.«

»Warum hat Carmen dann Teresa geholfen, den Job in der Klinik zu bekommen?«

»Sie kennen sich aus der Schule, das ist alles. Carmen wußte, daß meine Teresita für sie einspringen würde, wenn sie zu faul war zum Arbeiten, aber daß sie nicht versuchen würde, ihr den Job wegzunehmen. Meine Teresita hätte niemals so wie Carmen sein können, die sich die ganze Nacht herumtreibt, so viele Freunde hat und keine Hilfe für ihre Eltern ist, die noch in Mexiko leben. Sie hat ihnen nicht einen Cent geschickt.« Er deutete mit dem Daumen auf seine Brust. »Ich habe Teresita großgezogen, als unser Vater starb. Ich habe ihr gesagt, daß es okay ist, wenn sie in der Klinik arbeitet. Der Doktor braucht eine, die spanisch spricht. Sie kann den Frauen helfen, die dort hingehen. Ich habe ihr Geld verwaltet, ihr gegeben, was sie brauchte, und den Rest für ihren Mann aufs Konto gelegt. Im Dezember, am Hochzeitstag unserer Eltern, sollte sie heiraten. Meine Teresita war ein gutes Mädchen. Sie tat alles, was ich ihr sagte.«

Marti lehnte sich auf ihrem Stuhl zurück. Sein Geprahle war so arrogant. »Und wenn in der Klinik auch über Familienplanung geredet wurde, Mr. Martinez? Wenn Verhütungsmittel verschrieben wurden? Wenn die Frauen, die dort hinkamen, auch zur Abtreibung ins Krankenhaus gingen?«

Er stand ein paar Sekunden still da, ballte die Fäuste und spreizte dann die Finger so weit, daß die Knöchel knackten. Er sah aus, als würde er gleich auf sie zustürzen und sie anfallen. »Das ist nicht wahr! Meine Teresita hätte mir das sofort erzählt, und ich hätte ihr nie erlaubt, an solch einem Ort zu arbeiten.«

»Was ist, wenn sie Verhütungsmethoden und Abtreibungsverfahren erklärte, wenn sie für den Doktor übersetzte?«

»Niemals! Sie war ein gutes katholisches Mädchen. Niemals hätte sie so etwas getan!«

»Sie hätten wohl kaum etwas erlauben oder verbieten können, wovon Sie nichts wußten.«

»Sie lügen!«

»Es war eine Arztpraxis, Mr. Martinez, keine Kapelle. Für Geburtshilfe und Gynäkologie. Was glauben Sie, was dort vor sich ging?«

»Nein! Dr. Edwards tötet keine Babys. Teresita hatte es mir selbst gesagt.«

»Dr. Edwards führt im Krankenhaus Abtreibungen durch. Die Frauen kommen zuerst in seine Praxis. Wenn sie nur spanisch sprachen, mußte es ihnen jemand erklären.«

»Nein!« schrie er. »Nein! Nicht meine Teresita. Sie wußte, daß ich das niemals erlaubt hätte. Sie lügen. Sie lügen. Sie ist tot und kann nicht für sich selbst sprechen. Sie legen einem toten Mädchen Lügen in den Mund.« Rot vor Zorn stürmte er aus dem Raum.

Als Marti jetzt in dieser heißen Garage saß, fragte sie sich, ob die

Familie Martinez alles glaubte, was sie über Teresa erzählte, oder ob sie aus irgendeinem Grund daran festhalten mußte, daß sie perfekt gewesen war. Selbst wenn es stimmte, was sie über sie sagten, war das Mädchen damit glücklich gewesen, oder hatte sie es ihnen übelgenommen? Hatte sie freiwillig mitgemacht, oder hatte man sie gezwungen? Sie mußte von jemand anderem als ihrer Familie oder ihrem Verlobten mehr über die verstorbene Teresa Martinez herausfinden.

Um das Kribbeln in ihren Zehen zu beenden, legte Marti die Beine auf den Beifahrersitz und wackelte mit den Füßen. Von den Bewohnern in R. D.'s Haus war nichts zu sehen, außer daß Glodine vor ein paar Minuten eine Mülltüte herausgebracht hatte. Linda war auch an die Tür gekommen. Was immer sie gesagt hatte, veranlaßte Glodine, wieder nach drinnen zu eilen. R. D. war immer noch im Billardsalon.

Sie konnte Vik, dem bestimmt genauso heiß war wie ihr und der sich über die Vergeudung seines Samstagnachmittags aufregte, regelrecht klagen und fluchen hören. Vik verbrachte seine Samstage gern mit seinen Enkeln, und sie selbst hätte bei Joannas Baseballspiel sein sollen.

Irgendwo draußen klimperte ein Windspiel, ein klirrender Laut wie von zerbrechendem Glas. Der Wind mußte zugenommen haben, aber in der Garage war kein einziger Luftzug zu spüren. Sie fächelte sich mit der Mädchenzeitschrift, die unter dem Sitz gelegen hatte, Wind zu und nahm noch einen Schluck von der warmen Pepsi.

Vorhin, als Mr. Martinez das Revier verlassen hatte, war sie nach oben in ihr Arbeitszimmer gegangen, da sie immer noch den Bericht beenden und anschließend zu Joannas Spiel gehen wollte.

Vik hatte an seinem Schreibtisch gesessen, die drahtigen Augenbrauen zusammengezogen. Die grauen Verwaltungsgebäude, die man durch die reinigungsbedürftigen breiten Fenster hinter ihm sah, reflektierten die trübselige Stimmung dieses Tages.

Als sie den Raum betrat, bemerkte sie als erstes, wie still es war. Es war eine brütende Stille – nicht der erstickte Lärm emsiger Ermittler, sondern eher die Ruhe vor dem Sturm. Cowboy saß zurückgelehnt auf seinem Stuhl, den Hut im Nacken, und machte mit seinen Stiefelabsätzen neue Kratzer auf der Tischplatte. Er summte irgend etwas Tonloses, so wie immer, wenn er wütend war.

Slim war am Telefon. »Nein, Mann«, fauchte er fast, und seine Stimme klang rauh und unterdrückt vor Zorn. »Nicht zum Gefängnis, verdammt. Stellen Sie mich nicht wieder zum Gefängnis durch.« Er fluchte leise und trommelte mit seinen langen, spitzen Fingern auf dem Telefonverzeichnis der Dienststelle. »Kann mir jemand sagen, wofür wir ein neues Telefonsystem haben, wenn die Leute, mit denen man reden will, nicht verzeichnet sind, und man diejenigen, die drin sind, nicht erreicht, weil ihr Telefonanschluß nicht in der Nähe ihres Schreibtisches ist?«

Slims Stuhl kippte an die Wand, als er aufstand. Marti roch den Duft von Obsession, als er zur Kaffeemaschine ging. Normalerweise zwinkerte er ihr zu, und manchmal zwinkerte sie zurück, aber heute war sein Gesichtsausdruck fast genauso finster wie Viks. Alle hatten eine miese Laune. Sie begann sich zu fragen, was los war, dann überlegte sie, ob sie es wirklich wissen wollte oder nicht. Draußen befand sich eine Fahnenstange, und bei Wind schlug die Metallkette klappernd dagegen. Heute nervte das Geräusch mehr als sonst.

Sie zog ein paar Formulare heraus, aber bevor sie den Kugelschreiber nehmen konnte, warf Vik die Wochenendausgabe der News Times auf ihren Tisch. Sie las die Schlagzeile: OPFER DES KLINIKBRANDS IDENTIFIZIERT.

Sie überflog den Artikel. Es gab nichts Neues. Dieselbe alte Information, die bereits veröffentlicht worden war. Die Schlagzeile war eine Frage, keine Feststellung. Wie immer war eine informierte Stelle, die mit den Ermittlungen vertraut war, davon überzeugt, daß das tote Mädchen bald identifiziert sein würde. Alle mußten es gelesen haben, was ihre schlechte Laune erklärte. Das Problem mit dieser »informierten Stelle« war, daß niemand wußte, ob die News Times sie erfand, Vermutungen anstellte und zur Abwechslung Glück gehabt hatte oder ob jemand aus der Abteilung Informationen weitergab.

Als sie auf die Schlagzeile starrte, überlegte sie, welche Folgen das haben könnte. Auch wenn diese Geschichte völlig haltlos war, so war sie trotzdem für mindestens eine Person wichtig – nämlich diejenige, die das Mädchen gekannt und das Feuer gelegt hatte, in dem es umkam.

Sie warf Vik die Zeitung wieder hin. »Ist da was dran?«

»Könnte sein. Irgend jemand in Louisiana oder Kentucky vermißt seit vier, fünf Wochen ein Kind. Die Meldung kam gerade erst rein.«

»War wohl nicht wichtig.« Sie sprach aus Erfahrung. »Wegwerfkinder.« Aber sie verstand es nicht.

»Das könnte unsere Unbekannte sein«, meinte Vik. »Da Sie und unsere hiesige, freundliche Leichenbeschauerin so eng befreundet sind, könnten Sie sie deswegen vielleicht anrufen.«

»Vielleicht.« Sie legte das leere Berichtsformular zurück in die Schublade ihres Schreibtisches. »Was wissen wir über dieses Mädchen, das als vermißt gemeldet wurde?«

»Sie ist dreizehn. Schwarz. Auf Trebe.«

»R. D.«, sagte sie und erinnerte sich an den Singsang von Isaac dem Säufer. Kleine Mädchen, wie kleine Engel, reiten auf Vögeln mit silbernen Flügeln.

Vik rieb sich mit dem Finger über den gebogenen Nasenrücken. »Das dachte ich mir schon, daß Sie mit R. D. reden wollen. Wir sind schon auf der Suche nach ihm. Gibt es abgesehen davon, daß Sie den Mann nicht leiden können, irgendeinen Grund zu der Annahme, er könnte Minderjährige bei sich beherbergen?«

»Einen Informanten.«

»Gott bewahre uns. Vermutlich ist es diesmal Cora, die Königin der Kakerlaken. Oder irgendein anderer idiotischer Hohlkopf.«

Sie überging seinen Hinweis auf Doretta Eldridge. »Es war Isaac.«

»Isaac der Säufer? Erinnert sich sein Hirn plötzlich daran, daß es sich merken soll, was er sieht? Oder stützen Sie sich auf etwas, was er hörte, als er zu betrunken war, um zu verstehen, was gesagt wurde? Wenn Sie glauben, daß ich mich auf etwas verlasse, was Isaac zufolge passierte, als er im Delirium tremens war, sind Sie genauso verrückt wie er.«

»Wir müssen davon ausgehen, daß R. D. diesen Artikel gelesen hat. Wenn er noch ein Mädchen bei sich zu Hause hat, wird er es vielleicht dort wegschaffen wollen oder sogar das Risiko eingehen, es über die Bundesgrenze zu bringen. Nach Milwaukee vielleicht. Dort gibt es einige Bordelle mit Minderjährigen.«

»Das ist nicht sehr wahrscheinlich«, grummelte Vik. »Aber was soll's. Vermutlich sollten wir den alten R. D. mal überprüfen.«

Vik gab seinen Samstagnachmittag normalerweise nicht so leicht her. Marti hatte mehr Widerstand erwartet. »Gibt es noch etwas, was ich wissen sollte?« fragte sie.

»Nein. Ich habe nichts dagegen, R. D. zu belästigen.«

Sie blickte zu Slim hinüber, der ihr mit dem Daumen nach oben Bestätigung gab. Verdammt. Wenn irgend etwas dabei herauskäme, würden sie es als ihre Idee verkaufen, und wenn nicht, würde sie zum Gespött des Reviers werden, bis etwas anderes passierte, worüber man lachen konnte.

Ein summendes Geräusch ließ sie aufschrecken. Eine Wespe war auf dem Seitenspiegel gelandet. Sie überlegte, ob sie das Seitenfenster hochkurbeln sollte, hielt es dann aber für besser, gestochen zu werden als einen Hitzschlag zu bekommen, und saß ganz still. Das Insekt schwebte wenige Zentimeter über der Motorhaube, dann wendete es ab und landete auf dem Scheibenwischer. Als sie mit der flachen Hand gegen die Scheibe schlug, kam ein Anruf über das Funkgerät. R. D. verließ gerade den Billardsalon.

Ein paar Minuten später verließ Linda das Haus aufgeregt durch die Hintertür. Ihr Haar hatte heute purpurrote Strähnen. Linda blickte sich um, öffnete die Garagentür und kehrte ins Haus zurück. Als sie wieder herauskam, hatte sie ein junges Mädchen bei sich. Das Mädchen versuchte, sich zu befreien. Linda gab ihm eine Ohrfeige. Dann hielt sie dem Mädchen mit einer Hand den Mund zu und stieß es in die Garage.

16

Mit ihren hohen Absätzen war Linda fast dreißig Zentimeter größer als das Mädchen. Sobald sie in der Garage waren, funkte Marti eine Beschreibung des Mädchens durch. »Schwarz, weiblich, ungefähr einsfünfzig groß, wiegt vielleicht vierzig Kilo.« Ihr fiel die Kleidung auf. Sie ähnelte der des Brandopfers.

»Sie ist gekleidet, als ginge sie zu ihrer ersten Kommunion. Weißes Kleid mit einer Menge Rüschen, weiße Söckchen, weiße Patentlederschuhe. Schwarzes oder dunkelbraunes Haar, kurze Zöpfe mit weißen Schleifen. Sieht aus, als hätte R. D. sich eine Babypuppe angeschafft. Das Kind leistete Widerstand. Es wurde geohrfeigt und in die Garage gestoßen.«

Wenige Minuten später fuhr R. D. mit seinem grauen Lincoln in die Garage. Marti entdeckte die Glatze und die breiten Schultern von Brick, seinem Bodyguard, als R. D. rückwärts wieder herauskam und wegfuhr. Linda saß auf dem Rücksitz, und Marti konnte gerade eben den Kopf des kleines Mädchens durch die Heckscheibe sehen. Während Marti sie beobachtete, drückte Linda das Mädchen hinunter, damit es nicht gesehen werden konnte. Sie schaltete ihr Funkgerät ein. »Minderjährige im Wagen gesichtet. Erbitte Unterstützung. Benachrichtigen Sie den Sheriff.«

Sie wartete, bis Vik bestätigte, daß R. D. an der Second Avenue nach rechts abgebogen war. Sie fuhren in Richtung Route 41. Eine vertraute Spannung legte sich auf ihre Schultern, als sie sich zurücklehnte. Sie verfolgte lieber jemanden, als ihn zu überwachen, und sie mußte zugeben, daß ihr so eine Verfolgungsjagd gefiel. Da aber eine Minderjährige beteiligt war, würden sie vorsichtig sein müssen.

»Vik, folgen Sie mir?«

Vik bestätigte. Slim und Cowboy folgten Vik in verschiedenen Fahrzeugen. R. D. bog auf der Route 41 nach Norden ein. Sie befanden sich ungefähr fünfundzwanzig Meilen südlich der Grenze nach Wisconsin. Wenn sie Glück hatten, würde R. D. die Bundesgrenze überqueren.

R. D. behielt ein Tempo von knapp sechzig Meilen bei. Marti fuhr langsamer und ließ sich von einem anderen Wagen überholen. Slim und Cowboy fuhren auf die linke Spur. Jedesmal, wenn sie sich einer Kreuzung näherten, beugte sie sich vor und beschwörte den Lincoln, weiter nach Norden zu fahren. Als R. D. auf der Route 173 nach Westen abbog, fluchte sie leise. Oder war das vielleicht eine Abkürzung? Noch ein paar Meilen Richtung Norden, und sie wären in Wisconsin. Vielleicht fuhr er ja wieder nach Norden.

Als der Wagen vor ihr abbog, beschloß sie, am nächsten Stopschild auch nach rechts abzubiegen und Vik dem Wagen von R. D. folgen zu lassen. Sie wendete, wartete, bis Slim und Cowboy an ihr vorbeifuhren, und folgte ihnen. Diese Verfolgungsjagd würden sie eine Weile spielen. Zwei Wagen des Sheriffs folgten ihnen auf parallelen Strecken.

Cowboy ließ sich von einem Jeep überholen. Marti befand sich fünf Wagen hinter R. D. Wenn sie sich bei der Verfolgung alle einmal abgewechselt hatten, hinge vieles davon ab, wie oft R. D. in seinen Rückspiegel blickte und wie aufmerksam er dabei war.

Bremslichter leuchteten auf. R. D. bog nach rechts ab. Sie befanden sich in Antioch, nicht weit von der Bundesgrenze entfernt. Es könnte sein, hoffte sie. Wieder bogen sie um die Ecke. Slim und Cowboy blieben hinter einer Kieseinfahrt stehen. Sie parkte vor ihnen und stieg aus dem Wagen, als Vik etwas weiter entfernt stehenblieb.

Die Einfahrt war gewunden und von Bäumen beschattet. Sie konnte dahinter das spitze Dach eines rot geklinkerten Hauses sehen. Nördlich und südlich des großen Anwesens wuchsen Eichen, die Schatten und Schutz vor Blicken boten und das Haus von seinen Nachbarn isolierte.

»Antioch«, sagte sie. »Verdammt.«

»Ja«, bestätigte Vik. »Wir sind noch in Illinois.«

Jetzt trafen auch die zwei Polizeiwagen des Sheriffs ein. »Wir haben die hiesige Polizei um Unterstützung gebeten«, sagte der größere Vertreter des Sheriffs. »Schade, daß wir ihn nicht wegen des Transports über die Bundesgrenze festnehmen können.«

Als der örtliche Einsatzwagen eintraf, schlichen sie mit gezogenen Waffen die Einfahrt hinauf und benutzten die Bäume, um sich zu verbergen. R. D. hatte vor dem zweistöckigen Haus geparkt. Linda saß noch auf dem Rücksitz. Sie drehte sich um, entdeckte sie und bewegte sich nicht. Marti gab einem Vertreter des Sheriffs, der mit einem Gewehr bewaffnet war, ein Zeichen. Linda stieg aus dem Wagen und ließ sich ohne Protest die Handschellen anlegen.

Marti wandte sich an eine Polizistin. »Wenn wir drinnen sind, kümmern Sie sich um das Kind.«

Es war ein großes Haus mit mindestens sechs Zimmern, schätzte Marti. Rote und weiße Geranien in Zedernholzkübeln säumten beidseitig die Treppe, die zur Haustür führte. Marti probierte den Messingtürklopfer. Er war weniger aufdringlich als die Klingel.

Eine kleine dunkelhaarige Frau öffnete die Tür. »Verdammt, Linda!«

Marti warf sich mit ihrem ganzen Gewicht gegen die Tür, damit die Frau sie nicht schließen konnte, packte ihren Arm und zog sie nach draußen, wobei sie ihr die Marke vors Gesicht hielt.

»Polizei, Ma'am.«

Die Frau starrte sie an. »Was?« Sie wirkte verblüfft, als Marti sie zu einem Polizisten schob.

Sie betraten das Haus, verteilten sich und bewegten sich auf das Zimmer zu, aus dem sie Stimmen hörten.

»... irgendein Problem ...«

»Ein Problem!« schrie R. D. »Dieses kleine Stück Scheiße ...«

Einer der Polizisten stieß die Tür auf. »Polizei. Keine Bewegung.«

R. D. stand in der Mitte des Zimmers mit einem großen, schlanken, blonden Mann, der sie erstaunt ansah. Brick lag ausgestreckt auf einer Couch und blickte gelassen aus seinem gebräunten Gesicht. Marti schätzte sein Gewicht auf 270 Pfund. Stramme Muskeln und riesige Bizeps, kein Fett. Das Mädchen saß auf einem Stuhl in der Ecke. Beide Fenster waren geschlossen, aber das Zimmer war angenehm kühl. Eine Klimaanlage. Der blonde Mann trat einen Schritt vor. »Also, meine Herren, ich glaube ...«

Cowboy richtete seine Waffe auf ihn. »Stehenbleiben oder ich schieße.«

»Aber das ist doch – «

»Eine Hausdurchsuchung, nicht wahr?« bemerkte Slim höhnisch.

Das Mädchen begann zu wimmern. Sie war flachbrüstig und mager und sah nicht älter als zehn oder elf aus. An ihren Handgelenken waren Schürfwunden von Fesseln zu erkennen, die langsam verheilten. Die Polizistin tätschelte sie beruhigend und führte sie in das Nebenzimmer. Marti sah sich um und folgte ihr, als sie zufrieden feststellte, daß alles unter Kontrolle war.

Das Zimmer war voller Grünpflanzen: Orangen- und Zitronenbäume in Miniaturausgabe, Farne, Schwedischer Efeu und Dutzende afrikanischer Veilchen mit rosa und weißen Blüten. Das Mädchen setzte sich auf den Rand eines weißen Korbstuhls und umklammerte das dicke grüne Kissen mit beiden Händen. Sie starrte auf Martis Revolver.

»Sie ist über ihre Rechte aufgeklärt worden«, sagte die Polizeibeamtin und eilte nach draußen, gespannt darauf, was dort vor sich ging.

Marti steckte ihre Waffe ins Halfter zurück und beobachtete, wie das Mädchen sich etwas entspannte und die Angst einer vorsichtigen, wissenden Wachsamkeit wich. Dieses Mädchen hatte bereits mit der Polizei zu tun gehabt. Bei dieser Verhaftung waren wahrscheinlich nur die Gewehre und Halbautomatikwaffen ungewöhnlich.

»Verstehst du deine Rechte?«

Das Mädchen schob sein Kinn vor. Unverändert hielt es das Kissen fest umklammert. Unsicher, was als nächstes passieren würde. Ein hübsches kleines Mädchen. Nicht süß, aber zart. Dunkle Augen. Eine weiche, bernsteinfarbene Haut. Guter Körperbau. Merkmale, mit denen sie sich bis weit übers mittlere Alter hinaus gut halten würde, falls sie so lange lebte. Marti fühlte, wie sich ihre Kehle zusammenzog. Sie hustete und erklärte dem Mädchen nochmals seine Rechte. »Willst du mir sagen, wie du heißt?«

»Geht Sie nichts an.«

»Südstaaten«, würde ihre Mutter bei dem Akzent sagen. Das Mädchen kam von irgendwo aus dem Süden. Es klang wie Louisiana.

»Aus Baton Rouge?« riet Marti.

»Nein.« Der überraschte Gesichtausdruck verriet Marti, daß sie nahe dran war. Höchstwahrscheinlich kam sie aus irgendeiner kleinen Stadt dort in der Nähe.

»Hast du gehört, wie sie dich nannten? Ein Stück Scheiße. Fleisch. Ist das alles, was du sein willst, Mädchen? Findest du nicht, daß du mehr wert bist?«

Das Mädchen drehte ausweichend den Kopf zur Seite. »Es gibt Schlimmeres.«

Marti betrachtete die Fesselspuren und weigerte sich, darüber nachzudenken, welche schlimmeren Erfahrungen das Mädchen gemacht haben mochte. »Vermutlich ja«, bestätigte sie. »Bei deiner Art von Arbeit.«

Marti nahm auf einem der Korbstühle Platz. »Es wäre hilfreich, deinen Namen zu wissen. Es erspart Zeit, wenn du ihn mir einfach sagst, damit ich dich nicht mitnehmen und überprüfen lassen muß. Ich würde dich gern ins Krankenhaus bringen, um sicherzustellen, daß alles in Ordnung ist.«

»Wollen Sie mich auf Drogen untersuchen lassen? Ich mache nichts, was ich nicht auch ohne sie tun würde.«

Sie hätte sie der Landespolizei überlassen sollen. Sie haßte es, sich mit Kindern zu beschäftigen, die so viel wußten. »Dein Name?«

»Chrissie«, sagte das Mädchen.

»Haben die dich so genannt?« Marti deutete mit dem Kopf zum anderen Zimmer.

»Na und? Und wenn schon?«

»Wie nennt deine Mutter dich?«

Das Mädchen blickte einen Augenblick lang auf den Fußboden, dann sah es, abwehrend, wieder Marti an. »Da, wo ich herkomme, nannte man mich ein dreckiges Flittchen. Wollen Sie mich so nennen?«

»Läßt du dich gerne mit anderen Namen beleidigen?« hakte Marti nach.

Das Mädchen schaute weg, denn es entging ihm nicht, was Marti mit der Namensgebung meinte, die unter Schwarzen eine persönliche, intime Bedeutung hatte. Spitznamen waren eine Beleidigung, wenn sie nicht eine besondere Bedeutung hatten oder aus Zuneigung gegeben wurden. Vielleicht war die Bedeutung von Namen auf die Sklavenzeit zurückzuführen, als die Namen ihrer Vorfahren und ihre historischen Namen zwangsweise durch angelsächsische, biblische, christliche Namen ersetzt wurden. Die Namen ihrer Kinder gab es in ihrer Familie schon seit fünf Generationen.

»Ich kann dich nicht Chrissie nennen. Wie nennt dich deine Großmutter?«

Das Mädchen starrte auf den Boden. »Sie ist tot. Aber ich bin nach ihr benannt worden.« Sie schwieg erneut. Dann sagte sie, ohne aufzublicken: »Christina.«

»Christina«, wiederholte Marti. »Ich bringe dich zur Beobachtung ins Krankenhaus. Jemand vom Jugendamt und eine Sozialarbeiterin werden dich dort befragen.«

Es folgte Resignation. Interesselosigkeit. Sie hatte so etwas bereits durchgemacht.

»Wir werden deine Eltern benachrichtigen.«

Ein Lächeln. Bitternis. Wenn jemand zu Hause ein dreckiges Flittchen genannt wurde, hatte sie wahrscheinlich einen Grund gehabt, wegzulaufen. Marti stand auf und fühlte sich alt, müde und erschöpft von dieser Begegnung mit einem Kind, das mit diesem System eigentlich nicht so vertraut oder schon so zynisch sein sollte. Sie hoffte, daß die Gleichgültigkeit des Mädchens nur vorgetäuscht war. »Wie alt bist du?«

»Zwölf. Am achten Juli.«

Martis Magenmuskel zogen sich zusammen. »Es wird Zeit, daß wir dich hier wegbringen. Wir sehen uns im Krankenhaus wieder. Ich muß dir noch ein paar Fragen stellen. Auch wenn du sie nicht beantworten mußt.« Sie ging zur Tür und bedeutete einem der Landespolizisten, Christina nach draußen zu bringen.

Der blonde Mann mit dem kleinen Tieremblem auf seinem Poloshirt wurde von einem Ortspolizisten festgehalten. Er blickte immer wieder aufs Telefon, als erwarte er einen Anruf. Die anderen hielten im Flur eine Besprechung ab. Marti gesellte sich zu ihnen.

»Wir haben keinen triftigen Grund für eine Durchsuchung«, sagte ein Vertreter des Sheriffs.

»So eine Scheiße«, klagte einer der Polizisten aus Antioch. »Wir haben eine Minderjährige und einen stadtbekannten Zuhälter. Mehr als genug triftige Gründe für eine Durchsuchung, wenn Sie mich fragen.«

»Wir können nicht beweisen, daß der Hausbesitzer darüber Bescheid wußte.«

»Haben Sie schon beim Staatsanwalt angerufen?« fragte Marti, um den Wortwechsel zu beenden.

Slim war unterwegs, um dort anzurufen, und kam mit einem sauren Gesichtsausdruck zurück. »Wir konnten ihn zu nichts überreden. Gehen Sie wie üblich vor. Nehmen Sie Linda, Brick und R. D. fest. Bringen Sie die Hausbesitzer zum Verhör mit. Sie können später immer noch dorthin zurückkehren. Verdammt.«

Alle, einschließlich Marti, juckte es, das Haus auseinanderzunehmen. Cowboys Nase zuckte. »Hier ist irgendwas faul«, sagte Marti.

Vik brummte zustimmend.

»Holen Sie die Hausherrin wieder rein«, schlug Marti vor. »Vielleicht will sie ihre Handtasche holen.«

Grinsend ging Slim zur Haustür.

Marti begleitete die Frau die Treppe hinauf, einen langen Flur entlang an vier geschlossenen Türen vorbei ins Schlafzimmer. Sie bemerkte zwei Türen mit Vorhängeschlössern. Sie konnte keine Drogenutensilien oder ähnliches entdecken, was eine Durchsuchung gerechtfertigt hätte. Sie war äußerst mißtrauisch, wenn jemand so ordentlich war. Dieses Haus machte überhaupt nicht den Eindruck, als wohnte hier jemand. Mrs. Preppy betrat einen begehbaren Schrank, der fast so groß war wie Martis Schlafzimmer. Sie nahm ein Paar Tennisschuhe, zog ihre Sandalen aus und stellte sie nebeneinander an den Platz, wo die Tennisschuhe gestanden hatten. Ihre Kleider hingen, nach Kategorien geordnet, an drei Wänden.

Slim wartete am Fuß der Treppe auf sie. »Darf ich Ihre Toilette benutzen?« fragte er lächelnd.

Die Frau wirkte ein wenig überrascht, nickte aber.

»Könnte ich etwas Wasser haben, Ma'am?« fragte Vik.

»Sicher.«

Diesmal glaubte Marti, einen leisen Sarkasmus in der Stimme der Frau zu entdecken.

»Darf ich es mir selbst holen, Ma'am?«

»Warum nicht?«

Vik öffnete vier Schränke, ehe er in den sah, der der Spüle am nächsten stand, und ein Glas fand. »Und Eis, Ma'am?«

Sie zuckte die Achseln.

Er öffnete die Kühlschranktür. »Huch. Die falsche Tür.« Ehe die Frau etwas sagen konnte, hatte er die Tiefkühltruhe geöffnet.

»Die Eiswürfelmaschine ist an der Tür«, sagte sie.

»Oh, so eine haben Sie auch. Ich habe sie noch nie ausprobiert.« Er schluckte das Wasser hinunter, ohne abzuwarten, bis es kalt war.

Slim kam an die Küchentür und schüttelte den Kopf. In den Badezimmern gab es auch nichts Belastendes. Enttäuscht gingen sie zu ihren Wagen.

17

Als Marti und Vik aus Antioch nach Lincoln Prairie kamen, kehrten sie zu R. D.'s Haus zurück. Da Marti beobachtet hatte, daß Christina unter Zwang vom Haus in die Garage gebracht worden war, hatte der Lieutenant einen Durchsuchungsbefehl erlangen können.

Es war fast sechs Uhr, als sie vor dem beigefarbenen, zweistöckigen Steingebäude vorfuhren. Davor standen zwei Streifenwagen. Als Marti aus dem Chevy ausstieg, blies ihr eine angenehme Brise über Arme und Gesicht. Es wurde kühler, und die Schwüle des Tages war fort. Sie überprüfte den Hof: kurzgeschorener Rasen, keine Blumen, hohe, dichte Hecken und Tannen, die von drei Seiten Schutz boten, aber Einblick auf die Rückseite des Hauses gewährten.

»Ist jemand zu Hause?« fragte sie den Beamten, der die Tür öffnete.

»Nur eine junge Dame namens Glodine«, berichtete der bebrillte Mann mittleren Alters. »Sie sagt, sie sei vor drei Wochen operiert worden und erhole sich hier.«

Oben waren Schritte und lautes Poltern zu hören. Die Durchsuchung war noch im Gange. Der Beamte zeigte auf ein Zimmer rechts von Marti und blieb in der Nähe des Hauseingangs stehen.

Das Haus sah drinnen ganz anders aus, als sie erwartet hatte. Gemütlich war das richtige Wort, um es zu beschreiben. Mit Ahornholz getäfelte Wände, Chintzgardinen, goldfarbene und braune Möbel im Stil der amerikanischen Frühgeschichte. Milchglaslampen mit gerüschten Schirmen. Ein Kamin und an der Wand über dem Sims ein großer Messingadler mit ausgestreckten Flügeln. Drucke von Norman Rockwell an den anderen Wänden. Glodine saß auf einem dick gepolsterten Schaukelstuhl. Marti forderte den Beamten neben dem Stuhl auf, sich zu Vik im Flur zu gesellen.

Glodine warf ihr einen desinteressierten Blick zu und schaute weg. Sie trug ein weites Hemd, und auf ihrem Gesicht lag ein glänzender Schimmer. Es mußte sich um eine dieser Gesichtsmasken handeln, die aus Eiweiß oder ähnlichem hergestellt wurden und wie eine dünne Haut aussahen, wenn sie trockneten, dachte Marti. Sie mußten sie überrascht haben, als sie mit der Durchsuchung anfingen, ohne ihr zu erlauben, sie abzuspülen. Sie sah jetzt trocken und unangenehm aus.

»Ich nehme an, daß Sie nichts über Christina wissen?«

»Ich weiß gar nichts«, bestätigte Glodine.

»Sie wurde beobachtet, als sie heute nachmittag dieses Haus verließ.«

»Davon weiß ich nichts.«

»Waren Sie nicht zu Hause?«

»Ich war krank und die meiste Zeit im Bett.«

Glodine sah aus, als wäre sie geschlagen worden, aber sie behauptete, die Treppe hinuntergefallen zu sein. Sie gab ihr Alter mit neunzehn an. Glodine zu fragen, warum sie geschlagen worden war, hatte keinen Zweck, aber es wäre interessant gewesen, es zu wissen. Cowboy und Slim meinten, R. D. habe den Ruf, seine Frauen ziemlich gut zu behandeln.

»Sie wissen nichts über die Minderjährige, die heute nachmittag dieses Haus verlassen hat?«

»Wirklich nicht. Warum? Wird deswegen das Haus durchsucht?«

»Wir haben sie in unserem Gewahrsam.«

Marti wartete vergeblich auf eine Reaktion von Glodine. Wenn Christina hier irgendeine Freundin gehabt hatte, war das bestimmt nicht Glodine gewesen. Sie machte nicht den Eindruck, als interessierte sie sich überhaupt für irgendwen außer sich selbst.

Glodine rieb sich das Gesicht. »Haben Sie was dagegen, wenn ich nach oben gehe und mir das abwasche? Es juckt.«

Marti nickte, denn sie war neugierig darauf, den Rest des Hauses zu sehen, und begleitete sie aus dem Zimmer.

Vik hob die Brauen, als sie an ihm vorbeiging. Marti zwinkerte ihm zweimal zu. Nein. Sie wollte ihn nicht dabei haben.

Sie kamen an einer Toilette mit Waschbecken vorbei. Marti fragte sich, warum Glodine dort nicht hineinging, aber sie bestand nicht darauf. Die Frau hatte etwas vor.

Die oberen Zimmer sahen wie ein Schlachtfeld aus. Überall lagen Kleider verstreut. Die Möbel waren von den Wänden gerückt worden. Schreibtischschubläden samt Inhalt lagen auf dem Boden. Schritte über ihnen wiesen darauf hin, daß die Suche bis zum Dachboden fortgeschritten war. Marti hoffte, daß sie etwas gefunden hatten – Drogen, Drogenutensilien oder irgend etwas, was R. D. belasten und ausreichen würde, um ihn anzuklagen und zu verurteilen.

»Ich brauche etwas aus einem der Zimmer. Ist das okay?«

Marti wollte es ihr verwehren, doch dann fragte sie sich, warum Glodine »aus einem der Zimmer« und nicht »mein Zimmer« gesagt hatte.

»Machen Sie aber nicht so lange.«

»Ich brauche nur eine Minute.«

Glodine trat die Kleider auf dem Boden zur Seite, als sie den Flur entlangging, dann blieb sie stehen.

»Ist das Ihr Zimmer?« fragte Marti.

»Ja.«

»Was für ein Durcheinander.«

Glodine zuckte mit den Schultern. Sie war zu gleichgültig, fand Marti. Sie interessierte sich weder für Christina noch dafür, daß ihr Zimmer durchwühlt war. Sie war viel zu ruhig.

»Hier ist ein Bad drin.«

Das Zimmer, das sie betraten, war klein. Es gab ein Einzelbett, einen Schreibtisch mit drei Schubläden und wenig Durcheinander. Es sah feminin aus. Mit rosafarbenen, gerüschten Gardinen und passender Bettdecke. Es gab nicht viel zu durchwühlen, nur die Bettwäsche und ein paar Schmuckstücke, die auf dem zottigen, rosafarbenen Teppich verstreut lagen.

»Billiger Klunker«, sagte Glodine und stieß ein Halsband zur Seite. »Ich weiß nicht einmal, wem das gehört. Dieses Zeug habe ich vorher noch nie gesehen. Das Badezimmer ist gleich hier.« Marti folgte ihr und sah zu, wie sie sich die Maske abwusch.

Als Glodine das Bad verließ, stolperte sie gegen die Wand, als hätte sie einen Krampf im Bein. Sie machte noch einen Schritt, dann griff sie nach ihrem Knöchel. »Aua.« Sie verlagerte ihr Gewicht für einen

Augenblick auf den Fuß, dann griff sie nach unten und rieb ihren Spann.

Als sie sich aufrichtete, bemerkte Marti, daß ein Ring, den sie auf dem Teppich gesehen hatte, nicht mehr da war.

»Geben Sie mir den Ring, Glodine?«

»Wovon reden Sie?«

Ihr Bluff war nicht überzeugend. »Geben Sie ihn mir einfach. Jetzt.«

Glodine schaute an ihr vorbei, als wünschte sie, sie könnte das Zimmer verlassen, dann gab sie nach.

Der Ring war aus Blech und so klein, daß er auf Martis kleinen Finger gepaßt hätte – oder einen Kinderfinger. Der kleine rote Glasstein wurde von zwei weißen Glassteinen flankiert. Marti rief den protokollführenden Beamten und erkundigte sich, wer das Zimmer durchsucht habe. Eine langbeinige, rothaarige junge Frau kam vom Dachboden herunter. Marti kannte sie vom Revier, wußte aber nicht ihren Namen.

»Haben Sie dieses Zimmer durchsucht?«

»Ja, Ma'am.«

»Schauen Sie sich um. Fehlt irgend etwas, was hier war, als sie es durchsuchten?«

»Hier war nicht viel drin«, bemerkte die Beamtin. »Etwas Modeschmuck in der linken oberen Schublade.«

Marti sagte nichts und wartete.

Die Beamtin sah nach unten. »Ein Ring. Er lag auf dem Teppich. Ich kann mich nicht erinnern, wie er aussah. Rot. Irgend etwas Rotes.«

Marti zeigte ihr den Ring, und sie erkannte ihn wieder. Zufrieden darüber, ein Beweisstück gefunden zu haben, gab Marti den Ring dem protokollführenden Beamten.

Sie sah sich noch einmal um. Ein sauberes Zimmer mit einem Bett. Keine Küchenschaben, Ratten oder Wanzen. Ein Badezimmer, in dem man ein Bad oder eine Dusche nehmen konnte und das viel besser war als eine öffentliche Toilette, wo man sich nur das Gesicht und die Hände waschen konnte.

So ein Zimmer mochte einem Straßenkind wie ein Palast vorkommen, und es war vielleicht bereit, eine Menge zu tun, um hier bleiben zu dürfen.

Marti ging auf den Flur, und Glodine und die beiden Beamten folgten ihr. Als sie sich umdrehte, entdeckte sie auf Glodines Gesicht einen Ausdruck, den sie nur mit Zufriedenheit beschreiben konnte. Hatte Glodine diesen Ring verstecken oder auf ihn aufmerksam machen wollen?

18

Als Marti und Vik aufs Revier zurückkehrten, wartete R. D. im Verhörzimmer auf sie. Wie schon in der Vergangenheit wollte er von keinem Rechtsanwalt vertreten werden.

»Arroganter Bastard«, sagte Vik. »Er kommt mit so vielem durch, daß er meint, er könne machen, was er will. Er hatte keine Gelegenheit, diese Sache mit Brick durchzusprechen. Ich glaube, ihm ist nicht klar, was wir diesmal gegen ihn haben.«

»Ich hol ihn mir«, sagte Marti und stieß die Tür auf.

R. D. saß an dem runden Holztisch. Er blickte zu Vik auf und starrte Marti mit einem intensiven Ausdruck an, als wollte er sie einschüchtern. Sein dunkles, rundes Gesicht hatte etwas Jungenhaftes an sich, und die rundliche Form wurde durch das kurzgeschnittene, krause schwarze Haar betont. In dem konservativen, dunkel gestreiften Anzug, dem mauvefarbenen Hemd und grauen Schlips entsprach R. D. weder der Kleidung noch seinem Verhalten nach dem Stereotyp eines Zuhälters. Unter anderen Umständen hätte Marti ihn vielleicht für einen seriösen Geschäftsmann gehalten.

Er lehnte sich zurück, verschränkte die Arme und betrachtete sie fast wie ein Preiskämpfer seinen Opponenten. Sie nahm einen Stuhl und setzte sich rittlings darauf.

»Sind die Unterlagen fertig?« fragte sie Vik. Die Frage diente nur der Ablenkung. Sie war noch nicht bereit, R. D. ihre volle Aufmerksamkeit zu schenken. Heute abend wollte sie nicht mit R. D. reden, sondern ihm nur einen Schlag versetzen. Diesem Kinderzuhälter. Kinderschänder. Diesem Bastard von Kindesentführer. Was zum Teufel wollte ein erwachsener Mann von einem Kind dieses Alters, von einem so jungen und physisch unreifen Kind? Die Muskeln an ihrem Hals und ihren Schultern verspannten sich. In einer halben Stunde würde ihr alles weh tun, weil sie ihn nicht schlagen durfte.

Die Tür ging auf. Marti roch Obsession und blickte auf. Slim schenkte ihr ein kurzes Lächeln und setzte sich. Durch seine nonchalante Art wirkte er unerschütterlich, aber Marti wußte, wie wütend er war, und fragte sich, ob R. D. das merkte.

Cowboy kam hinter Slim herein und lehnte sich an die Wand aus Klinkersteinen. Er hatte den Mund voller Kaugummi. Seine Arm- und Schultermuskeln wirkten angespannt.

Irritiert blickte R. D. von einem zum anderen. Marti starrte ihn an, bis er sie ansah. »Ich habe gerade im Krankenhaus angerufen. Sie haben viel Spaß mit Christina gehabt.«

»Das behaupten Sie. Aber Sie haben keine Beweise. Sie haben nie Beweise gehabt und werden nie welche haben. An Ihrer Stelle würde ich mich einfach freilassen.«

»Ich hätte nicht gedacht, daß Sie auf Kinder stehen.« Sie sprach leise und ruhig. »Der Polizeipsychologe sagt, Männer, die sie so jung mögen, hätten Probleme, und daß Sie Angst vor richtigen Frauen haben, weil Sie nicht sicher sind, ob Sie ein richtiger Mann sind.«

R. D.'s Hand lag flach auf dem Tisch. Sie beobachtete, wie sie sich zur Faust ballte.

»Lassen Sie deshalb die Frauen für sich anschaffen, damit Sie sich wie ein richtiger Mann fühlen? Stimmt etwas nicht mit Ihnen, daß Sie Angst haben, mit Frauen zu verkehren, die Sie nicht verkaufen können? Ist es so schlimm, daß Sie sich an kleine Mädchen wenden müssen, um sich groß und stark zu fühlen?«

R. D. wich ihrem Blick nicht aus. An seinem linken Augenwinkel zuckte es leicht. Davon abgesehen blieb sein Gesicht reglos. Er ballte seine Faust etwas fester.

»Wo sind Ihre beiden Töchter?« fragte sie. »Irgendwo in Texas? Als Ihre Frau mit den beiden schwanger war, ließen Sie sie nicht mehr aus dem Bett, nicht wahr? Sind Sie sicher, daß sie von Ihnen sind? Ist das Ihr Problem, R. D.? Sind Sie zeugungsunfähig? Oder sind es doch Ihre Kinder? Hat sie Sie deshalb verlassen, damit Sie nicht ihre eigenen Kinder verkaufen können? Oder damit Sie nicht mit ihnen schlafen? Gingen Ihnen diese beiden kleinen Mädchen in Texas durch den Kopf, als Sie Christina bestiegen? Wie alt sind sie jetzt, elf oder zwölf? Ich könnte wetten, daß Sie was Kleines brauchen, weil es bei Ihnen wohl nicht reicht, um eine erwachsene Frau zu befriedigen.«

Das Zucken an R. D.'s Augenwinkel steigerte sich. Bei Menschen wie ihm war Marti versucht, die Vor- und Nachteile einer Anzeige wegen polizeilicher Gewalt neu zu durchdenken. Vik atmete tief schnaufend durch die Nase, und Cowboy knackte mit den Knöcheln. Slim, der äußerst teilnahmslos wirkte, sah gefährlich aus.

»Damit haben Sie wirklich Probleme, was, R. D.?«

Schweißtropfen sammelten sich auf R. D.'s Oberlippe. Seine Stirn glänzte. Marti dachte an den Ring, den sie im Haus gefunden hatte. Sie glaubte nicht, daß ein Mann wie er auf so etwas achtete, und beschloß, ihn ihm nicht zu zeigen.

»Der Polizeipsychologe sagt, Männer fühlen sich bei kleinen Mädchen sicherer, wenn sie kaum einen hochkriegen oder zu schnell kommen. Vorzeitiger Samenerguß. Einer erwachsenen Frau fällt es schwer, so zu tun, als gefiele ihr das. Kleine Kinder sind froh, wenn es vorbei ist. Es ist wirklich eine Schande, Mann, wenn man eine Frau nicht befriedigen kann. Lachen sie Sie aus, wenn Sie ihn hervorholen?«

R. D.'s Auge zuckte so heftig, daß es sein ganzes Gesicht verzog. »Sie haben mich zum Verhör hergeholt. Sie verdammte Fo – «

»Nun mal langsam, Mann«, warnte ihn Slim. »Big Mac mag es nicht, beschimpft zu werden. Sie ist im Augenblick wirklich freundlich. Sie wollen sie doch nicht erzürnen.«

»Haben Sie irgendwelche Fragen?« wollte R. D. wissen.

Slim beschloß, daß er einen Dolmetscher brauchte. »Haben Sie irgendwelche Fragen an ihn, Mac?«

Sie schüttelte den Kopf. »Ich möchte mich nur unterhalten«.

Cowboy betrachtete den Absatz seines Stiefels. »Sie stecken tief in der Scheiße, Mann. Ihnen wird Entführung, Vergewaltigung und Zuhälterei vorgeworfen.«

R. D. beugte sich vor. »Ich faß' keine Kinder an.«

»Ach, kommen Sie!« spottete Slim. »Bei den Problemen, die Sie haben? So ein süßes kleines Mädchen wie das da. Vielleicht sieht sie wie eine Ihrer Töchter aus.«

»Ich mache nicht mit Kindern rum«, wiederholte R. D. noch lauter.

»Halten Sie sich lieber zurück«, empfahl Slim. »Bleiben Sie ruhig. Big Mac hat es heute nicht leicht, freundlich zu sein. Ich glaube nicht, daß Sie es mit einer richtigen Frau aufnehmen sollten, R. D.«

»Ja, halten Sie sich lieber weiter an kleine Kinder«, stimmte Cowboy zu. »Wahrscheinlich kommen Sie nur mit denen zurecht.«

R. D. schlug mit der Faust auf den Tisch. Sein Gesicht war verzerrt. »Ich habe Ihnen doch gesagt, daß ich das nicht mache.« Er sah Marti an. »Sie haben mit dieser Scheiße angefangen. Sie – Sie...«

»Schreien Sie nicht so«, forderte Slim ihn auf. »Sie haben bereits genug Schwierigkeiten. Sie wollen doch keine Anzeige wegen Bedrohung einer Sicherheitsbeamtin.«

R. D. machte Anstalten, sich zu erheben. Marti änderte ihre Haltung, und er setzte sich wieder und trommelte mit der Faust auf dem Tisch. »Dann wäre ich ja bescheuert«, murmelte er.

»Sie sagen es.« Sie lächelte und erhob sich. »Ach ja, passen Sie besser auf. Sie wissen ja, wie es ist, wenn sich im Gefängnis rumspricht, daß Sie es mit Kindern treiben. Richtige Männer mögen solche Leute meistens nicht. Es könnte da drinnen hart für Sie werden.«

R. D. sah von einem zum anderen. Zuletzt schaute er Marti an. »Scheiße«, sagte er, als sie das Zimmer verließ.

Im Flur zwinkerte Slim ihr zu. »Diesem Zuhälter haben Sie es ordentlich gegeben.«

Verärgert über diese Bemerkung runzelte Vik die Stirn. »Sie macht nur ihre Arbeit«, war alles, was er sagte.

Cowboy klopfte ihr auf die Schulter. Sobald sie die Hand nahen sah, wappnete sie sich und zuckte nicht zusammen, als er ihr einen kräftigen Schulterschlag versetzte.

»Linda ist als nächste dran«, sagte sie zu Slim. »Es ist nett von ihr, daß sie sich weigert, einen Anwalt zu nehmen.«

»Sie ist dumm«, sagte Slim. »Alle beide. Ich hoffe, daß keiner der Knastanwälte da drinnen sie aufklärt.«

»Was muß ich über sie wissen?« Sie kannte Linda überhaupt nicht, nur vom Sehen.

»Sie liebt Publikum. Sie ist eine richtige kleine Schauspielerin, wenn sie etwas Aufmerksamkeit bekommt.«

»Dann werde ich sie allein aufsuchen. Setzen Sie sich auf die andere Seite des durchsichtigen Spiegels.«

»Ach, dann ist da noch Annie Lewis, eine von den freundlichen ortsansässigen Huren«, fügte Slim hinzu. »Sie und Linda können sich nicht ausstehen. Aber Annie ist stärker. Eines Abends hat sie Linda verprügelt. Linda mag keine körperlichen Auseinandersetzungen. Deshalb ist sie wahrscheinlich mit R. D. zusammen. Ihre Mutter hat ihr immer solche Prügel verpaßt, daß man sich wünscht, man wäre nie geboren. Die habe ich für Sie aufgehoben, Mac. Sie sind mir etwas schuldig.« Er zeigte ihr seine Grübchen, als er lächelte, aber er brachte ihr Herz nicht zum Schmelzen.

»Ich schulde Ihnen etwas«, sagte sie und öffnete die Tür zum Verhörzimmer.

Sie setzte sich Linda gegenüber an den Tisch. Aus der Nähe sah Lindas purpurfarben gesträhntes Haar steif wie Stroh aus. Sie trug lila und roten Lidschatten, und die Fingernägel waren in einem passenden Ton lackiert. Die roten metallenen Fäden, die in ihr enges schwarzes Stretchtop eingewebt waren, betonten höchstens noch ihre winzigen Brüste.

Es war kühl im Raum. Marti überlegte, ob Linda kalt war, aber sie fragte nicht. Das Mädchen war so dünn, daß sie wie eine dreizehnjährige Magersüchtige aussah.

Linda sprach als erste. »Na, was wollen Sie denn von mir, Fräulein Beamtin? Ich kam ja nicht einmal aus dem Wagen heraus.«

»Wissen Sie, was Ihnen vorgeworfen wird?«

»Ich habe weder jemanden unterstützt noch begünstigt. Ich war niemandes Komplizin. In letzter Zeit habe ich nichts weiter getan, als manchmal meinen Arsch zu verkaufen, und selbst das habe ich heute nicht getan.«

Als Marti ihr zuhörte, wurde ihr klar, daß sich Christina in ein oder zwei Jahren vielleicht genauso anhören würde. Linda war erst achtzehn. Mit R. D. hatte sie als Hure ein leichtes Leben, aber sie sah alt aus – alt, zerbrechlich und verbraucht. Der Ausdruck in ihren Augen war stumpf, als gäbe es nicht mehr viel, was sie noch interessierte. Und die Drogen, die sie konsumierte, fraßen sie auf.

»Was nehmen Sie? Abgesehen vom Heroin?«

»Machen Sie sich etwa Sorgen um mich, Fräulein Beamtin?« fragte Linda höhnisch. »Eine reine Zeitverschwendung. Ich bin nicht das erste Mal auf'm Turkey. Ich schaffe es auch noch mal, wenn's sein muß.«

Marti war müde, zu müde, um das zu tun, was sie für notwendig hielt. Sie lehnte sich zurück und lächelte. Am besten wäre es, sie erledigte die Sache und ginge nach Hause. »Eine Ihrer Freundinnen wird Ihnen heute abend Gesellschaft leisten. Annie Lewis.«

Linda sah aus, als würde ihr schlecht.

»Ich habe gehört, Sie seien ganz dick befreundet.«

»Was wollen Sie?« Lindas Stimme klang heiser.

»Ich will nichts, gar nichts.«

Linda sah zu Tode erschrocken aus.

»Ich habe darum gebeten, daß Annie in die Zelle neben Sie kommt. Vermutlich werden Sie richtig froh sein, sie wiederzusehen. Ist doch nett, eine Freundin in der Nähe zu haben, wenn man an solch einem Ort eingesperrt ist.«

Marti stand auf. Sie holte den Ring heraus, den sie bei R. D. gefunden hatte, und ließ ihn auf den Tisch fallen.

Linda sprang auf. »Ich muß aufs Klo«, keuchte sie und hielt sich die Hand vor den Mund.

Marti blieb reglos stehen.

»Aufs Klo, bitte.«

Marti rief den Wärter, als Linda zu würgen anfing. Damit würde sich Linda bei den Polizeibeamten, die im Gefängnis arbeiteten, nicht beliebt machen. Es war Zeit, nach Hause zu gehen. Vik könnte sich um Brick kümmern. Sie war verdammt müde.

Es regnete, als Marti nach Hause fuhr. Sie parkte in der Auffahrt und lauschte dem Regen, der sie mit seinem auf den Wagen trommelnden Rhythmus einschläfern würde, wenn sie dort lange genug sitzenblieb. Das Haus war dunkel und still. Sie hatte gehofft, nach Hause zu kommen, bevor die Party vorbei war. Joanna hatte bestimmt genug Begeisterung aufgeboten, um sich zu amüsieren. Sie konnte sich nur schwer vorstellen, daß Joanna schüchtern war. Sie drehte den Kopf, um die Verspannung im Nacken zu lösen. Mein Gott, war sie müde. Es war ein langer Tag gewesen, und sie kam gerade von einem Besuch bei Christina im Krankenhaus zurück, aber sie wollte heute nacht nicht darüber nachdenken.

Der Donner grollte, und sie zählte bis drei, bevor der Blitz in zackigen blauweißen Linien aufleuchtete. Sie liebte Gewitter. »Der liebe Gott macht die Welt sauber«, hatte ihre Mutter immer gesagt, wenn sie vom Fenster aus zusah, wie der Regen in breiten Strömen am Straßenrand entlangfloß. »Und macht alles neu.«

»Das sollte er wirklich öfters machen«, hatte sie dann geantwortet. »Hier könnte er es ständig regnen lassen.«

In der Stadt schienen die Gewitter so weit weg zu sein, weit oben über den hohen Gebäuden und eher laut als mächtig. Hier hatte sie manchmal das Gefühl, sie müßte nur die Hand ausstrecken, um einen Blitz festzuhalten.

Der Rhythmus des Regens begann sie zu beruhigen, während sie den dunklen Himmel draußen betrachtete. Sie fing an, sich zu entspannen. Sie hatte heute eine Menge Arbeit erledigt. R. D., Linda und Brick waren im Gefängnis. Linda befand sich in einer Zelle neben Annie. Das Mädchen hatte wirklich Angst gehabt. Was löste es bei ihr aus, als Glodine geschlagen wurde? Hatte sie Angst davor, als nächste dran zu sein? Wenigstens war Christina erst einmal in Sicherheit. In nächster Zeit müßte sie keine Freier suchen.

Das Ehepaar aus Antioch wurde über Nacht festgehalten. Die beiden waren ruhig und selbstsicher gewesen und hatten sich geweigert, mit irgendwem zu sprechen außer ihrem Anwalt, einem Rechtsanwalt aus Chicago mit einer Adresse in der LaSalle Street und mit viel Geld. Der Staatsanwalt hatte entschieden, daß eine Hausdurchsuchung rechtmäßig und es angemessen sei, sie für vierundzwanzig Stunden festzuhalten.

Sie lächelte. Sie würde sie am Morgen verhören. Bis dahin würden sie einen Eindruck davon haben, wie das Leben im Gefängnis war.

Sie dachte an den anonymen Anrufer, der R. D. wegen der Brandstiftung in der Klinik angezeigt hatte. Dann dachte sie an den Ring, den sie als Beweisstück mitgebracht hatte. Wem gehörte er? Christina hatte geleugnet, daß es ihrer sei.

19

Marti verließ das Haus am Sonntag kurz vor acht. Der Gottesdienst begann nicht vor elf, und die anderen schliefen noch. Der Himmel war klar, wolkenlos blau, und es war bereits warm. Ein paar auf der Straße herumliegende Äste erinnerten an das Gewitter in der letzten Nacht.

Gestern abend war sie ins Krankenhaus gefahren, um Christina zu besuchen. Auf der anderen Seite der Stadt gab es noch ein katholisches Krankenhaus, aber die meisten Polizeifälle wurden hier untergebracht, und sie war mit den Räumlichkeiten jedes Flügels vertraut. Der Regen prasselte auf ihren Regenmantel, als sie auf die Doppeltür zusprintete. Sie ging an der Notaufnahme vorbei und überwand ein

Labyrinth von Gängen, die sie zum Nordflügel führten. Christina befand sich auf der Station für jugendliche Suchtmittelabhängige, einer geschlossenen Abteilung mit aufmerksamen Krankenschwestern und Pflegern. Eine Schwesternhelferin führte sie zu einem Zimmer am hinteren Ende des Korridors.

»Wie geht's der Patientin?« erkundigte sie sich.

»Soweit gut. Sie ist ruhig. In den Aufenthaltsraum ist sie noch nicht gegangen.«

»War schon jemand vom Jugendamt da?«

»Ja. Sie blieb nicht lange.«

»Wer war es?«

»Denise Stevens.«

»Gut.« Denise war eine Frau, die nicht mit sich spaßen ließ und viel Erfahrung hatte. Für die Kinder, die ihr übertragen wurden, tat sie alles, was sie konnte. Marti ging den Korridor hinunter und blieb vor Christinas Zimmer stehen. Die Tür stand offen. Den Patienten wurde nicht gestattet, sie zu schließen.

Es war ein kleines Zimmer mit zwei Betten, deren grüne Bettdecken straffgezogen waren. Grün, weiß und gelb gestreifte Gardinen hingen am Fenster, und an eine Stuhllehne hatte das Krankenhauspersonal zur Begrüßung einen mit Helium gefüllten Luftballon geknüpft, auf dem stand: WIR SORGEN FÜR DICH.

Christina stand mit verschränkten Armen am Fenster und beobachtete das nahende Gewitter. Sie drehte sich um, als Marti das Zimmer betrat, und betrachtete sie einen Augenblick lang mit dunklen, ernsten Augen, sagte aber nichts.

Marti kam näher. »Magst du Gewitter?«

Das Mädchen zuckte die Achseln. Sie trug einen grünen krankenhauseigenen Morgenmantel und hatte ihr Haar zu zwei Zöpfen geflochten, die sie noch jünger als zwölf aussehen ließen.

»Als ich klein war, wollte meine Mutter immer, daß wir bei Gewitter alle Stecker rauszogen und uns in dem dunklen Schlafzimmer, in dem es keine Fenster gab, in der Mitte hinsetzten. Dann las sie uns Geschichten aus der Bibel vor.«

Christina antwortete nicht. »Brauchst du irgend etwas?« fragte Marti.

»Das hat mich die andere Frau auch schon gefragt. Ich brauche nichts.«

Marti betrachtete die Fesselspuren am Handgelenk des Mädchens. In Chicago hatte sie viele mißhandelte Kinder erlebt. Kinder, die schrecklich geschlagen worden waren. Kinder, die entstellt worden waren. Kinder, die tot waren. Zumindest lebte Christina noch. »Ein Mädchen in deinem Alter ist hier vor ein paar Wochen in einem Feuer gestorben.«

»Ja, und?«

»Wir wissen nicht, wer sie war und woher sie kam. Wahrscheinlich war sie zu Hause durchgebrannt. Das Feuer brach in einer Klinik aus. Hast du nicht davon gehört?«

»Nein, nicht daß ich wüßte.«

»Jemand hat das Feuer gelegt. Sie und noch ein Mädchen kamen darin um. Überleg' mal, ob du davon etwas mitbekommen hast ...«

Christina drehte sich zu ihr um. »Ich sagte doch, daß ich nichts weiß. Ist das legal, daß Sie hierherkommen und mich belästigen?«

Die Schwesternhelferin kam mit einem Apfelsaft und Crackern herein. Marti verließ das Zimmer. Die Schwester wußte besser, wie man mit gestörten Jugendlichen umging. Der Umgang mit solchen Jugendlichen deprimierte sie, denn sie brauchten etwas, was sie nicht geben konnte. Es war ihr unmöglich, dafür zu sorgen, daß die Kinder das bekamen, was sie brauchten – Eltern, ein Zuhause oder was auch immer, anstelle der Heimerziehung und Jugendhaft, die viel zuviele Kinder in der Realität erhielten.

Marti schaute hinaus in das helle morgendliche Sonnenlicht und sah auf ihre Uhr. Es war erst Viertel nach acht. Sie bog zu einem Fast-Food-Restaurant ab und blieb auf dem Parkplatz sitzen, während sie den Kaffee trank und das Frühstücksmenü aß. Joanna nannte so etwas ein Cholesterinsandwich. Marti fragte sich, wie die Party gestern abend wohl gewesen war.

20

Sobald Marti im Revier ankam, holte sie sich eine zweite Tasse Kaffee und ging zu ihrem Schreibtisch. Vik saß ihr wie immer mit einem finsteren Gesicht gegenüber. Der Gottesdienst versetzte sie immer in gute Laune, aber die Sonntagsmesse schien auf Vik nie denselben

Effekt zu haben. Sie fand, daß sich sein Gesichtsausdruck seit Freitag überhaupt nicht verändert hatte.

»Wenn Sie nicht aufhören, ständig die Stirn zu runzeln, Vik, werden sich Ihre Augenbrauen noch ineinander verschlingen und zusammenwachsen.«

Er brummte.

»Und meine Mutter sagt, wenn man immer so vor sich hinschmollt, kleben die Lippen eines Tages zusammen, und dann müssen Sie den Rest Ihres Lebens so reden.« Sein Schmollen imitierend sagte sie: »Guten Morgen.«

Vik lächelte nicht, aber seine Mundwinkel zogen sich leicht nach oben. »Ich weiß nicht, was Ihnen so gute Laune bereitet, MacAlister. Warten Sie ab, bis Sie diesen Bericht gelesen haben.«

»Ja, und?«

»Er kommt von der Landesdrogenfahndung. In dem Haus in Antioch wurde ein halbes Pfund Kokain gefunden. Das kostet ungefähr sechzehntausend Dollar und ist auf der Straße um die hunderttausend wert.«

Sie gab einen Pfiff von sich. »Ein schweres Delikt, sechs bis zwanzig Jahre Gefängnis. Verdammt.«

»Und außerdem«, fuhr Vik fort, »fanden sie eine Menge Kinderpornos und Filmgeräte. Das gehört in eine Ermittlungssache auf Landesebene, darum sind wir den Teil des Falles auch los. Wir sind im Zusammenhang mit dieser Razzia, die alles aufgedeckt hat, nicht einmal lobenswert erwähnt worden.«

»Und der Lieutenant ist unglücklich.«

»Ich schlug vor, daß er seine Beschwerde an die Staatsanwaltschaft schickt. Wir sind ja nur deren Befehlen gefolgt.«

»Und haben einen großen Erfolg bei der Drogenfahndung verpaßt.«

Wenn nicht drei verschiedene Polizeiabteilungen daran beteiligt gewesen wären, als sie das Haus erreichten, wäre Marti schon eine Rechtfertigung eingefallen, das Haus auf den Kopf zu stellen.

»Diese verdammten Durchsuchungs- und Verhaftungsgesetze«, klagte Vik.

Er war schon Polizist gewesen, bevor die jüngsten Gesetze geschrieben worden waren. Als Marti zur Polizei kam, hatte sie gelernt, wie man sie umgehen konnte, ohne etwas Illegales zu tun. Nicht, daß sie etwas gegen diese Gesetze hatte. Die Leute hatten ein Recht auf diesen Schutz, und die Cops brauchten manchmal diese Zügel.

»Hat die Landespolizei irgendwelche Informationen über ihre Ermittlungen freigegeben?«

»Hat sie das jemals getan?«

»Mit wem haben Sie gesprochen?«

»Mit niemandem. Sie haben uns diesen Bericht gefaxt, in dem nichts steht, und der Lieutenant hat mir eine fünfminütige Lektion erteilt, weil wir zu schnell aufgegeben hätten.«

»Zeigen Sie mir den Bericht.«

Sie las sich die drei Seiten widersprüchlichen Geredes durch. Das Ehepaar in Antioch war nicht einmal beschattet worden, aber der Landespolizei war angeblich bekannt gewesen, daß im Gebiet von Lake County mit illegalen Drogen, Prostitution und Kinderpornographie gehandelt wurde. Durch die Verhaftung von R.D., in die Christina verwickelt war, hatte die Landespolizei einen nützlichen Tip erhalten, und sie selbst hatte nicht einmal die Gelegenheit, Preppy und seine Frau zu verhören, und jetzt war es zu spät. Sie überflog den Bericht noch einmal. Nicht ein Name der Ermittler der Landespolizei stand darauf, niemand, mit dem sie reden konnte. »Der ist so nichtssagend, daß wir ihn in der News Times veröffentlichen könnten, und niemand würde sich die Mühe machen, ihn zu lesen.«

Marti liebte es, wie eine Polizeiabteilung vor der anderen ihre Geheimnisse hütete. Offiziell nannte man das Sicherheit, aber sie fand, daß das nur eine andere Form war, der Polizei vor Ort den Mittelfinger zu zeigen. »Scheiß Politik«, fluchte sie leise.

Vik nahm den Bericht und machte eine Bewegung, als wollte er ihn in den Papierkorb schmeißen, warf ihn aber auf den Schreibtisch. »Ja, Scheiße«, stimmte er ihr zu. »Vielleicht wird die Bundespolizei das Eigentum beschlagnahmen. Es redet überhaupt niemand über die Kinderpornos. Noch nicht. Der Drogenfund ist zu groß.«

»Das Schlimmste an dieser Kinderpornographie ist, daß die Fotos benutzt werden, um Kinder zu locken«, bemerkte Marti. Sie schauderte, als sie daran dachte.

»Ich könnte niemals bei der Sitte arbeiten«, sagte Vik.

Sie ließ ihn kopfschüttelnd an seinem Schreibtisch zurück und fuhr zu den Vororten im Südwesten, wo Dr. Edwards und seine Frau lebten. Arborview Oaks lag etwa zwanzig Meilen westlich von Lincoln

Prairie. Sie wählte eine Strecke, an der sich mehrere Farmen auf beiden Seiten der zweispurigen Straße befanden. Das Korn stand hoch, und das Alfalfa wiegte sich in grünen Wellen. Sie stellte die Klimaanlage ab, kurbelte die Seitenscheibe herunter und genoß die warme Brise, die in ihr Gesicht blies, und den Geruch von feuchter Erde und sprießenden Pflanzen, der nach dem heftigen Regen gestern abend stärker zu sein schien.

Arborview Oaks war eine neue, sehr teure und exklusive Siedlung, und es hätte sie nicht überrascht, wenn die Familie Edwards die einzigen Schwarzen gewesen wären, die hier wohnten. Sie glaubte, daß solche Siedlungen für die Neureichen entworfen wurden, die sich noch an ihren neuen gesellschaftlichen Status und ihr Haushaltsbudget gewöhnen mußten. Die Käufer hatten die Auswahl zwischen drei oder vier Grundmodellen und führten dann soviele Änderungen durch, bis ihre Häuser anders als die anderen aussahen, ohne wirkliche Vielfalt zu schaffen. Damit bewahrten sie sich den Glauben an ihre Einzigartigkeit, ohne Angst bekommen zu müssen, daß sie nicht wie alle anderen auch waren.

Sie verglich Siedlungen wie diese mit den streichholzschachtelgroßen Häusern, die in den Liedern von früher beschrieben wurden. Wenn sie sich solch ein Haus leisten könnte, würde sie sich lieber ein altes suchen, das ein wenig Klasse hatte.

Das Haus des Doktors war ein ausgestrecktes Steinhaus mit drei Ebenen, das auf einem großen Grundstück erbaut war. Durch die angebaute Garage für drei Wagen wirkte es etwas anders als die Häuser der nächsten Nachbarn, aber Marti war sicher, daß die Grundrisse dieselben waren. Ein Rasen war angelegt worden, und vier junge Bäume waren mit Gummikragen und strammen Drahtseilen an ihrer Stelle festgebunden worden. Ein weißer Jaguar und ein schwarzer Bentley standen in der Auffahrt.

Eine schlanke Frau mittlerer Größe öffnete die Tür. »Oh, ich erwartete ... «, begann sie und sagte dann: »Die Gesetzeshüterin, wie nett.« Ihr Ton und ihr Gesichtsausdruck hätten eher vermuten lassen, daß sie gerade fauligen Fisch entdeckt hatte. »Ich hatte gehofft, daß man die geschäftlichen Angelegenheiten der Klinik meines Mannes von meinem Heim fernhalten könnte.« Sie schaute sich um, als wäre sie besorgt, welche ihrer Nachbarn sie beobachteten.

»Vielleicht könnte ich reinkommen«, schlug Marti vor.

Ein Wagen fuhr vorbei, und Mrs. Edwards öffnete die Tür gerade so weit, daß Marti sich hineinquetschen konnte.

»Ich muß Ihnen nur ein paar Fragen stellen.«

»Und vermutlich waren Sie gerade in der Nähe und dachten, Sie könnten mal vorbeikommen.«

Das Foyer war groß, aber Mrs. Edwards hatte sich nicht mehr als dreißig Zentimeter von der Tür entfernt. Marti fühlte die stacheligen Blätter einer Pflanze an ihrem Arm. Sie ließ sich nicht gern in die Ecke klemmen, darum machte sie einen Schritt zur Seite und dann einen nach vorn, bis Mrs. Edwards zurückwich und dabei über ihre Bluse strich, als wäre ihr etwas zu nahe gekommen, was sie hätte schmutzig machen können. Die Bluse und die malvenfarbene Hose, die Mrs. Edwards trug, erinnerten Marti an die Kleidung einer Schaufensterpuppe, die sie auf dem Weg zu Sears gesehen hatte, als sie eine Abkürzung durch Carson, Pirie und Scott nahm.

Mrs. Edwards war ein wenig zu groß, um als klein bezeichnet zu werden. Ihr hellbraunes Haar hatte einen kurzen, pagenartigen Schnitt. Ihre Augen waren haselnußbraun, und sie hatte eine leichte Himmelfahrtsnase. Wenn sie wollte, käme sie als Weiße durch, da ihre Haut so hell war.

»Da Sie schon einmal hier sind, wollen Sie vermutlich reinkommen und sich umsehen.« Sie drehte sich abrupt um, und Marti folgte ihr ins Wohnzimmer. Dabei fiel ihr als erstes ein Ausflug ins Kunstmuseum ein, den sie in der Grundschule gemacht hatten. Sie brauchte einen Augenblick, um es zu erfassen. Das Zimmer war mindestens vierzehn mal zehn Meter groß, und alles war weiß – die Wände, der Teppich, die Gardinen, die lackierten Tische. Sie ging auf die Einbauschränke zwischen den Fenstern zu.

Mrs. Edwards trat ihr in den Weg und überprüfte, ob die Glastüren abgeschlossen waren. Marti bemerkte ein paar ganz leichte Spuren von Brecheisen, die das Holz zerkratzt hatten und frisch aussahen. Sie würde sich im Revier erkundigen, ob es darüber einen Polizeibericht gab.

»Meißener Porzellan«, sagte Mrs. Edwards mit offensichtlichem Stolz und zeigte auf ein paar Tassen und Untertassen. »Antiquitäten«, erklärte sie. »Von achtzehnhundertfünfzig.«

Sie zeigte auf ein kristallenes Tintenfaß und eine Schale und nannte Namen und Daten. Eine sorgfältige Sammlung kleiner Gegenstände, die Marti nicht für besonders ungewöhnlich hielt und die jemand zusammengestellt hatte, dem es wichtig war, daß jeder Gegenstand paßte. Kerzenhalter, Briefbeschwerer, ein paar Figuren, nichts, was sie interessierte.

Als sie sich umdrehte, bemerkte sie einen Zinnkrug auf einem Tisch und hob ihn hoch. Er war nicht so schwer, wie er aussah.

»Sherman Boardman«, sagte Mrs. Edwards und trat einen Schritt näher. »Achtzehnhunderteinundfünfzig. Ich fand ihn letzte Woche. Allerdings weiß ich noch nicht, ob ich ihn behalte.«

Marti fragte sich, ob es ein spontaner Kauf gewesen war, den sie noch nicht mit dem Innenarchitekten besprochen hatte.

»Vermutlich sind Sie gekommen, um sich nach James' Finanzunterlagen zu erkundigen?« fragte Mrs. Edwards.

»Soviel ich weiß, wollen Sie versuchen, für uns ein paar Informationen zusammenzustellen, um die Unterlagen, die zerstört wurden, zu rekonstruieren.«

»Ja, aber das dauert natürlich eine Weile. Ich habe noch andere Aufgaben. Ich komme gerade von einer Geschäftsreise aus Washington, D.C., zurück und habe in den nächsten Wochen ein paar sehr wichtige gesellschaftliche Verpflichtungen.«

»Ich verstehe.«

»Wie gut von Ihnen, daß Sie so geduldig sind.«

»Oh, das bin ich nicht«, erklärte Marti und fühlte, daß Mrs. Edwards ihrer Gutartigkeit zu mißtrauen begann. »Ich habe nur andere Dinge im Kopf. Wir wissen nicht, wer das Mädchen war, das im Feuer gestorben ist, und dann ist da noch der Brandstifter. Ich bin überzeugt, daß wir in den Unterlagen, die Sie uns liefern werden, nichts Ungewöhnliches finden werden.«

Mrs. Edwards kam einem Lächeln so nahe, wie ihr möglich war. Sie konnte die Finanzdaten ihres Mannes so rekonstruieren, daß sie den Vorschriften des Finanzamtes und anderen öffentlichen Dokumenten entsprachen. Falls es irgendwelche Unterschiede zwischen diesen Daten und denen auf den Disketten gab, wäre es unmöglich zu beweisen. Marti hoffte, Mrs. Edwards hatte soviel Selbstvertrauen, damit durchzukommen, daß sie die Kopien der richtigen Informationen, die sie bestimmt noch hatte, nicht zerstören würde.

Die Tour begann und endete im Wohnzimmer. Es gab keinen einzigen persönlichen Gegenstand als Hinweis darauf, daß irgend jemand anderes als der Innenarchitekt an dem Haus Interesse hatte. Selbst die Bildersammlungen sahen aus, als wäre jemand dafür bezahlt worden, sie zusammenzustellen.

Als sie die Tür erreichte, sagte Mrs. Edwards: »Leute wie Sie überraschen mich manchmal.«

Marti haßte den Ausdruck »Leute wie Sie«.

»Einerseits beschweren Sie sich, daß Schwarze auf unserem Niveau den Armen nicht helfen. Doch wenn James an einem Ort wie diesem medizinische Leistungen anbietet, anstatt eine Praxis bei den Reichen aufzubauen, verfolgen Leute wie Sie ihn, weil jemand seine Klinik anzündet.« Mrs. Edwards stand mit den Händen in den Hüften da und war erregt, wie Marti sie noch nicht erlebt hatte – nicht sehr, aber eindrucksvoll. »James stammt aus einer großen Familie. Er hat vier Brüder und sechs Schwestern und Gott weiß wieviele Nichten und Neffen. Er fühlt sich dafür verantwortlich, daß diese Frauen Zugang zu Abtreibungen und Verhütungsmitteln haben. Mein Gott, wenn sie nicht aufhören, sich wie die Kaninchen zu vermehren ... das Wohlfahrtssystem zwingt uns schon jetzt in die Knie. Wissen Sie, wieviel es uns kostet, wenn diese Kinder geboren werden? Oder welche Ressourcen die erwünschten Kinder entbehren müssen? Vor allem Leute wie Sie sollten es zu schätzen wissen, was James macht. Sie sind es, die die Diebe, Prostituierten und Drogenabhängigen, die später aus diesen Kindern werden, verhaften müssen.«

Marti antwortete nicht, aber sie fragte sich, warum Mrs. Edwards glaubte, daß alle Kinder, die bei den Armen zur Welt kamen, unerwünscht seien. Dachte sie an ihre eigene Familie, wenn sie so sprach? Dann fragte sie sich, was Dr. Edwards' Verhältnis zu seinen Patientinnen, das von einem kollektiven Interesse, aber einer individuellen Gleichgültigkeit gekennzeichnet schien, über seine eigene Erziehung in einer kinderreichen Familie aussagte.

Doch eins war sicher. Diese Dienstleistungen, die Dr. Edwards so großzügig anbot, um Sozialamtsleistungen einzusparen, garantierten, daß die staatlichen Krankenversicherungskosten hoch blieben. Nach seinem Haus und seinen Autos zu urteilen, machten sich Geschenke für »solche Leute« an »solch einem Ort« sehr gut bezahlt.

21

Es war kurz vor eins, sonnig und heiß, als Marti auf die Route 41 bog und nach Süden in Richtung Chicago fuhr. Sie warf eine von Johnnys Kassetten in den Recorder. Johnny hatte Aufnahmen aus den Fünfziger Jahren gesammelt. Er hatte mehr als siebenhundert LPs, Singles und alte Grammophonplatten aufgenommen. Im Auto hatte sie immer einige Kassetten mit schnellen, temporeichen Liedern bei sich. In ihrem Zimmer bewahrte sie einige Kassetten mit langsamen, sentimentalen Melodien auf. Die Originalplatten und Alben lagerten an einem kühlen Platz im Keller. Jetzt sang sie bei dem Lied »I Feel Good« von Shirley und Lee mit.

Sie erinnerte sich an Johnnys Bariton. Es war eine freundliche, beruhigende Erinnerung. Sie dachte gern an die Zeiten, wenn er sang und sich amüsierte, wenn er nicht über den Job nachgrübelte oder an den Drogen- oder Waffenhandel dachte, sondern sich einfach wohl fühlte.

Anstatt an der Roosevelt Road abzubiegen und nach Westen in Richtung Pilsen zu fahren, blieb sie auf der Schnellstraße, bis sie den Garfield Boulevard erreichte. Sie stellte den Kassettenrecorder aus und kurbelte das Fenster herunter. Sie spürte die Hitze, die hineindrang. Lärm schien auch hereinzukommen – Verkehrslärm, ein plärrendes Radio, ein Streit.

Sie nahm die gewundene Straße, die durch den Park führte, und fuhr am DuSable Museum vorbei. Dies war die malerische Strecke, die zu ihrem alten Haus führte. Ihr Haus. Ihrs und Johnnys.

Ein Teenager auf Rollschuhen glitt auf der Beifahrerseite an ihrem Wagen vorbei und schielte auf Martis Handtasche auf dem Beifahrersitz. Sie zeigte ihm ihre Marke, und er fuhr mit einem zackig militärischen Gruß weiter.

»Echt cool«, hätte Johnny sie mit einem Comicspruch geneckt. Und sie hätte darüber gelacht.

Langsam fuhr sie an dem Haus vorbei. Hellgrüne Wände, zwei Stockwerke plus Keller und Dachboden. Es lag eingeklemmt auf dem kleinsten möglichen Stück Land mit einem Rasenstreifen von sechzig Zentimetern an den Seiten und ungefähr doppelt soviel vorn und hinten. Johnnys Wasserlilien waren weg und durch Ringelblumen ersetzt worden. Gott sei Dank hatte sie den Wurzelstock mitgenommen, als sie auszogen. Sie hätte nicht hierherkommen sollen. Es war nicht mehr ihr Haus.

Sie fuhr über den Cottage Grove zurück nach Roosevelt und dann in westlicher Richtung nach Ashland, wobei sie an Carmen Rodriguez dachte, die abends für den Doktor arbeitete. Gleich nach Teresas Beerdigung war Carmen nach Chicago zu ihrer Großmutter gefahren. Die junge Frau hatte ihr nichts anderes als der Doktor berichtet, als sie sie am Tag nach dem Feuer verhört hatte.

Marti hatte auch mit Carmens beiden älteren Schwestern gesprochen. Nach deren Aussage war Carmen gedankenlos und rücksichtslos. Sie weigerte sich außerdem, einen Teil ihres Lohnes an die Eltern zu schicken, und ging bis spät nachts mit ihrem Freund aus. Carmen war angeblich faul, half nicht zu Hause und gab zuviel Geld für Kleider und Kosmetik aus.

Marti hatte sich noch keine Meinung von dem Mädchen gebildet, aber ihre Schwestern waren sich in ihren Ansichten über sie einig. Jetzt wollte Marti noch einmal mit ihr sprechen, obwohl Carmen in der Nacht des Feuers nicht in der Klinik gewesen war.

Bei der Adresse handelte es sich um ein Zweifamilienhaus aus Holz. Eine alte Frau öffnete die Tür. Zuerst sprach sie spanisch, aber als Marti vorgab, sie nicht zu verstehen, wechselte sie zu Pidgin-Englisch.

»Wen suchen Sie?«

»Sind Sie Carmens Großmutter?«

»Sí.«

»Ist sie zu Hause?«

Statt zu antworten, überprüfte die Frau Martis Marke und hielt sie dicht vor ihre dunklen, wässrigen Augen. »Carmencita?« sagte sie.

Marti beschloß, spanisch zu sprechen, nicht so fließend, wie sie es konnte, sondern stockend wie jemand mit einem begrenzten Sprachschatz. »Donde está, Carmen?« Die alte Frau mußte ja nicht wissen, daß sie ihre Sprache sehr gut verstand.

Es folgte ein fünfminütiger Wortwechsel hauptsächlich in Englisch. Als die Großmutter ganz bestimmt überzeugt war, daß Marti tatsächlich von der Polizei und dies ein inoffizieller Besuch war, der nicht länger als fünfzehn Minuten dauern und ihre Enkelin nicht verhaftet werden würde, wurde Marti gestattet, die Wohnung zu betreten.

Die Wohnung roch nach Tortillas und selbstgemachten Rind- und Hühnerfüllungen für Burritos und Chimichangas – Gerüche, die vielleicht schon seit dreißig Jahren in dieser Wohnung hingen. Beim Betreten des Hauses bekam Marti Hunger.

Carmen saß auf einem zerbeulten Sofa, das so alt aussah, als wäre es noch mit Pferdehaaren gepolstert. Sie hatte die Beine untergeschlagen und las ein Taschenbuch. Ihr dunkles Haar war nach vorn gefallen und verdeckte teilweise ihr Gesicht, aber Marti sah, daß sie kein Make-up trug. Die makellose Haut, die langen Wimpern und das schüchterne, zögernde Lächeln machten Kosmetik überflüssig.

Marti setzte sich Carmen gegenüber auf einen Stuhl, der hart und unbequem war. Die Großmutter stand an der Tür. Sie trug Filzpantoffeln und rieb mit einem Fuß auf dem abgenutzten Linoleumboden hin und her. Das Haar der alten Frau war dick, gelblich und im Nacken zusammengeschlungen. Ihren dunklen Augen entging nichts.

Marti sah sich im Zimmer um. Auf dem Kaminsims stand eine kleine Statue der Jungfrau von Guadelupe. Auf dem Fußboden lagen Webteppiche aus knallroten, gelben, blauen und grünen Flicken. Der Fußboden war schief und neigte sich zum Sofa hin ab.

»Wollen Sie mir noch mehr Fragen stellen, Detective MacAlister?« wollte Carmen wissen. »Ich erinnere mich nicht, was Sie mich das letzte Mal gefragt haben.«

Marti überlegte, was sie noch herausfinden mußte. »Warum sind Sie hier und arbeiten nicht?«

»Der Doktor sagte, es würde für eine Weile keine Spätsprechstunde mehr geben. Er war der Meinung, daß ich hierherkommen sollte. Er gab mir Geld für weitere sechs Wochen, obwohl ich nicht da bin.«

»Warum bezahlte er Ihnen und Teresa soviel Geld?«

Carmen schien über ihre Frage überrascht zu sein. »Er sagt, weil es keine schöne Gegend sei und weil ich abends zu lange bleibe und es keine Busse mehr gäbe, wenn ich nach Hause gehe.«

Auf Spanisch fragte die Großmutter: »Was wissen deine Schwestern?«

Carmen sah Marti an. »Sie haben meinen Schwestern doch nicht erzählt, daß er mir pro Stunde zwölf Dollar fünfzig zahlt? Sie glauben, daß es nur vier Dollar fünfundzwanzig seien.«

»Nein.« Das Täuschungsmanöver überraschte sie nicht, wohl aber die Summe, die er Carmen zahlte. Eine von beiden oder sogar beide

Mädchen waren ihm über die Routinearbeiten hinaus bei irgend etwas behilflich gewesen. »Warum hat Teresa an dem Abend des Feuers gearbeitet?«

»Der Doktor sagte, daß er sie brauchte.«

»Was haben Sie an dem Abend gemacht?«

Carmen begann, mit den Seiten ihres Taschenbuches herumzuspielen.

»Waren Sie bei Ihrem Freund?«

Carmen senkte den Blick. »Ich war zum Lernen in der Bücherei. Sie werden das doch nicht weitererzählen?«

Marti war sich nicht sicher, warum so etwas geheimgehalten werden sollte. »Wie haben Sie diesen Job beim Doktor gefunden?«

»Über Teresa. Sie arbeitete dort. Aber sie wollte nicht jeden Abend arbeiten. Darum sprang ich für sie ein.«

Dr. Edwards hatte behauptet, er habe Carmen zuerst eingestellt, nicht Teresa. Daß Carmen auf eine Anzeige geantwortet habe. »Hatten Sie und Teresa einen festen Arbeitsplan?«

Carmen schüttelte den Kopf.

»Wie wußten Sie dann, wann Sie arbeiten sollten?«

»Teresa arbeitete, wenn der Doktor sie darum bat. An den anderen Abenden war ich dran. Sie rief mich dann an und sagte mir Bescheid.«

»Gab es bestimmte Zeiten, an denen Teresa immer arbeitete?«

»An ein oder zwei Donnerstagen gegen Ende des Monats.«

»Wie kamen Sie in das Gebäude, durch den Hinter- oder den Vordereingang?«

»Durch den Hintereingang. Immer. Der Doktor wollte es so.«

»Ein paar Wochen vor dem Feuer wurden die Schlösser gewechselt. Hatten Sie neue Schlüssel?«

»Ja.«

Auf Spanisch fragte die alte Frau: »Stimmte etwas nicht mit der Tür?«

Carmen schüttelte den Kopf.

»Brauchten Sie Ihre Schlüssel?« fragte Marti.

»Ja. Ich kam immer vor dem Doktor an.«

»Teresa auch?«

»Ja.«

»Aber keine von Ihnen benutzte jemals den Schlüssel vom Vordereingang?«

»Ich habe ihn nie benutzt.«

»Ließen Sie die Hintertür offen, wenn Sie drinnen waren, oder schlossen Sie sie ab?«

»Ich ließ sie offen.«

»Immer?«

»Ja. Manche Patientinnen kamen dort rein.«

Jeder hätte also Zugang haben und das Feuer legen können.

»Manche Patientinnen benutzten den Hintereingang?«

Carmen hob die Hand an ihren Mund. »Ja. Manchmal.«

Marti spürte ihr Unbehagen. »Eine Ihrer Schwestern sagt, daß Sie sehr viel Zeit außer Haus verbringen und daß Sie oft mit Ihrem Freund ausgingen. Daß Sie Ihre Zeit beim Einkaufen in den Malls vertrödelten oder ins Kino und zum Tanzen gingen.«

»Ach, die«, sagte die Großmutter auf Spanisch. »Sie will doch nur, daß du zu Hause bleibst, Kinder kriegst und so fett wirst wie sie.«

Marti tat immer noch so, als hätte sie keine Ahnung, was die alte Frau sagte. »Teresas Bruder kam auch zu mir. Er sagte, Teresa sei nicht so gewesen wie Sie, sie habe ihrer Mutter gehorcht und sei nicht so eigenwillig und respektlos wie Sie gewesen.«

Die alte Frau gab ein kurzes, heiseres Lachen von sich und sagte etwas, das Marti als eine ziemlich obszöne Bemerkung über das übertriebene Interesse des Bruders an seiner Schwester interpretierte.

Carmen strich ihr Haar zurück. Es war eine müde Geste und nicht die schnelle, selbstsichere Bewegung eines jungen Mädchens. »Teresa war oft bei ihrem Liebhaber. Nicht bei dem Verlobten, den ihr Bruder für sie ausgesucht hatte, sondern bei dem Mann, den sie liebte. Sie wollten kurz vor ihrer Hochzeit im Dezember durchbrennen, sagten sie. Genauso wie ich sagte sie nicht die Wahrheit, was der Doktor bezahlte, und behielt das meiste Geld für sich. Wen geht das auch etwas an? Ich habe das Begabtenabitur gemacht. Meine Schwestern finden nicht, daß ich das brauche oder daß ich etwas anderes als putzen und Kinder kriegen sollte. Sie sorgten dafür, daß ich die Schule verließ und im Haushalt half. Ich bin jetzt neunzehn. Ich möchte meinen Eltern Geld schicken, aber meinen Schwestern muß ich nicht mehr helfen.«

Erregt stampfte die alte Frau auf dem Linoleum auf. »Hah. Wofür braucht eine Frau eine Ausbildung? Warum soll sie klug sein? Ein Mann ist klug genug, um ihr Kinder zu machen. Das ist das Beste für beide. Hah. Wie dumm von ihnen, so etwas zu glauben. Und wir sind auch dumm, wenn wir uns darauf einlassen.«

Carmen sah Marti mit einem kurzen Lächeln an. »Zu Hause soll niemand wissen, daß ich studiere, darum habe ich immer gelernt, wenn ich in der Klinik war. Manchmal hat mir der Doktor bei Mathe geholfen. Er sagt, ich sei klug, weil ich den anderen entfliehen wolle, und daß ich mich nicht zurückhalten und einsperren lassen solle. Jetzt habe ich die Begabtenprüfung bestanden. Ich kann das College besuchen und arbeiten. Teresa und ich haben beide gelogen. Das war die einzige Möglichkeit, um das zu bekommen, was wir wollten.«

Marti war in der Erwartung gekommen, hier eine frivole, rücksichtslose junge Frau mit einer fragwürdigen Moral vorzufinden. So war es, wenn man sich von anderen beeinflussen ließ.

Nachdem sie ihr die Wahrheit erzählt hatte, wirkte Carmen viel entspannter, aber Marti war überzeugt, daß sie immer noch etwas zurückhielt. »Sagte Teresa Ihnen, warum der Doktor sie an bestimmten Abenden dahaben wollte?«

Carmen wickelte eine Haarsträhne um ihren Finger. Eine dicke, getigerte Katze kam herein, strich an den Baumwollstrümpfen der alten Frau entlang und begrüßte sie mit einem leisen Miau. »Du solltest es ihr sagen«, sagte die Frau. »Sie tut dir nichts.«

Carmen ließ die Haarsträhne los. »An den Abenden, wenn Teresa arbeitete, war etwas anders. Ich weiß nicht genau, was. Er brachte Teresa bei, ihm zu assistieren. Wenn ich dort arbeite, gehe ich nicht mit ihm ins Untersuchungszimmer. Teresa aber schon. Dr. Edwards tut nichts Unrechtes. Wenn jemand jung ist und die Periode ausbleibt, hilft er ihnen manchmal. Manchen sagt er, daß er ihnen nicht helfen kann. Er ist ...« Sie suchte nach geeigneten Worten.

»Er ist kein schlechter Mensch. Ich glaube, er mag mich. Er spricht nicht viel, darum ist es schwer zu beurteilen. Eines Abends hatte ich mein Haar mit einem Band zusammengebunden. Es löste sich auf, und er band es wieder zusammen wie ein Vater. Er hat sanfte Hände. Aber er will nichts von mir.«

»Sag ihr, daß sie das niemandem weitererzählen soll«, drängte die alte Frau.

Carmen wiederholte es auf Englisch.

»Ich kann nicht versprechen, daß Sie nicht als Zeugin vor Gericht geladen werden, aber ich denke eher nicht.«

Bevor sie ging, nahm Marti ein Glas Limonade an und nannte Carmen den Namen einer Sozialarbeiterin, die sie kannte und die ihr helfen könnte, einen Ausbildungsplatz oder finanzielle Unterstützung fürs College zu organisieren.

22

Am frühen Montagmorgen fuhr Marti zu Doretta Eldridge. Als Doretta sie am Abend zuvor angerufen hatte, war sie ihr eher verärgert als besorgt vorgekommen, darum hatte Marti beschlossen, was immer es auch war, könnte warten, bis sie eine anständige Nachtruhe hinter sich hätte. Doretta war eine Frühaufsteherin, und zu dieser Tageszeit beschäftigte sie eher die Hausarbeit als die Religion.

Marti verließ das Haus ohne Frühstück. Sie fuhr beim Bäcker vorbei und kaufte ein Dutzend süße Teilchen. Es war kurz nach sieben, als sie das Haus der Eldridges erreichte, das Tor aufriegelte und den engen Betonweg zur Rückseite des Hauses entlangging. Die rückwärtige Veranda war winterfest geschlossen, und die alte Waschmaschine, die dort stand, durchlief gerade ächzend den Schleudergang. Zwei weitere Kleiderladungen lagen sortiert daneben und warteten darauf, daß sie drankamen. Sie klopfte an die Tür.

Eine Minute später schaute Doretta sie mit einem kurzsichtigen Blinzeln an. Ihr dunkles, eckiges Gesicht glänzte vor Schweiß, und sie trocknete ihre Hände an dem Latz ihrer Schürze, die sie über dem Baumwollkleid trug. »Oh, Schwester MacAlister, wie schön, Sie zu sehen. Das ist aber nett, daß Sie gleich gekommen sind. Der Nachtwächter schaut weg, und die Reiter trampeln die Ernte nieder.«

Marti folgte Doretta in die schubkastengroße Küche mit dem blau gefliesten Fußboden und den glänzendweißen Wänden. Doretta ging zu einem Topf, der kochend auf dem Herd stand, einem alten Modell, das noch Füße hatte.

»Ich koche Apfelmus für Papa.« Sie hob den Deckel, und der Duft nach Obst und Zimt war süß und stark. »Äpfel sind Papas Lieblingsspeise«, erklärte Doretta. »Ich fürchte nur, daß er daran erstickt, wenn sie nicht gekocht werden. Seit dem Schlaganfall kann er kaum noch kauen.«

Marti stellte die Schachtel vom Bäcker auf den Tisch.

»Oh, Schwester, das ist aber nett, daß Sie uns was mitbringen.«

Auf der hinteren Flamme brodelte die Espressokanne. Doretta holte zwei abgestoßene Tassen mit rosa Blumenmuster und zwei grüne Untertassen heraus. »Momma wird sich bestimmt freuen, daß Sie vorbeigekommen sind.« Sie runzelte vor Anstrengung die Stirn, als sie den Kaffee einschenkte und die Tassen auf den Tisch stellte. Dann füllte sie ein kleines Glas mit Milch, wobei sie etwas davon verschüttete.

Marti probierte den Kaffee schwarz. An manchen Tagen war Dorettas Kaffee so stark, daß der Löffel darin stehenblieb, an anderen schmeckte er wie Wasser mit Kaffeegeschmack. Heute war er stark genug, um ihn mit Milch oder Zucker zu verdünnen.

Doretta setzte sich ihr gegenüber und zog ein Blatt Papier aus ihrer Schürzentasche. Das Blatt sah aus, als wäre es schon viele Male zusammen- und wieder auseinandergefaltet worden, und Doretta strich es glatt. »Denen, die aufrecht gehen, enthält der Herr die guten Dinge nicht vor«, erklärte sie und blickte auf einen Namen, den sie aufgeschrieben hatte.

»Kehr' die unsauberen Dinge ans Licht und bring' die Gefangenen zurück ins Land.« Sie griff nach einem Bleistift, befeuchtete ihn mit der Zungenspitze und begann, mit kindlicher Handschrift in großen, unregelmäßigen Druckbuchstaben zu schreiben. »Gegen den müssen Sie etwas unternehmen. Das ist noch so ein Beelzebub, der die Reiter herbringt.«

Marti nahm sich einen mit Quark gefüllten Kopenhagener und blickte auf das Blatt, das Doretta ihr hinschob. Dr. Edwards' Name und die Adresse seiner provisorischen Klinik standen darauf. Durch den jüngsten Umzug war er mit seiner Klinik in Dorettas Nähe gerückt.

»Pharao befiehlt Gideon, den geraubten bunten Stoff zu teilen, damit Johal den Zeltpflock hineintreiben und die Edomiter mit Totentüchern bedecken kann.«

Sie wartete. Wenn Doretta Reiter erwähnte und dem Teufel irgendwelche Namen gab, sprach sie über Drogen und Drogenhändler. Marti wußte, daß der Doktor seine Arzneimittelmuster verkaufte, aber soweit sie beurteilen konnte, gab es keine Drogen in seiner Klinik.

Doretta klopfte mit ihrem dicken, stumpfen Fingernagel auf das Papier. »Judas wird kommen«, sagte sie. »Und die Hunde werden mit dem Silber essen, das er Rachels Kindern raubt.«

Marti glaubte, daß Doretta damit sagen wollte, der Doktor würde stehlen.

Doretta klopfte erneut auf das Papier, dann sah sie sie an. »Der Aussätzige ist von dem angesteckt worden, der unsauber war. Der Reiter bringt die Kinder in die Gefangenschaft.«

Ein Reiter. Irgend jemand, der Dope verkaufte. Es könnte etwas mit den Rezepten zu tun haben. Vik wüßte vielleicht, wer das herausfinden könnte.

»Okay. Ich werde sehen, was ich tun kann.«

»Aber bald. Der Reiter bringt Zerstörung und zwingt die Tempel in die Knie.«

»Bald«, versprach sie. »Haben Sie noch etwas über Danny Jones erfahren?«

Doretta sah so verwirrt aus, daß Marti überzeugt war, sie hatte alles vergessen, worüber sie das letzte Mal, als sie hier war, geredet hatten.

»Danny Jones?« Doretta schlang die Arme um ihren Körper und beugte sich vor. »Danny Jones?« Dann lächelte sie Marti an. »Das Unfallopfer. Man fand ihn in der Schlucht.« Sie runzelte die Stirn. »Er ist ein Leiser, Ruhiger, der zuhört und sich merkt, was er hört. Auf die Leisen muß man aufpassen. Sie rächen sich mit Zerstörung und machen keine langen Vorwürfe. Ihren Zähnen ist man ausgeliefert.«

Marti sah auf das Blatt Papier mit der Adresse des Doktors. Sie hatte sich mehr erhofft. Judas und der Raub. Durch irgend etwas wurde Edwards ein reicher Mann, und sie war nicht sicher, ob das legal war. Dann dachte sie an den jungen Mann im Leichenschauhaus und schauderte beim Gedanken an den zerschundenen Körper. Laut Doretta war er still gewesen, als er lebte, und jetzt war er tot und schwieg. Würde sie jemals herausfinden, warum er starb?

23

Sobald der Dienstappell vorbei war, ging Marti nach oben. Das Gericht tagte in ungefähr einer Stunde, und sie und Vik schienen die einzigen zu sein, die keinen Fall auf dem Gerichtskalender stehen hatten. Slim und Cowboy hatten sich davongemacht.

Vik las einen Bericht und zeigte beinahe so etwas wie ein Lächeln. Alles, was wie Statistiken aussah, konnte sie nicht leiden, und sie verstand weder Viks Vorliebe für ordentlich detaillierte Informationen noch seine sichtliche Freude, wenn er einen Haufen von Daten erhielt, die er sortieren sollte, damit sie einen Sinn ergaben.

Sie würde es niemals zugeben, aber sie mochte es, wenn ihre Gedanken sich diversen, anscheinend unzusammenhängenden Fakten und Ereignissen widmeten und sie sich aussuchen konnte, womit sie sich beschäftigen wollte, bis ihr die passenden Antworten einfielen. Intuition nannte Vik so etwas verächtlich. Vertraue deinen Instinkten, hätte Johnny beeindruckt gesagt.

Vik wurde geradezu ungestüm, als er ein paar Telefonanrufe machte und sich verabredete, um einige computerisierte Daten über Arzneirezepte abzuholen.

»Ich glaube, Sie haben Ihre Berufung verfehlt, Jessenovik. Sie hätten Buchhalter werden sollen wie Mrs. Edwards. Dann könnten Sie verbrauchte Verbände nach Blutgruppen sortieren und alle Wattetupfer zusammenzählen, die für die Opfer von Schußverletzungen in Lake County in den letzten fünfzehn Jahren gebraucht wurden.«

Bei der Aussicht, Tausende von registrierten Arzneimittelkäufen untersuchen zu können, war Vik so im Überschwang, daß sein zerfurchtes Gesicht ganz wild aussah. Er achtete überhaupt nicht darauf, was sie sagte.

»Sie könnten auch die Verpackungen aller Gazepolster zählen, die man für die Schußverletzungen in den Monaten Juni, Juli und August während des Zweiten Weltkrieges im nördlichen Quadranten von Lake County brauchte.«

Vik antwortete immer noch nicht. Seine Aufregung war Besorgnis gewichen.

»Mehr als drei Jahre lang gab es in dem Stadtteil keine Klinik«, sagte er. »Die Frauen, die dort wohnen, brauchen sie. Es wäre verdammt schade, wenn wir feststellen müßten, daß Edwards unzulässig viele aufsichtspflichtige Arzneimittel verschrieb.«

»Kümmern Sie sich deshalb selbst um den Fall?«

»Es besteht kein Anlaß, ihn abzugeben, solange das nicht feststeht. Was für einen Eindruck haben Sie von Edwards?«

Marti dachte daran, was Sharon ihr erzählt hatte. »Er scheint ein distanziertes Verhältnis zu den Menschen zu haben.«

»Ist das eine höfliche Art, um auszudrücken, daß er sich einen Dreck um sie schert?« fragte Vik.

»Es fällt mir an ihm auf, daß er sich für niemanden persönlich interessiert«, antwortete sie.

»Meinen Sie, er hätte sich persönlich auch nicht für ein dreizehnjähriges Mädchen interessiert, das schwanger war und von einem Zuhälter hierhergebracht wurde?«

»Ich weiß es nicht. Wenn Sie etwas finden, könnten diese Computerdisketten sehr viel mehr Bedeutung haben. Ich glaube nicht, daß keiner eine Kopie hat.«

»Es gibt sie irgendwo«, sagte Vik mit der Überzeugung eines eingefleischten Datensammlers.

Marti telefonierte gerade, als Denise Stevens hereinkam. Denise war genauso groß wie Marti und ungefähr zehn Pfund schwerer. Darum trug sie große Hüte, um die Aufmerksamkeit von ihrem Körper abzulenken. Heute war es ein breitkrempiger, weißer Strohhut mit einer großen roten Rose.

»Wie kommen Sie mit Christina voran?« fragte Marti.

»Langsam. Sehr langsam. Ich werde sie die ganzen dreißig Tage im Krankenhaus lassen und viel beten. Sie ist kein schlechtes Kind, nicht einmal respektlos, sondern nur hart. Es ist eine Schande zu erleben, wie sich ein Mädchen durch seine Lebenserfahrung auf der Straße schon so früh verhärtet. Es braucht Zeit, um das zu durchbrechen.«

»Schade, daß wir keine Möglichkeit haben, schon in der frühen Kindheit zu intervenieren, wenn der Mißbrauch und die Vernachlässigung beginnen, um uns um die Ernährung, Unterkunft und medizinische Versorgung der Kinder und die Supervision der Eltern zu kümmern. Wir scheinen immer abzuwarten, wie lange sie ohne diese Unterstützung auskommen, ehe sie von der Jugendfürsorge erfaßt werden, und dann ist es zu oft zu spät.«

Denise nickte. »Sie begegnen längst nicht so vielen wie ich.«

»Eine reicht mir schon.« Es war gut möglich, daß Christina schon nicht mehr geholfen werden konnte. In dem kriminellen Milieu, in das sie geraten war, waren nicht nur ihr Körper, sondern auch ihr Verstand und ihre Moral vergewaltigt worden. Das Rechtssystem mit seinen Erziehungsheimen, betreuten Wohngemeinschaften und

Pflegefamilien würde ihr wahrscheinlich eher schaden als helfen. Schon beim Gedanken daran war Marti deprimiert.

»Möglicherweise haben Sie dem Kinderpornogeschäft einen Schlag versetzt«, sagte Denise. »Es ist genug Filmmaterial konfisziert worden, um ein Warenhaus zu füllen.«

»Wirklich? Das ist mehr, als man uns gesagt hat.«

»Und Versandlisten auch. Sie haben das Zeug sogar ins Ausland exportiert.«

»Das klingt, als seien Sie mir einen Gefallen schuldig, Stevens. Vielleicht können Sie mir in der Sache mit Danny Jones, diesem toten Jungen, helfen. Er war für ungefähr einen Monat in Louisville im Gefängnis. Als Erwachsener hatte er keine Vorstrafen. Könnten Sie herausfinden, ob es eine Akte über ihn beim Jugendamt gibt? Wir wissen nichts über seine nächsten Verwandten, seine Freunde, rein gar nichts.«

»Vielleicht können wir in der Zeitung ein Fahndungsfoto veröffentlichen«, schlug Denise vor. »Ich mache das für Sie. Es dauert ein paar Tage. Vielleicht bis Donnerstag.«

24

Um halb zwölf trafen sich Marti und Vik mit Lieutenant Dirkowitz. Nachdem sie ihn über alle vier Ermittlungen der Mordkommission informiert hatten, fuhren sie ins Gefängnis, um R. D. aufzusuchen. Er war auf Kaution freigelassen, aber wenige Stunden später wegen der gestohlenen Nummernschilder an seinem Wagen schon wieder festgenommen worden. Marti war nicht sicher, wer sie ausgetauscht hatte, aber sie würde es jemandem von der Sitte zutrauen.

R. D. wollte noch immer keinen Anwalt. Frühere Prozesse gegen ihn waren immer eingestellt worden, ehe das gerichtliche Verfahren allzuweit fortgeschritten war. Diesmal würde es aber zur Anklage kommen. Die jetzigen Richter waren gewissenhaft und gründlich. Marti war überzeugt, daß er sich um einen Rechtsbeistand kümmern würde, wenn sie R. D. erst einmal die Anklagepunkte, das zu erwartende Urteil und seine gesetzlichen Rechte erklärt hätte.

»So ein Idiot«, grummelte Vik, als sie eine Abkürzung durch das

Verwaltungsgebäude nahmen. »Treberinnen hierherzubringen, wo ich wohne, um sie in die Prostitution und Pornographie zu verkaufen. Das kann ich nicht zulassen.«

»Das werden wir nicht zulassen«, pflichtete sie ihm bei.

»Wie gut, daß das Feuer ausbrach und wir der Sache auf die Spur kamen, ehe sie sich zu sehr ausweitete.«

Sie wußten eigentlich nicht, wie weit sie sich bereits ausgeweitet hatte – ob Christina und das nicht identifizierte Opfer die einzigen waren oder ob es schon andere gegeben hatte. Marti vermutete letzteres, aber sie wußte, was Vik meinte. Der Sitte war die Sache entgangen, da es hier bisher keine Aktivitäten im Zusammenhang mit Prostitution oder Pornographie gegeben hatte. Doch heutzutage gab es überall durchgebrannte oder fortgejagte Kinder. Für viel zuviele gab es keine Vermißtenanzeigen, weil niemand sie zurückhaben wollte. Weiß Gott, wieviele unbekannte kleine Mädchen in Leichenschauhäusern lagen. Das Polizeirevier bekam vom Leichenschauhaus immer Fotos von ihnen.

»Nein«, sagte sie. »Damit kommt R. D. hier auf keinen Fall durch.«

»Bastard«, murmelte Vik, und die Falten auf seiner Stirn vertieften sich.

Als sie das Verhörzimmer betraten, zog Vik gleich einen Stuhl vom Tisch fort und setzte sich. Marti dachte, daß sie R. D. verwirren könnte, wenn sie diesmal ruhig blieb. Sie lehnte sich an die cremefarbene Wand, verschränkte die Arme und zwang sich, friedlich und gütig zu wirken.

Keiner sagte ein Wort. Sie wartete, bis R. D.'s Fuß anfing zu zucken, und erst als sich das Tempo steigerte, sagte sie: »Ist hier alles in Ordnung, R. D.?«

»In Ordnung? Was wollen Sie damit sagen? Wahrscheinlich haben Sie sich schon was Neues ausgedacht, was ich angeblich getan habe, damit Sie mich noch mal vierundzwanzig Stunden festhalten können. Oder Sie sperren mich einfach wieder ein, sobald ich die Kaution bezahlt habe.«

»Dem Mann ist das Babypuppengeschäft wohl so zu Kopf gestiegen, daß er nicht mehr aufpaßt, wo er seine Nummernschilder herbekommt«, sagte Marti zu Vik. »Ich frage mich, womit er noch alles durchzukommen glaubt.«

R. D. sah von einem zum anderen. »Welchem Richter wollen Sie einreden, daß ich an ein Fünfundzwanzigtausend-Dollar-Auto geklaute Nummernschilder hänge?«

Sie dachte darüber nach. »Wissen Sie, R. D., da ist was dran. Es wird ihn total beschäftigen, daß Sie so dreist geworden sind zu glauben, damit durchkommen zu können. Diesmal haben Sie sich vielleicht sogar selbst reingelegt.«

»Diese Schilder gehören mir nicht. Der Wagen ist vorschriftsmäßig angemeldet.«

»Hat sich Brick heute morgen für Sie darum gekümmert?« fragte Marti und unterdrückte ein Lächeln, als sich das Zucken an seinem Auge beschleunigte. »Ich hörte, daß man Sie in eine andere Zelle bringen mußte, als sich rumsprach, daß Sie eine Schwäche für kleine Mädchen haben.«

Das Zucken hörte nicht auf, und sein Adamsapfel begann zu springen.

Es gefiel ihr, seinen unterdrückten Zorn zu beobachten. »Überall wird darüber geredet, Mann. Viele Ihrer Freunde erfahren jetzt, daß Sie nichts in der Hose haben. Daß es da kein Spielzeug für große Jungs gibt, sondern nur für kleine Mädchen.«

Damit verließ sie das Zimmer. Ihre Nacken- und Schultermuskeln schmerzten vor Anspannung. Sie war wütend auf R. D., auf das Jugendschutzsystem und auf eine Menge anderer Dinge. Sie ging die zwei Straßen bis zum Schwimmbad zu Fuß, schwamm die Fünfzig-Meter-Strecke neunmal und nahm eine Dusche. Auf dem Rückweg zum Revier war die Sonne so heiß, als brate sie ihre Schädeldecke. Als sie an einem Zeitungsstand vorbeikam, las sie die Schlagzeile der News Times:

VERDÄCHTIGER IM KLINIK-BRANDFALL FREI.

Sie kaufte eine. Wieder eine alte, ungenaue Nachricht, die besagte, daß man R. D. am Sonntag freigelassen habe, aber seine erneute Festnahme wurde nicht erwähnt. Schlimmer war jedoch, daß die anderen Vorwürfe gegen ihn – Zuhälterei, Notzucht und Freiheitsberaubung, immerhin alles Straftaten – nicht erwähnt wurden, und es klang, als würde er mit Mord davonkommen. Vielleicht würde er das. Schließlich hatte er zumindest Beihilfe geleistet oder war, wie sie allmählich den Eindruck gewann, der Katalysator, der alles in Bewegung gesetzt hatte. Und der mittlerweile schon wieder draußen und auf freiem Fuß war.

Der Anruf kam fünf nach zwei. R. D. war in seinem Stammlokal, dem Billardsalon, niedergeschossen worden. Ein Krankenwagen parkte vor der Tür, als Marti und Vik dort ankamen. Uniformierte Beamte hielten die Schaulustigen fern. Drinnen plärrte Musik, und ein Dutzend Leute schienen alle gleichzeitig zu reden.

Ein uniformierter Polizeischüler versuchte, die Menge zum Schweigen zu bringen. Erzürnt darüber, daß er die Lage nicht unter Kontrolle hatte, ging Marti zu ihm. Sie sprach kaum lauter als ein Flüstern. »Sorgen Sie dafür, daß hier Ruhe herrscht. Sofort. Alle sollen bleiben, wo sie sind. Und ich will, daß hier jeder ordentlich seine Arbeit macht.«

Als der Polizeischüler das nächste Mal sprach, hörten alle auf ihn, und das Radio wurde abgestellt.

R. D. befand sich in der Männertoilette. Marti eilte den hinteren Flur entlang und versuchte, die konträren Gerüche von Urin und Desinfektionsmitteln zu ignorieren. Die Toilette war klein. R. D.'s Füße ragten aus einer der türlosen Kabinen. Neben dem weißen Porzellanbecken, das nur wenige Zentimeter von seiner Stirn entfernt war, sah sein Gesicht sogar noch dunkler aus. Ben Walker kniete neben ihm und blockierte die Sicht auf R. D.'s Schußverletzung.

Ben sprach mit einem jüngeren Mann, der sich über ihn beugte. »Geben Sie mir eine Dosis.«

R. D.'s Befund wurde ans Krankenhaus weitergeleitet.

»Diabetes«, erklärte Ben seinem Partner. »Man kann es an seinem Atem riechen. Riecht wie Nagellackentferner.«

Er blickte auf und sah Marti. »Er hat einen Schock. Wir versuchen, ihn zu stabilisieren, damit wir ihn transportieren können. Es ist eine Schußverletzung. Kleine Eintrittswunde, kein Ausgang. Nicht viel Blutungen. Kleines Kaliber. Im Unterleib.«

Ben überprüfte den Tropf und fühlte R. D.'s Puls. »Immer noch schwach. Geben Sie mir noch eine Dosis.«

Es dauerte weitere fünf Minuten, bis sie grünes Licht bekamen, R. D. ins Krankenhaus zu bringen. Marti beobachtete, wie Ben ihn behandelte. Ben war als Sanitäter in Vietnam gewesen. Sie betrachtete seine großen, muskulösen Hände, als er sich darum kümmerte, R. D. zu stabilisieren. Er war ein sehr sanfter Mann. Da sie mit so vielen Machos arbeitete, beeindruckte sie das.

25

Dienstagmorgen um fünf Uhr saß Marti in dem kleinen Wartezimmer vor der Intensivstation des Lincoln Prairie Allgemeinkrankenhauses. Kurz vor Mitternacht wurde R. D. wegen innerer Blutungen einer Notoperation unterzogen. Vor ungefähr einer Stunde war er halluzinierend und nicht bei klarem Bewußtsein aus der Narkose aufgewacht. Anstatt Marti in sein Zimmer zu lassen, damit sie seinem Gemurmel und seinen Phantastereien lauschen konnte, hatte der Arzt angeordnet, daß er eine Morphiumspritze bekäme. Ehe R. D. nicht wieder bei Vernunft war, durfte niemand außer seiner Mutter, die jetzt bei ihm war, zu ihm. Sonst war niemand gekommen, um ihn zu besuchen.

Es war kalt in dem Raum. Marti wünschte, sie hätte einen Pullover bei sich. Die Stühle hatten dünne Vinylpolster, und die Rückenlehnen waren niedrig und unbequem zum Schlafen. Ihr Nacken und ihre Schulter begannen zu schmerzen. Sie rieb sich den Nacken und war unschlüssig, ob sie nach unten gehen und sich noch eine Tasse Kaffee aus dem Automaten holen sollte, der zuviel Trockenmilch enthielt und zu schwach war, oder ob sie der Müdigkeit nachgeben und noch eine Runde schlafen sollte.

Sie stand auf, hob und entspannte ihre Schultern, dann machte sie drei riesige Schritte zwischen den Stuhlreihen, die sich an zwei Wänden gegenüberstanden. Mit zwei weiteren Schritten hatte sie den Tisch mit der Lampe und den Zeitschriften erreicht, und in die entgegengesetzte Richtung brauchte sie sechs lange Schritte zur Flurtür. So ähnlich muß es sein, wenn man in einer Zelle eingesperrt ist, dachte sie.

Es gab weder einen Verdächtigen für die Schießerei, noch wußten sie einen besonderen Grund, warum jemand R. D. gestern nachmittag erschießen wollte, noch hatten sie eine Waffe. Sie setzte sich mit gespreizten Beinen hin und schloß die Augen.

Ein Putzmann von der Frühschicht ließ sie aufschrecken, als er auf quietschenden Rädern seinen Eimer vorbeischob. Das Quietschen hörte auf, als er den Mop auswrang. Nach ein paar Minuten rollte der Eimer weiter. Sie wollte gerade wieder die Augen schließen und versuchte, den Nacken in eine halbwegs bequeme Position zu bringen, als Vik hereinkam. Die Ringe unter seinen Augen waren noch größer und dunkler als sonst. Er war auch fast die ganze Nacht wach gewesen, hatte Verdächtige verhört und die ersten Ermittlungsberichte durchgesehen.

»Hallo, mein Kind. Wie geht's? Schon mit R. D. gesprochen? Wie sind die Chancen, ein Geständnis auf dem Totenbett zu bekommen?«

»Gering bis aussichtslos. Aber es sieht nicht so aus, als würde er sterben. Haben Sie schon etwas herausgefunden?«

»Sie spaßen wohl! Wissen Sie, wieviele Fingerabdrücke es auf einem Männerklo gibt?«

Da sie überzeugt war, daß er es wußte, beschloß sie zu raten. »Siebzehn ganze Hände, sechs Teilabdrücke?«

»Weit gefehlt.« Er setzte sich auf den Stuhl neben ihr. »Es war feucht auf der Toilette, und es herrschte viel Verkehr. Fünfzehn Teilabdrücke, drei ganze rechte Hände, fünf ganze linke Hände, sechs Daumen und zwölf unterschiedliche Finger.«

Er klang nicht müde, auch wenn er so aussah.

»Wenn Sie weiterhin so hellwach und fröhlich klingen, Jessenovik, werde ich drei alte Cremepfannkuchen aus dem Junk-Food-Automaten essen und sie auf Ihren Schoß kotzen.«

»Hier.« Er reichte ihr eine Thermosflasche. »Bin auf dem Weg hierher zu Hause vorbeigefahren. Meine Frau hat ihn gemacht.«

»Richtigen Kaffee? Ich vergebe Ihnen.« Sie hielt die Tasse mit beiden Händen und atmete den Duft ein, während er abkühlte.

»Ich habe alle außer Linda und Brick verhört«, sagte Vik. »Es sieht so aus, als wären sie in Deckung gegangen.«

»Kein Wunder, wenn das eine Art Warnung oder Vergeltung war. Wer weiß, in was R. D. in Chicago verwickelt ist. Wäre schön zu wissen, wo sie sich versteckt haben.«

»Ihre Freilassung auf Kaution ist widerrufen worden, und es sind Haftbefehle gegen sie ausgestellt worden.«

»Gibt es keine Hinweise, wer auf ihn geschossen hat?«

»Nichts.« Vik stand auf, schritt zur Wand und kam zurück. Er starrte auf den Stuhl. »Man will nicht, daß Sie hier so lange bleiben, nicht wahr?« fragte er und setzte sich. »Ich kann mich nicht entscheiden, ob R. D. von irgendeinem Amateur angeschossen wurde, der sauer auf ihn war, oder ob das mit unseren anderen Mordfällen zusammenhängt.«

»Glauben Sie, daß es eins seiner Mädchen war?«

Vik packte eine zusammensteckbare Tasse aus, goß sich einen Kaffee ein und gab Marti einen Nachschlag. »Nee. Glodine wäre noch nicht in der Lage gewesen, aus dem Toilettenfenster zu flüchten. Es liegt sehr hoch und führt auf eine Gasse. Es muß jemand gewesen sein, der behende und kräftig genug war, um die Fensterbrüstung zu erreichen, sich dort festzuhalten und hinaufzuziehen, um aus dem Gebäude zu kommen. Das war nicht leicht. Ich habe Glodine gestern abend aufgesucht. Sie sah nicht danach aus und verhielt sich auch nicht so, als hätte sie gestern mehr Bewegung als sonst gehabt. Sie hat zwar kein Alibi, aber ich glaube nicht, daß sie es war.«

»Nun, ich glaube auch nicht, daß Linda auf ihn geschossen hat. Er ist doch die beste Quelle für Stoff, die sie hat.«

»Und Brick kann man nicht einschätzen. Er ist schon seit zwölf, fünfzehn Jahren mit R. D. zusammen«, sagte Vik. »Wir haben ihn mehrere dutzendmal festgenommen, aber wir haben ihm noch nie etwas nachweisen und es hieb- und stichfest machen können. Schade, daß es nicht eine der Frauen war«, bedauerte er. »Da wartet jemand auf einer Toilette, die seit der Installation der Rohrleitungen nicht mehr geputzt worden ist, und schießt ihm mit einem 22er Kaliber, das aus der Nähe keinen allzu großen Schaden anrichtet, in den Bauch. Wenn er auf den Kopf oder das Herz gezielt hätte, ergäbe es einen Sinn, aber wenn man fünfzig Pfund Fett durchschießt und erwartet, etwas Lebenswichtiges zu treffen, ergibt das keinen Sinn, außer der Täter wußte nichts über Waffen oder versuchte nicht, ihn zu töten.«

»Vielleicht war es jemand, der wütend war.« Bei den Wütenden mußte man das Motiv finden. »Wahrscheinlich gibt es jede Menge Leute, die einen Grund haben, auf R. D. zu schießen.« Sie dachte an die Schlagzeile von gestern, in der es hieß, er sei freigelassen worden. Das war schon fast alles, wozu er in letzter Zeit gekommen war – zweimal verhaftet zu werden und wieder aus dem Gefängnis freizukommen. »Aber wenn jemand wütend war, hätte er bestimmt dafür gesorgt, daß er tot ist. Er wurde sicher nicht angeschossen, weil er einen seiner Partner in Chicago verärgert hat. Auf diese Art erledigen die schweren Jungs ihre Geschäfte nicht.«

Marti nippte an ihrem Kaffee. »Eins muß man R. D. lassen. Den Typen kann man nicht einmal richtig erschießen.«

»Gestern abend fanden wir ein paar Papiere in seinem Haus, die vorher nicht da waren«, berichtete Vik. »Jemand muß sie seit Samstag dorthin gebracht haben. Ich kann mir überhaupt nicht vorstellen, warum das jemand so bald nach der Durchsuchung gemacht hat.«

»Merkwürdig«, pflichtete Marti ihm bei. »Aber wir reden über jemanden, der zu dumm ist, sich einen Anwalt zu nehmen. Haben Sie darin etwas entdeckt?«

»Genug, um nachdenklich zu werden. Sein Einkommen hat sich in etwa einem Jahr beinahe verdreifacht, und er wußte vermutlich nicht, was er mit diesem Geld anfangen sollte. Er war aber tüchtig. Er muß wohl bei jedem Juwelier und in jedem Herrengeschäft in sämtlichen Einkaufszentren von Chicago gewesen sein. Außerdem kaufte er sich eine Stereoanlage, die Sie sich nicht vorstellen können, und zwei Fernsehgeräte mit über einen Meter breiten Bildschirmen. Auf die Bank brachte er auch etwas.«

Vik gähnte. »Die Polizei von Chicago hat seine dortige Wohnung durchsucht. Sie fand Kokain in einer Menge, die nur zum Eigenverbrauch reichte, nicht zum Handeln. Auch etwas Heroin, wahrscheinlich für Glodine und Linda. Damit machen sie normalerweise ihre Mädchen süchtig. Slim und Cowboy sehen sich gerade die illegalen Pornos an. Sie haben sich von den jungen Akteurinnen Abzüge machen lassen, aber unsere Unbekannte oder Christina waren nicht dabei.« Er schüttelte die Thermosflasche und gab ihr den letzten Kaffee. »Wir werden die Fotos rumgehen lassen und abwarten, ob etwas auftaucht.«

»Das hoffe ich lieber nicht«, sagte Marti. »Kommt heute noch jemand, um sich das Opfer des Klinikfeuers anzusehen?«

»Soviel ich weiß, ja«, erwiderte Vik.

Sie lehnte sich zurück und atmete langsam aus. »Verdammt.« Es war schon nach einer anständigen Nachtruhe schwer genug, der Familie eines Verstorbenen zu begegnen. Doch wenn es in diesem Fall zu einer positiven Identifizierung käme, wäre es die Mühe wert.

Um halb acht ging Vik nach unten, um eine Chicagoer Tageszeitung zu holen. Während er unterwegs war, kam R. D.'s Mutter ins Wartezimmer. Obwohl Marti Mrs. Davies noch nie getroffen hatte, bevor sie gestern abend hier eintraf, kam ihr das Gesicht bekannt vor. Sie brauchte nur wenige Minuten, bis sie sie als die Maklerin wiedererkannte, deren Bild gelegentlich bei den Kleinanzeigen auftauchte.

An diesem Morgen, nach einer Nacht im Zimmer ihres Sohnes, sah Mrs. Davies aus, als hätte man sie nur mal eben bei einer Geschäftsversammlung gestört. Sie hielt einen rotbraunen Aktenkoffer in der Hand und trug einen marineblauen Anzug mit einer weißen, maßgeschneiderten Seidenbluse. Ihr braunes Haar war kurz geschnitten und zu einer Fönfrisur hochgebürstet. Sie war eine große Frau, deren Auftreten erkennen ließ, daß sie es gewohnt war, Befehle zu erteilen.

»Detective MacAlister. Sie sind ja immer noch da.«

Es war unwahrscheinlich, daß R. D.'s Mutter irgendwelche Informationen herausgab. »Ja, Ma'am. Wie geht es ihm?«

»Er kommt wieder zu Bewußtsein. Warten Sie darauf, ihn zu verhören?«

»Ja.«

»Ich habe ihn heute zum ersten Mal seit einem Monat gesehen. Ich war auf einer Kreuzfahrt in der Karibik. Normalerweise kommt er während der Woche vorbei, um sich zu erkundigen, was es Neues gibt, und um den Rasen zu mähen oder den Ölstand meines Wagens zu überprüfen.«

Marti war nicht danach zumute, R. D.'s menschliche Seiten oder seine häuslichen Qualitäten kennenzulernen .

»Ich bin mir mancher seiner ... seiner Aktivitäten bewußt«, erklärte Mrs. Davies zögernd. »Sein Vater war ein Spieler und war wegen bewaffneten Raubes im Gefängnis. Einen nutzlosen Ehemann wird man leicht los. Doch wenn es sich um das eigene Fleisch und Blut handelt, ist es sehr viel schwerer.«

»Hat er jemals jemanden mitgebracht, wenn er Sie besuchen kam?«

»Nein. Er kam immer allein.«

»Viele Eltern hätten nichts mehr mit ihm zu tun haben wollen.«

»Das könnte ich nicht. Ich habe ja nur den einen. Er ist alles, was ich habe.«

Eine Krankenschwester kam an die Tür. »Detective, der Doktor sagt, Sie können für fünf Minuten zu Mr. Davies hineingehen.«

Marti folgte der Krankenschwester in ein Zimmer mit einem breiten Fenster an der Innenwand, so daß vom Schwesternzimmer jeder hineinsehen konnte. R. D. hatte einen Schlauch in der Nase und einen Tropf am Arm. Man hatte ihm einen Katheder gelegt. Eine Hand war frei. Er zeigte Marti den Mittelfinger.

Sie lächelte. »Nett, Sie zu sehen. Wissen Sie, wer das getan hat?«

»Wissen Sie es nicht?« Seine Stimme war kaum lauter als ein Flüstern. »So ein scheißschlauer Cop wie Sie weiß doch angeblich alles.«

R. D. wußte sich noch immer nicht zu benehmen. Sie fand, daß es an der Zeit war, eine Vereinbarung zu treffen. »Wenn Sie mir nicht sagen, was Sie wissen, R. D., werde ich Sie mit Handschellen am Bett befestigen lassen und draußen einen Aufpasser hinstellen, der zufällig mal pinkeln geht, wenn derjenige, der das getan hat, herkommt, um die Sache zu Ende zu bringen.«

»Typisch Chicagoer Bulle.« Er versuchte frivol zu klingen, aber er konnte die Unsicherheit in seinen Augen nicht ganz verbergen.

»Ist es das, was Sie brauchen?«

Er schluckte und blickte zum Tropf, aus dem Flüssigkeit und Medikamente in seine Vene tropften. »Ich hab' ihn nie gesehen.«

»Hatte das etwas mit den kleinen Puppen zu tun, die Sie hierhergebracht haben?«

»Das glaube ich nicht.«

Sein Geständnis entging ihr nicht.

»Hat es jemand auf Sie abgesehen?«

»Ich weiß nicht.«

Sie begann einen Geruch im Raum wahrzunehmen – einen antiseptischen Geruch, der wie Medizin oder Jod und Alkohol, aber auch sauer roch. »Geben Sie mir eine Beschreibung.«

»Das kann ich nicht. Er kam von hinten. Ich glaube, er war klein. Ich weiß es nicht. Ich achtete nicht darauf. Es ging zu schnell. Ich glaube, er rempelte mich an.« Er versuchte einen Husten zu unterdrücken, und sie bemerkte den Ausdruck von Schmerz in seinen Augen. Dann schluckte er mit verzerrtem Gesicht, während er an dem Schlauch zog, der in seine Kehle führte. Er schloß die Augen.

»Sind Sie sicher, daß es ein Mann war?«

»Ich weiß es nicht. Es geht mir nicht so gut. Hauen Sie endlich ab, Mac.«

Sie beobachtete, wie sein Schmerz immer sichtbarer wurde, bis die Krankenschwester sie aufforderte zu gehen.

26

Die morgendliche Hitze traf Marti nach der Kühle im Krankenhaus wie ein Schwall heißer Luft aus einem Ofen, als sie nach draußen kam. Sprinkleranlagen bewässerten die schmalen Grasstreifen, die die Krankenhausflügel flankierten, und in der Hecke am Hauptausgang zwitscherten die Spatzen. Die Brise, die ihr übers Gesicht strich, versprach wieder einen heißen Tag.

Als sie aufs Revier kam, war Cowboy gerade mit einer Vernichtungsaktion beschäftigt.

»Diese verdammten Ohrenkneifer«, fluchte er und versprühte Insektenmittel entlang der Fußleisten. »Es ist mal wieder Zeit für unsere Sommerplage.«

Seine Muskeln spannten sich unter seinem Hemd, als er an der Wand entlang kroch. Cowboy konnte Käfer nicht ausstehen, und Marti hatte den Verdacht, daß er vor Spinnen bestimmt etwas Angst hatte. Sie hatte aber nicht die Absicht, eine einzufangen, um es festzustellen.

Sie tippte ihren Bericht und machte sich fertig, um nach Hause ein paar Stunden schlafen zu gehen. Doch ehe sie sich auf den Weg machen konnte, führte Slim eine ältere Frau an ihren Tisch.

»Das ist Mrs. Robertson, Marti, Janey Willis' Großtante. Sie kam heute morgen mit dem Bus aus Memphis.«

Ihre Unbekannte war also endlich identifiziert worden.

»Janet Petrosky begleitete sie, als sie Janey identifizierte.«

Manchmal zeigte Slim mehr Sensibilität, als sie ihm zugetraut hätte. Petrosky betrachtete es als einen Teil ihrer Arbeit, die Hinterbliebenen zu trösten, und sie hatte es ihr bestimmt so leicht wie nur möglich gemacht.

Marti konzentrierte sich auf die Tante und versuchte ihre Müdigkeit zu überwinden, als sie mit ihr redete. Sie war eine winzige Frau. Ihr dunkles Gesicht war von tiefen Falten durchzogen, und ihre Augen waren wahrscheinlich sowohl von der Müdigkeit als auch vom Weinen rot unterlaufen. Die Haltung, in der sie dasaß, mit geradem Rücken, aber gebeugten Schultern, zeigte eine Art müder Resignation. Ihre Hände waren alt und knochig, und die hervorstehenden Venen und dicken Knöchel deuteten auf jahrelange manuelle Arbeit hin.

Sie trug ein glänzendes schwarzes Kleid mit gestärktem gehäkeltem Kragen und Manschetten, die man bei der Wäsche abnahm. Marti erinnerte sich, daß ihre Mutter vor Jahren an den Kleidern, die sie zur Kirche anzog, solche Kragen und Manschetten getragen hatte.

»Es tut mir sehr leid wegen Janey, Mrs. Robertson.« Die Frau hätte nicht so weit mit dem Bus fahren sollen. Sie mußten dafür sorgen, daß sie für den Rückweg einen Fahrschein für den Schlafwagen oder ein Flugticket bekäme, falls sie fliegen wollte. »Wann haben Sie sie zum letzten Mal gesehen?«

»Mitte Juni. Kurz nach Schulschluß. Sie war wieder sitzengeblieben. Das hatte sie wirklich verstört. Sie war in der Schule schon immer langsam gewesen. Kam nie so mit wie ihre Schwestern. Die Lehrer sagten, sie bräuchte eine spezielle Förderung und daß sie ihr im nächsten Schuljahr vielleicht jemanden besorgen würden.« Tränen traten ihr in die Augen. Sie wischte sie mit der Ecke ihres zerknitterten Taschentuchs weg. »Wir dachten, sie sei bei ihrer Schwester Maddie in Chattanooga.«

»Warum dachten Sie das?«

»Weil sie sagte, daß sie dort hinfahre, als sie wegging.«

»Fuhr sie normalerweise allein nach Chattanooga, oder holte ihre Schwester sie ab?«

»Janey fuhr allein. Auch den ganzen letzten Sommer war sie dort. Organisierte sich einen Babysitterjob. Kaufte sich ein paar Kleider für die Schule und brachte ihrer Mama sogar etwas Geld mit. Janey war ein gutes Kind. Ihr Daddy starb vor fünf, sechs Jahren am Zucker und ließ Kessie, ihre Mama, mit sieben Kindern allein zurück. Kessie geht fast jeden Tag im Pflegeheim putzen, und wenn sie kann, arbeitet sie auch nachts. Deshalb hat sie jetzt einen zu hohen Blutdruck. Ich bin gekommen, weil sie sich nicht von der Arbeit freinehmen konnte.«

»Was denken Sie, warum Janey hierherkam?«

»Ich denke, daß sie aus irgendeinem Grund auf die Idee gekommen ist, weil ihre beste Freundin letztes Jahr Verwandte in Chicago besucht hat. Sie sagte, daß sie nie wieder zur Schule gehen wolle. Die Jüngeren neckten sie, weil sie sitzengeblieben war, obwohl Kessie ihnen gesagt hatte, daß sie es lassen sollten. Vielleicht hatte sie geglaubt, hier Arbeit zu finden. Janey war wie ihre Mama. Sie war überhaupt nicht faul oder bequem.«

Die Ergebnisse der Autopsie waren außerhalb der Abteilung noch nicht freigegeben worden. Mrs. Robertson wußte nicht, daß Janey schwanger gewesen war. Es war wichtig, daß das nicht in die Zeitung kam, bevor sie sich nicht überzeugt hatten, ob das etwas mit Janeys Aufenthalt in Dr. Edwards Klinik zu tun hatte oder nicht. Wenn Janey Mitte Juni von zu Hause weggegangen war, dann war sie schwanger gewesen, bevor sie hierherkam.

»Interessierte sich Janey für Jungs?«

Die alte Frau lächelte. »Sie war sehr verliebt in den Sohn des Schuldirektors. Alle neckten sie deswegen. ›Glaubst du, so jemand interessiert sich für eine wie dich?‹ sagten sie. Aber Janey lächelte nur, als wäre sie davon überzeugt, daß das so kommen würde.«

Marti griff in ihre Tasche und zog eine Plastiktüte mit dem Ring heraus, den sie in R. D.'s Haus gefunden hatte.

Die alte Frau nahm den Ring in die Hand und rieb mit der Fingerspitze über den dünnen Metallreifen. »Das war ihrer. Bestimmt.«

»Das war Janeys?«

Die Frau nickte. Tränen tropften auf ihr Kleid und sickerten in den Stoff. Dann schniefte sie und wischte sich die Augen. »Auch wenn er wertlos ist«, sagte sie. »Aber Janey war mein Liebling. Sie kam mich immer besuchen, um Kleinigkeiten für mich zu erledigen. Sie half mir beim Kochen, beim Wischen des Bodens oder beim Unkrautjäten im Garten. Nicht ein einziges Mal hat sie mich um irgend etwas gebeten.« Sie nahm den Ring und umklammerte ihn fest. »Kann ich ihn zurückhaben?«

»Nicht gleich, aber ich kümmere mich darum, daß Sie ihn bekommen.«

»Es war damals bei dem kleinen Schulfest. Die Kinder warfen irgendwelche Dinge in Dosen und bekamen kleine Preise. Janey sagte: ›Tante Nedra, du bekommst diesen Bohnensack bestimmt durch das Loch.‹ Meine Arthritis ist so schlimm, daß ich manchmal kaum den Arm heben kann. Aber sie sagte, ich schaffe es, und da warf ich ihn, und das war der Preis. Ich gab ihn ihr, und sie trug ihn an einer kleinen Kette um den Hals. Janey war so ein süßes kleines Mädchen.« Sie umklammerte erneut den Ring. »So süß, wie man sich gar nicht vorstellen kann. Warum mußte ihr das nur passieren? Warum nur?«

»Sie sehen müde aus, Mrs. Robertson. Haben Sie ein Hotelzimmer reserviert?«

»Der Bus fährt heute abend zurück. Ich fahre dann wieder heim. Ich habe die Versicherungspolice dabei. Es müßte reichen, um sie hier zu begraben, aber nicht, um sie mitzunehmen.«

Slim kam zu ihnen herüber. »Mrs. Robertson, ich wußte nicht, daß Sie schon so schnell zurückkehren wollten. Und ich finde nicht, daß Sie in einem Augenblick wie diesem allein sein sollten. Ich habe mich darum gekümmert, daß Sie für ein paar Tage bei meiner Mutter bleiben können.« Marti blickte ihn an. »Mein Vater war Pfarrer, Ma'am. Seit er tot ist, wohnt meine Momma allein, und sie freut sich auf etwas Gesellschaft. Sie wird wirklich sauer auf mich sein, wenn Sie nicht kommen, und wird denken, daß ich meine gute Erziehung vergessen und mich wieder einmal wie ein hochnäsiger Polizeibeamter benommen habe. Seit meine Schwester geheiratet hat und nach Kalifornien gezogen ist, schimpft sie ständig mit mir, Ma'am, weil ich nicht genug Zeit mit ihr verbringe. Bei der vielen Arbeit hier fällt es mir manchmal schwer, sie zu besuchen. Werden Sie bei ihr bleiben? Sie hat schon einen Topf Bohnen aufgesetzt, und auf dem Weg zur Arbeit mußte ich ein paar Hühner vorbeibringen. Und sie versprach, daß sie mir einen gedeckten Ananaskuchen backt, wenn ich Sie mit nach Hause bringe.«

Slim zeigte sich von seiner charmantesten Seite, duftete heftig nach Obsession und sah wie ein kleiner Junge aus, der die Sonntagsschule geschwänzt hat und zur Buße eine gute Tat vollbringen muß. Nach einigen weiteren Ermutigungen und der Erwähnung eines fahrenden Baptistenpredigers nahm die alte Frau die Einladung an. Gegen Mittag stand auf dem Tisch des Sergeants eine Kaffeekanne mit einer Bitte um Spenden, damit Janey mit ihrer Tante heimkehren könnte.

27

Marti lud Mrs. Robertson zu einem warmen Mittagessen in ein nahegelegenes Restaurant ein, während Slim seine Mutter anrief und sich darum kümmerte, daß die Frau bei ihr bleiben konnte. Marti hatte gewußt, daß Slim log, als er das Angebot machte, aber sie war froh darum. Noch eine nächtliche Busreise ohne Erholung dazwischen wäre zu anstrengend gewesen, und Slim handhabte die Situation, ohne jemanden in Verlegenheit zu versetzen. Als Marti wieder an ihrem Schreibtisch saß und überlegte, ob sie schlafen gehen sollte, klingelte das Telefon.

»Detective MacAlister, ich bin's, Carmen.«

Da sie so müde war, brauchte sie einen Augenblick, bis sie sich entsann, daß Carmen Dr. Edwards' Sekretärin war, und um die Stimme mit der jungen Frau in Verbindung zu bringen, mit der sie in Chicago gesprochen hatte. »Sind Sie in Lincoln Prairie?«

»Nein. Ich bleibe hier bei meiner Großmutter. Die Frau, die Sie mir empfohlen haben, hilft mir, in ein Fortbildungsprogramm für medizinische Assistenten zu kommen.«

»Es freut mich, das zu hören.« Sie erinnerte sich an ihren ersten Eindruck, daß Carmen leichtlebig, unmoralisch und egoistisch sei. Doch diese Beschreibung paßte wohl besser zu Teresa Martinez. »Bleiben Sie mit mir in Verbindung und lassen Sie mich wissen, wie es weitergeht.«

»Da ist noch etwas, was ich Ihnen erzählen sollte.« Sie klang unsicher.

Marti wartete.

»Etwas über Teresa. Meine Großmutter sagt, Sie sollten es wissen.«

Marti unterdrückte ein Gähnen.

»Teresa war schwanger, kurz bevor sie mit der Highschool fertig war. Es war nicht das Kind ihres Verlobten, und selbst wenn das der Fall gewesen wäre, hätte sie ihn nicht heiraten wollen«, erklärte Carmen immer noch etwas zögernd. »Jemand erzählte ihr, daß Dr. Edwards in seiner Praxis vielleicht eine Erweiterung und Ausschabung der Gebärmutter vornehmen würde. Aber nur, wenn sie ihn überzeugte, wie sehr das Kind ihr Leben ruinieren würde, und wenn sie fünfhundert Dollar hätte. Hinterher gab er ihr die Antibabypille. Zuerst war sie dankbar, daß er das getan hatte. Aber später war sie der Meinung, daß er ihr nicht hätte helfen sollen, und daß ihre Mutter und ihr Bruder vielleicht wissen sollten, was ihr passiert war. Ihre Familie ist sehr religiös. Dann wollte sie für den Doktor arbeiten. Als er ihr einen Job gab, wollte sie immer bezahlt werden, egal ob sie da war oder nicht, und bat mich, für sie einzuspringen, wenn ihr nicht danach zumute war.«

Marti widerstand dem Wunsch, ihren Kopf auf den Tisch zu legen. So manche Ärzte führten in ihrer Praxis Gebärmuttererweiterungen und Ausschabungen durch. Sharon hatte es im Februar auch so bei sich machen lassen, allerdings nicht um eine Schwangerschaft abzubrechen.

»Was passierte an den Donnerstagen, wenn Teresa arbeitete, in der Klinik?«

»Manchmal kam sie, weil Dr. Edwards eine Ausschabung vornahm, und manchmal sollte ich nicht erfahren, wer die Patientin war – das zumindest behauptete Teresa, und daß er ihr als einziger vertraute.«

Aber angeblich sollte Teresa an dem Donnerstag, als sie starb, nicht dort sein.

»Standen Sie am Abend des Feuers auf dem Dienstplan?«

»Ja, aber der Doktor sagte mir ab. Ich rief Teresa an, um sie zu fragen, warum, aber da war sie nicht mehr zu Hause.«

»Um wieviel Uhr wurden Sie benachrichtigt?«

»Dr. Edwards rief mich ungefähr Viertel vor sechs an.«

»Und an dem Abend waren reguläre Patienten angemeldet?«

»Ja. Vier. Der erste um Viertel nach sieben.«

Marti hielt den Hörer ans andere Ohr. Offensichtlich hatte Edwards um Viertel vor sechs entschieden, daß er Teresa brauchte. Er verließ die Klinik gegen sechs. Als er um zehn vor sieben zurückkam, brannte die Klinik. Warum hatte er Teresa angerufen? Marti wollte nicht glauben, daß Edwards wußte, daß Janey in der Klinik war. Hatte R. D. das Opfer in die Klinik gebracht, damit Edwards eine Abtreibung durchführte? Und wenn ja, warum war Janey so früh gekommen und nicht nachdem Edwards seine anderen Patienten gesehen hatte?

»Gibt es noch etwas, was ich wissen sollte?« fragte Marti.

»Ich bin mir nicht sicher.«

»Erzählen Sie es mir trotzdem.«

Marti wartete.

»Ein paar Wochen vor ihrem Tod sagte Teresa zu Dr. Edwards, daß er uns zwanzig Dollar die Stunde zahlen solle. Er war damit einverstanden, aber ein paar Tage später war er wütend und sagte, daß ihretwegen jetzt jemand versuchte, ihm sein Eigentum wegzunehmen.«

»Wußte sie, was er damit meinte?«

»Nein. Sie verstand es nicht. Er hatte gerade seine Schlüssel verloren. Teresa sagte, er glaube vielleicht, sie habe sie genommen, aber es gab keinen Grund, warum sie das tun sollte.«

»Ich dachte, Teresa habe die Schlüssel verloren«, wandte Marti ein.

»Nein, es war Dr. Edwards selbst gewesen.«

Marti rieb sich die Augen. Sie hatte nicht genug neue Informationen, um Edwards wieder zu verhören, aber sie würde noch einmal mit ihm reden müssen.

Sie erzählte Vik von dem Gespräch.

»Ja, wir müssen mit ihm reden«, stimmte Vik zu. »Es wäre schon eine Schande, wenn er mit R. D. zu tun hat. Lassen Sie mich noch einmal im Betrugsdezernat anrufen, um zu hören, was sie bei den Rezeptunterlagen herausgefunden haben. Sie kamen mir verdächtig vor.«

Vik rief im Betrugsdezernat an, dann unterrichtete er den Lieutenant. Um drei Uhr wußten sie, daß Edwards unzulässig viele aufsichtspflichtige Arzneimittel verschrieb, und Vik hatte eine Liste der Patienten, Arneimittel, Daten und Mengen, die das bestätigte.

Während sie warteten, rief Marti bei der Landesärztekammer an. Sie fand nichts über Edwards heraus, aber die Klinik, in der er gearbeitet hatte, bevor er nach Lincoln Prairie kam, war geschlossen worden. Dort hatte es Beweise für den Mißbrauch von Arzneimittelrezepten und Versicherungsbetrug gegeben.

»Ich will, daß Edwards hergeholt wird«, sagte der Lieutenant, als Marti ihm die Neuigkeiten erzählte. »Besorgen Sie einen Haftbefehl wegen Verstoßes gegen das Arzneimittelgesetz, aber ich möchte, daß Sie den möglichen Vorwürfen wegen Beteiligung am Mißbrauch von Janey Willis weiterhin nachgehen. Ich will, daß diese Dinge sofort aufhören.«

28

Als Marti und Vik in der Klinik ankamen, warteten sechs Patientinnen auf den aus Plastik geformten Stühlen.

»Es geht hier um eine offizielle Angelegenheit«, erklärte Vik und zeigte seine Marke.

Mrs. Johnson funkelte ihn an. »Der Doktor hat jetzt Sprechstunde.«

»Ja, Ma'am, ich weiß. Tut uns leid, aber wir müssen ihn stören.«

»Ich verstehe«, sagte sie und sah die wartenden Frauen mit einem entschuldigenden Schulterzucken an.

»Vielleicht könnten Sie Ihre Termine verschieben, Ma'am«, schlug Vik vor. »Dies könnte etwas dauern.«

Mrs. Johnson drehte sich zu Marti um. »Es ist jemand bei ihm drin. Sie müssen ungefähr fünf Minuten warten.«

Mrs. Johnson sagte nichts, als Vik nach draußen ging, um sich zu vergewissern, daß der Doktor nicht zu einem anderen Ausgang hinausgehen konnte. Als die Leute von der Spurensicherung eintrafen und darum baten, das Lager zu sehen, sagte sie: »Mein Gott, soweit ist es gekommen.« Sie sah aus, als würde sie gleich weinen, als sie sie den Flur entlang führte.

Marti ging zu Edwards hinein, sobald seine Patientin das Sprechzimmer verlassen hatte. Edwards kam in einem weißen Kittel aus dem Untersuchungszimmer. Als Vik hereinschlenderte, blickte Edwards ihn mit starrem Blick an. Seine dünnen Lippen waren zusammengepreßt, und sein Gesichtsausdruck war hochmütig. Es gab keinerlei Wärme in seinem Gesicht. Marti konnte sich ihn überhaupt nicht als einen mitfühlenden Mann vorstellen und fragte sich, welche Einstellung seine Patientinnen zu ihm hatten und ob sie ihn verteidigen würden, wenn es zu einer Anklage gegen ihn käme. Mrs. Johnson schien eine gute Meinung von ihm zu haben. Carmen lehnte ihn nicht ab. Was hielten die anderen von ihm?

Vik trat einen Schritt vor. »Sie sind verhaftet.« Er nahm eine Karte aus der Tasche und las dem Doktor seine Rechte vor.

Edwards schien nicht überrascht zu sein. »Wie lange wird das dauern?«

»Schwer zu sagen«, antwortete Vik. »So etwas braucht seine Zeit.«

Edwards begleitete sie ohne Widerspruch zum Revier. Sie legten ihm den Verstoß gegen das Arzneimittelgesetz und den Verkauf von Arzneimittelmustern zur Last, und durch die inoffizielle Unterstützung der Staatsanwaltschaft wurde erreicht, daß die staatliche Fachaufsicht von Illinois ihr Verhör bis zum nächsten Morgen aufschob. Damit hatten sie eine Rechtfertigung, um ihn über Nacht ohne Kaution im Gefängnis zu behalten.

Es war Viertel nach sieben, als Dr. Edwards' Rechtsanwalt eintraf. Marti und Vik gesellten sich an dem runden Tisch zu ihnen.

Der Anwalt erhob sich halb und streckte die Hand aus. »David

Weinstein. Entschuldigen Sie die Verspätung. Ich komme den ganzen Weg aus Chicago.«

Er war ein gutaussehender Mann mittleren Alters mit schütter werdendem Haar.

»Aber ich bin sicher, daß wir diese Sache ohne allzu große Schwierigkeiten lösen werden. Was liegt vor?«

Vik schlug einen Schnellhefter auf. »Bis jetzt haben wir neunundvierzig kleine Probleme vorliegen, Mr. Weinstein.« Er begann, die Liste vorzulesen, die das Betrugsdezernat geschickt hatte. »Adamson, Jane, bekam vorzugsweise Benzedrin. Clayton, Arintha, Valium. Diaz, Rosa, Preludin ...«

Der Doktor rieb sich die Stirn mit dem Hemdsärmel, als Weinstein Vik unterbrach. »Okay, okay. Das reicht. Ich brauche ja wohl nicht zu sagen, daß mein Mandant nichts aussagen wird.«

Lächelnd standen Marti und Vik auf. »Wir lassen Sie beide zur Beratung allein«, erklärte Vik. »Es tut uns leid, daß wir ihn hier festhalten müssen, aber die staatliche Fachaufsicht hat niemanden da, der vor morgen mit ihm reden kann.«

Lieutenant Dirkowitz aß einen Salat, als sie in sein Büro kamen.

»Sie wissen jetzt also, was wir mit den Rezepten in der Hand haben?«

»Richtig«, erwiderte Vik.

»Gut. Dafür wird ihm die Zulassung entzogen, denn das war zu offensichtlich. Und da wir das so schnell herausgefunden haben und er jetzt weiß, daß wir ihn überprüft haben – «

»Da kann er die ganze Nacht lang in der Gefängniszelle darüber nachdenken, was wir wohl sonst noch wissen«, fügte Vik hinzu.

»Was haben Sie vor?« fragte Marti.

Der Lieutenant bot ihnen beiden eine Dose Diätlimonade an, während er überlegte. »Realistisch betrachtet, werden wir vielleicht nicht herausfinden, was Edwards mit R.D. und der Minderjährigen verbindet, aber ich möchte, daß Sie das trotzdem weiterverfolgen. Die Staatsanwaltschaft verfolgt diese Sexualdelikte sehr scharf. Wenn wir ihr genug liefern können, denke ich, wird sie Edwards deswegen auch anklagen. R.D. wird sie diesmal auf jeden Fall festnageln. Das war gute Arbeit.«

Marti nippte an der Limonade, ohne Gefallen an dem Geschmack zu finden, während der Lieutenant seinen Salat aufaß.

»Allerdings«, sagte Dirkowitz und griff nach der Granate auf seinem Tisch, »machen Sie keine großen Fortschritte in den vier Mordfällen. Wir brauchen da einen Durchbruch, irgend etwas. Was haben Sie schon?«

»Wir stüzten uns weiterhin auf Reverend Halloran«, sagte Vik. »Er ist der Hauptverdächtige in der Brandsache.«

»Bleiben Sie dran.«

»Mit Jones und Price stehen wir immer noch am Anfang«, gestand Marti. »Gleich morgen früh werden wir weitere Leute befragen.«

»Ja, gut.« Dirkowitz klang nicht sehr froh. »Ich bin sehr daran interessiert, den Brandstifter festzunageln, aber ich erwarte in den anderen beiden Fällen auch Ergebnisse.«

Er ließ die Granate mit einem lauten Knall auf den Tisch fallen.

29

Als Marti an ihren Schreibtisch zurückkehrte, sah sie die Gedächtnisstütze, die sie an den Anrufbeantworter geklebt hatte. Dienstag. Joanna. Baseball. 18 Uhr. Es war jetzt Viertel nach neun. Sie hatte wieder ein Spiel verpaßt. Sie öffnete ihre Schublade, nahm alle Akten heraus, die im Zusammenhang mit den vier Morden relevant waren, und begann sie durchzulesen.

Vik trommelte mit dem Bleistift auf einem Blatt Papier, das er mit seiner unleserlichen Handschrift zur Hälfte vollgeschrieben hatte. Als die Spitze abbrach, warf er den Bleistift wie einen Dartpfeil durch den Raum.

»Ich habe das Gefühl, daß wir uns im Kreis bewegen«, sagte er. »Alle sind wie Ihr Freund Isaac. Niemand hat etwas gesehen. Keiner weiß etwas. Niemand erkennt Jones wieder. Niemand kennt Janey Willis. Niemand weiß, was zum Teufel Teresa Martinez um Viertel vor sieben in dieser Klinik getrieben hat.« Er schoß einen weiteren Bleistift ab. »Nichts!«

Marti las ihre Notizen über Carmens Anruf durch. »Die Schlüssel«, sagte sie. »Carmen sagt, Edwards verlor die Schlüssel. Er behauptet, Teresa verlor sie. Ich glaube Carmen.«

»Ja, und?«

»Es ist eine Lüge. Ich habe etwas gefunden, wo ich sicher bin, daß er lügt.«

»Großartig. Jetzt sagen Sie mir, warum das wichtig ist.«

Marti wußte es nicht, und sie wußte nicht einmal, wie sie es herausfinden sollte. Sie überflog noch einmal die Berichte. »Wir wissen auch, daß an dem Nachmittag wahrscheinlich gegen halb sechs etwas geschah, was Edwards' Pläne für den Abend änderte. Die Frage ist, ob das etwas damit zu tun hat, warum Janey da war. Oder warum Teresa früher kam.«

Vik brach einen Bleistift entzwei. »Und Sie sind sicher, daß der Doktor uns das erzählen wird, stimmt's? Die beiden Mädchen können es jedenfalls nicht.«

»Janey war schwanger. Cyprian sagt, es sei eine normale Schwangerschaft gewesen. Warum war sie da? Rief jemand um halb sechs an und machte einen Termin? Die Leute wissen, daß er Abtreibungen durchführt. Oder handelte es sich um eine Routinevereinbarung mit R. D.? Kümmerte er sich um R. D.'s Mädchen?«

»Es gibt keine Beweise«, stellte Vik fest.

»Es gab vielleicht auch einen Einbruch. Als ich in Edwards' Haus war, bemerkte ich Einbruchspuren an einem der Schränke, in denen seine Frau ihren antiken Schnickschnack aufhebt. Ich habe es überprüft. Es gab keine Anzeige.«

Mit finsterem Blick schob Vik seinen Stuhl zurück. Er ging an Cowboys Schreibtisch, nahm alle seine Bleistifte aus dem Bleistifthalter und schob sie in den elektrischen Anspitzer. Bei dem greinenden Mahlton biß Marti die Zähne zusammen.

»Es stimmt«, sagte sie. »Je mehr wir herausfinden, desto weniger scheinen wir zu wissen.«

An der Glasscheibe ertönte ein lautes Klopfen, und als sie aufblickte, sah sie einen Beamten an der offenen Tür zum Mannschaftsraum stehen. »Eine Mrs. Johnson möchte Sie sprechen, Ma'am.«

Dr. Edwards' Sekretärin kam herein. Sie trug immer noch den rosa und blau gestreiften Kittel, den sie in der Klinik anhatte. Sie hatte geweint, und es sah wie ein Fall von Bürgerbeschwerde aus.

Vik schaute zur offenen Tür und trat einen Schritt vor, als wollte er hinausgehen. Marti stand auf, bereit, ihn körperlich zurückzuhalten. Auf keinen Fall wollte sie diesmal allein mit einer weinenden Frau zu tun haben. Da bemerkte sie den dunklen, wohlbeleibten Mann, der noch auf dem Flur stand.

»Mr. Johnson?« fragte sie hoffnungsvoll.

»Nein«, antwortete er, trat in den Raum und blieb stehen, als erwarte er Applaus. »Ich bin Reverend Rutherford B. Hurley.«

Sie kannte weder ihn noch seinen Namen. »Baptist?«

»Gideon Baptist Kirche in Kenosha.« Marti fand, daß er zu klein für eine so tiefe Stimme war. Jedesmal, wenn er sprach, war sie versucht sich umzudrehen, um zu sehen, wo der riesige Bauchredner stand. Die Stimme mußte direkt aus dem Bauch kommen – seitlich, denn sonst hätte er nicht durch die Tür gepaßt.

»Nun, Reverend, ich hoffe, die kleine Durchsuchung, die ich heute nachmittag angeordnet habe, hat nicht zur Folge, daß ich aus der Gemeinschaft ausgestoßen bin.« Sie hatte nicht die Absicht gehabt, es so laut zu sagen. »Das heißt exkommuniziert«, flüsterte sie Vik zu.

Der Reverend sah nicht amüsiert aus. »Mrs. Johnson bat mich, sie bei einer äußerst schwierigen Aufgabe zu begleiten. Sie kam heute abend in größter Not nach geistiger Führung und moralischer Unterstützung zu mir. Ich riet ihr, zu Ihnen zu gehen, weil das zwar schwierig, aber korrekt ist.«

Marti war müde genug, um den Verstand zu verlieren. Wenn sie vielleicht einfach nur zuhörte und nicht viel sagte ... »Wollen Sie sich setzen?«

Vik sprang mit einem Ruck von seinem Stuhl auf und ließ sich mit einem lauten Seufzer wieder fallen. Der Reverend sah ihn funkelnd an, dann sagte er zu Marti: »Wir sind verpflichtet, uns der Verbreitung der Wahrheit zu widmen.«

Vik hielt sich den Mund zu und gab einen erstickten, schnaubenden Laut von sich, als er versuchte, nicht laut zu lachen. Marti hob ihre Tasse mit einer vorsichtigen, aber drohenden Geste zu ihm hoch.

Mrs. Johnson setzte sich auf den Stuhl neben Martis Schreibtisch und beugte sich vor, wobei sie ihre Tasche so fest umklammerte, daß das Material zu zerreißen drohte. »Doktors Edwards ist solch ein guter Mann, Detective. Solch ein freundlicher, anständiger Mensch.«

Marti nickte. Vielleicht wollte Mrs. Johnson sich nicht über die Unordnung beschweren, die das Durchsuchungsteam in der Klinik angerichtet hatte.

»Er würde niemals etwas Schlechtes tun. Es liegt an seiner Frau.« Mrs. Johnsons Kinn sprang hervor. »Er ist kein schlechter Mensch, Detective MacAlister.«

Marti nickte erneut. Sie hatte keine Ahnung, warum Mrs. Johnson ihren Pfarrer brauchte, um ihr das zu sagen. Sie wußte, wenn sie den Mund aufmachte, würde sie kichern. Vik stand auf und drehte sich zum Fenster um. Seine Schultern begannen zu zittern. Sie standen beide kurz davor, in Lachen auszubrechen, obwohl es überhaupt nichts Witziges gab. Sie waren einfach müde.

Reverend Hurley räusperte sich. Er sah aus, als wollte er eine Rede an die Nation halten. »Ich habe Mrs. Johnson geraten, diesmal vorzutreten, weil sie eine gesetzestreue Bürgerin und ein gläubiges Mitglied meiner Gemeinde ist. Als Christen müssen wir uns für die moralisch richtige Sache entscheiden, den Ungläubigen ein Beispiel geben und die Gottlosen vor den Richter bringen.« Nach diesen Worten faltete er die Hände auf seinem Bauch.

Mrs. Johnson öffnete ihre Handtasche. »Ich habe das hier kopiert. Sie denkt, ich weiß es nicht. Sie machte es immer selbst und glaubt, ich sei nicht so schlau wie sie. Die Inventurunterlagen sind von mir. Die anderen von ihr.«

»Vier Disketten«, sagte Marti und starrte sie an.

»Ich habe ihre kopiert, weil ich dachte, der Doktor könne sie eines Tages gebrauchen.«

So wie Mrs. Johnson sie umklammert hielt, überlegte sie es sich womöglich noch einmal, ob sie sie übergeben sollte.

»Mrs. Johnson, darf ich sie haben? Bitte.«

»Ich wußte, daß es soweit kommen würde. Ich wußte sofort, daß sie diesen Mann in Schwierigkeiten bringen würde, als sie mich aufforderte, die Arzneimittelmuster zu verkaufen. Ich wußte, daß diese gierige, selbstsüchtige Frau diesen guten Mann in den Schmutz ziehen würde.« Sie klopfte auf die Disketten. »Diese dreckigen Wrights. Was Besseres sind sie alle nie gewesen. Egal, was sie tut, sie wird immer bleiben, wie sie ist. Sie war es, und die hier werden es beweisen.«

»Ja, Mrs. Johnson. Das werden sie bestimmt. Kann ich sie jetzt bitte haben.«

»Ich weiß genau, daß Sie dadurch alles erfahren werden, was diese Frau getan hat«, sagte Mrs. Johnson und reichte sie ihr.

30

Als Marti am Mittwochmorgen in die Küche kam, wartete Sharon schon auf sie.

»Mädchen, wo warst du gestern? Ich habe gewartet, bis die Talkshow vorbei war. Als ich gestern morgen aufstand, warst du weg, und zum Abendessen kamst du auch nicht nach Hause. Die Kinder haben dich schon seit Tagen nicht gesehen.«

Sharons Kaftan wirbelte auf, als sie an den Schrank ging, um Kaffee zu machen. »Ich bin wirklich froh, daß ich die Kaffeekanne diesmal vor dir erreicht habe.«

Marti hatte Hunger gehabt, ehe sie Sharon begegnet war. Jetzt war ihr eher danach zumute, die englischen Muffins in den Mülleimer zu werfen. Sie hatte Joanna und Theo seit zwei Tagen nicht gesehen, außer wenn sie in ihr Zimmer ging, als sie schon schliefen. Sie hatte keine Zeit für sie gehabt. Wieder einmal.

»Ist alles in Ordnung?« fragte sie.

Sharon stellte Tassen, Süßstoff und Magermilch auf den Tisch. »Joanna kam Samstagabend mit Kopfschmerzen vom Baseballspiel nach Hause. Sie blieb ungefähr eine halbe Stunde auf der Party und ging dann nach oben. Chris war auch hier – dieser Footballspieler, von dem ich dir erzählt habe. Er ist einen halben Kopf kleiner als sie, aber er wird noch aufholen. Und jeder Idiot konnte sehen, daß sie ihn mag.«

»Ich werde mit ihr reden«, sagte Marti. Aber wann? »Heute abend soll ich zu Theos Pfadfinderversammlung kommen und über meine Arbeit reden.« Ben wollte für sie einspringen, falls sie es nicht schaffte. »Hinterher komme ich nach Hause, das verspreche ich.«

»Ach, Marti.« Sharon umarmte sie. »Den Kindern geht es gut. So oft bist du ja nun auch nicht weg. Ich mache mir eher darum Sorgen, daß du etwas versäumst, als daß ich mir Sorgen um sie mache. In letzter Zeit warst du bei keinem Spiel von Joanna, und sie hat einen wirklich guten Schlag. Und trifft auch.«

»In unserem Fall muß es bald einen Durchbruch geben«, sagte sie. »Ich vermisse die Baseballspiele sehr.«

»Die Spielsaison ist erst in zwei oder drei Wochen vorbei. Und rate mal, was? Ich habe gute Nachrichten. Gestern war die Gerichtsverhandlung.«

Marti hatte das ganz vergessen.

»Der Richter sagte Franklin, daß er nicht genug Unterhalt zahle, und sprach mir wieder einen Teil des Geldes zu, das er mir das letzte Mal weggenommen hatte, weil Franklin in der Zwischenzeit eine Gehaltserhöhung hatte. Franklin stand unter Schock, kannst du dir das vorstellen? Es war das erste Mal seit seiner Geburt, daß dieser Mann seinen Willen nicht durchsetzen konnte.«

Sharon führte einen kleinen Freudentanz auf, und die Farben ihres Kaftans leuchteten noch mehr, als sie in das Sonnenlicht trat. Marti umarmte sie. »Ich bin so froh, daß du endlich einmal recht bekommen hast.«

»Sorg' also dafür, daß du heute abend ein paar Stunden zu Hause bist, Miss Marti. Wir müssen das feiern. Du hattest mit dem Anwalt ja offensichtlich recht.«

»Ich verspreche es«, sagte sie erneut. »Ich werde es versuchen.«

Im Haus war es noch kühl, aber als Marti mit dem Wagen rückwärts aus der Auffahrt fuhr, fühlte sie sich schon wieder verschwitzt und unwohl. Nachdem sie Montagnacht im Krankenhaus verbracht und darauf gewartet hatte, mit R.D. zu reden, hatte sie die letzte Nacht nur fünf Stunden geschlafen, und darum war sie immer noch müde. Seit zwei Wochen hatte sie keine Zeit mit ihren Kindern verbracht. Und jetzt fuhr sie wieder ins Krankenhaus, um Christina zu besuchen. Es gab eine Menge Fragen, die beantwortet werden mußten, aber bisher hatte Christina niemandem etwas erzählt. Marti glaubte nicht, daß sie an diesem Tag Glück haben würde, aber sie mußte es versuchen.

Sie machte einen Bogen um die Anmeldung, nahm einen Dienstfahrstuhl in den dritten Stock und begab sich zur Abteilung für jugendliche Abhängige. Sie sagte ihren Namen in die Sprechanlage, und der Türöffner summte. Der Flur, der zum Schwesternzimmer und zu den Stationen führte, war leer. Sie holte tief Luft und wappnete sich innerlich für die nächste Begegnung mit diesem feindseligen, frühreifen Mädchen.

Eine Krankenschwester in einem gelben Kittel kam auf sie zu. »Detective MacAlister, wie schön, Sie zu sehen. Ich wollte gerade Denise Stevens anrufen. Vielleicht könnten Sie ein Wort mit Christina reden. Ich glaube, sie hat einem anderen Mädchen ein Stofftier gestohlen und will es nicht zurückgeben.«

»Sind Sie sicher, daß sie es gestohlen hat?«

»Es steht Christinas Wort gegen Ashleighs, aber Christina hat sich bereits mehrere Dinge genommen, die ihr nicht gehörten.«

»Wie geht es ihr? Abgesehen davon, daß sie schuldig ist.«

»Sie ist immer noch völlig in sich gekehrt«, sagte die Schwester. Sie drückte auf einen Knopf, und der Türsummer ertönte wieder. »Sie kommt hier nie raus, wenn sie weiterhin klaut. Ich hasse es, wegen dieses Stofftiers einen Aufstand machen zu müssen. Es scheint ihr sehr zu gefallen. Aber sie muß es zurückgeben, wenn es ihr nicht gehört. Sie hat keinerlei Besuch gehabt.«

Die Gardinen in Christinas Zimmer waren zugezogen. Die Krankenschwester öffnete sie. »Es ist ein schöner Tag, Christina«, sagte sie, als sie das Zimmer verließ. »Sieh mal nach draußen.«

Christina lag im Bett und hielt einen braunen Stoffteddy mit einem braunkarierten Pullover und einer passenden, in einem schrägen Winkel an seinem Kopf befestigten Mütze im Arm. Seine Augen waren groß und wirkten weise und traurig.

»Wie heißt er?«

Christina antwortete nicht gleich. Dann flüsterte sie krampfartig gepreßt: »MacTavish.«

»Das paßt zu ihm«, erwiderte Marti.

Wie klein sie noch war! Sie war bestimmt nicht einmal einsfünfzig groß und so dünn. Marti streckte die Hand aus und strich über Christinas Haar. Es war »gutes« Haar, glatt und nicht kraus. R.D. oder Preppy hatten einen bestimmten Typ gewollt. Eine Schwarze, die fast wie eine Weiße aussah.

Christinas Familie war unterrichtet worden. Sie hatten sie nicht als vermißt gemeldet. Zu Denise hatte die Mutter gesagt: »Behalten Sie sie da. Das Kind macht schon seit seiner Geburt nichts als Ärger. Wenn sie zurückkommt, haben wir nur wieder neuen Ärger.«

Marti zwickte den Bären ein wenig. Er war weich und anschmiegsam. Genau das, was Christina brauchte. »Wie ich hörte, behauptet ein Kind, er gehöre ihr.«

»Blöde Lügnerin«, murmelte Christina und umklammerte den Bären noch fester.

»Erzähl mir, woher du ihn hast.«

»Ich bekam ihn gestern abend«, flüsterte Christina. »Die Schwester brachte ihn rein. Ich weiß nicht, woher er ist. Aber ich gebe ihn auch nicht wieder her. Diese blöde Lügnerin hat ein ganzes Zimmer voll von Scheiß, den sie nicht braucht. Ich werde ihr eine Tracht Prügel verpassen, wenn sie mir nicht läßt, was mir gehört.«

»Ich werde mal sehen, was ich tun kann. Bin gleich zurück.«

Sie fand die Schwester in dem gelben Kittel, wartete, während diese sich mit der Nachtschwester in Verbindung setzte, und sprach mit der Schwester, die Christina den Bären gegeben hatte.

»Jemand hat ihn bei der Anmeldung für Christina abgegeben. Ich bin froh, daß er ihr wirklich gehört.«

Marti kehrte in Christinas Zimmer zurück und erzählte ihr, daß alles geklärt worden sei. »Aber wenn du möchtest, daß die Leute dir glauben, wenn dir etwas gehört, dann mußt du aufhören zu klauen. Brauchst du irgend etwas?«

»Tampax«, flüsterte Christina.

Marti holte ein paar Binden von der Schwester und ging in die Apotheke, um Tampons zu kaufen. Außerdem brachte sie ein paar Schokoriegel mit.

31

Als Marti aufs Revier zurückkehrte, hatte Vik auf seinem Schreibtisch ein Dutzend Fotos ausgebreitet. Er saß einfach da und sah sie an. Marti holte sich eine Tasse Kaffee und stellte sich hinter ihn. Es waren junge Mädchen, die ihr nicht bekannt vorkamen, aber ihre Ähnlichkeit war auffällig. Sie hatten zarte Gesichtszüge, »gutes« Haar. Die Haut war fast hell genug, um als Weiße durchkommen zu können.

»Was sind das für Aufnahmen?«

»Standaufnahmen von den Pornofilmen, die in R. D.'s Wohnung in Chicago beschlagnahmt wurden. Zwei sind identifiziert worden.« Er zeigte sie. »Wir wissen nicht, wer die anderen zehn sind oder wo sie jetzt sein mögen. Sehen Sie sich ihre Mienen an. Sie haben alle Angst, aber sie lächeln. Das reicht, damit einem schlecht werden kann.«

Sie ging an ihren Tisch, stützte den Kopf in die Hände und sagte jeden Fluch auf, der ihr einfiel. »Haben Sie etwas über den Film rausgefunden?«

»Homemovies. Und Ende.« Vik klang genauso niedergeschmettert, wie sie sich fühlte. »Die kann R. D. sonstwoher bekommen haben.«

»Können wir keins der Mädchen mit ihm in Verbindung bringen, Vik? Nur Christina?«

»Slim und Cowboy erkundigen sich bei der Sitte in Chicago. Vielleicht erfahren sie etwas.«

Sie fluchte erneut.

»Nichts paßt zusammen. Hat das Betrugsdezernat irgend etwas auf diesen Disketten gefunden?«

»Sie haben keine Zeit verschwendet. Letzte Nacht wurde gleich jemand daran gesetzt. Es geht dabei um Versicherungsbetrug. Aber das hilft uns weder bei der Brandsache weiter, noch sagt uns das, was wir über die toten Mädchen wissen müssen.«

»Vik, ich glaube, wir müssen davon ausgehen, daß Edwards mit R. D. gemeinsame Sache machte, womit ich nicht sagen will, daß jemand, nur weil er einen Betrug begeht, sich am Mißbrauch von Minderjährigen beteiligt.«

»Es deutet alles darauf hin«, pflichtete Vik ihr zögernd bei.

»Es gibt keinen anderen Grund, warum sie sonst da war, Vik. Zum Teufel mit dem hippokratischen Eid. Es gibt einfach keine andere Erklärung. Auch wenn damit nicht geklärt ist, warum sie starb oder wer sie umgebracht hat.«

»R. D. hat hier kleine Mädchen hergebracht!« explodierte Vik. »Er brachte sie bei sich unter und verkuppelte sie.«

»Und Edwards muß die medizinische Versorgung geleistet haben.«

Vik fluchte.

»Ich weiß.« Es lag eine ganze Kette von Kindesmißbrauch vor, und Dr. Edwards hatte mitgemacht, anstatt zu intervenieren. Aber es fehlten ihnen handfeste Beweise für eine Strafanzeige.

»Verdammt.« Sie probierte den Kaffee. Er war schrecklich. »Ich wünschte, Sie würden die Kaffeemaschine nicht anfassen, Jessenovik. Dieselkraftstoff schmeckt besser als das hier.«

»Wenn eine gewisse Kollegin früh genug ihren Hintern hierherbewegte – «

»Sprechen Sie es nicht aus«, warnte sie ihn.

Vik verfiel in ein finsteres Schweigen.

Sie schüttete den Kaffee auf das Spinnengewächs, griff nach einem Stapel Hefter und blätterte den Inhalt durch, ohne ihn auch nur anzusehen. »Ich nehme an, der Doktor und seine Frau sind entlassen worden?«

»Irgendwann im Laufe des Tages.«

»Ich wette, sie verlassen die Stadt.«

»Vielleicht«, sagte Vik.

»Was die Jugendlichen betrifft, haben wir nichts in der Hand, um sie festzuhalten.« Sie lehnte sich zurück und streckte die Beine aus. »Versicherungsforderungen, erwachsene Junkies, das ist es, was wichtig ist, nicht irgendwelche Zwölfjährige, die in Pornofilmen mitspielen und für irgendeinen Eierluden anschaffen gehen.«

»Richtig«, stimmte Vik zu. »Also regen Sie sich deshalb nicht auf. Es sieht nicht so aus, als könnten wir ihn deswegen drankriegen. Ich habe mit einigen von Reverend Hallorans Lebensschützern gesprochen und versucht, sein Alibi zu knacken. Diese Leute sind total fanatisch, was Edwards betrifft. Wenn es eine Möglichkeit gäbe, ihn mit dieser Sache in Verbindung zu bringen, wäre einer von ihnen schon längst damit angekommen.«

»Haben Sie etwas über das Alibi des Reverends herausgefunden?«

»Nein, wir haben nur sein Wort und das seiner Frau. Doch ich fand heraus, daß seine Tochter nicht da war, wo sie behauptet hatte. Aber ich habe auch ein paar gute Nachrichten. Haben Sie schon das Neueste über R. D. gehört?«

»Ich weiß nicht, ob ich es wissen will.«

»Er wird vielleicht gelähmt sein. Für immer.«

»R. D.? Warum?«

»Er hat irgendeine Infektion an der Wirbelsäule«, erklärte Vik. »Sie wissen ja, wie es bei den Diabetikern ist. Ihr Heilungsprozeß ist nicht so gut.«

»Er soll verflucht sein. Ich hoffe, er hat ganz schreckliche Schmerzen.«

»Wollen Sie ihn noch mal verhören?« fragte Vik.

»Wahrscheinlich nicht. Wir brauchen Beweise. Die Tatsache, daß er Christina in seinem Haus hatte, reicht, um ihn anzuklagen. Damit könnten wir schon etwas erreichen. Kuppelei ist strafbar. Dann liegt noch Freiheitsberaubung vor, das gibt ein bis drei Jahre, und strafbare sexuelle Belästigung, dafür gibt es mindestens drei bis sieben Jahre. Wenn Christina nur reden würde.« Doch das reichte nicht. Es gab bestimmt noch irgend etwas, was sie bisher noch nicht entdeckt hatte, etwas, was sie übersehen hatte.

»Ein Krüppel ist er also, hm? Können Sie sich vorstellen, wie er im Rollstuhl im Statesville Gefängnis herumfährt, Vik? Ich frage mich, ob es dort Rampen für Behinderte gibt. Die Insassen könnten sonst im Handumdrehen ein kleines Mädchen aus ihm machen.«

Sie setzte sich wieder an ihre Akten über Ruth Price und Danny Jones. »Hat noch niemand Jones' Leiche angefordert?«

»Nee. Sein Foto kommt morgen in die Zeitung. Vielleicht sieht es jemand, der ihn kennt.«

Wahrscheinlich nicht, dachte sie. Ihr war in keinerlei Hinsicht optimistisch zumute. »Vielleicht sollten wir ihn etwas mehr im Zusammenhang mit R. D. untersuchen ...«

»Wir wissen, daß er im selben Billardsalon rumhing«, sagte Vik. »Allerdings weiß ich nicht, ob es was bringt, wenn wir noch mal dort hingehen. Diese Leute vergessen ihren eigenen Namen, sobald man das Wort ›Polizei‹ ausgesprochen hat.«

»Sie waren auch alle clean, als auf R. D. geschossen wurde. Es gab keine Drogen, keine Waffen, nichts. Nicht einen einzigen Joint. Nicht einmal ein Taschenmesser. Als hätten sie alle damit gerechnet, daß etwas passieren würde.«

»Von Linda gibt es auch keine Spur«, erinnerte sie Vik. »Ich frage mich, warum sie verschwunden ist. Und Brick.«

»Das würden wir wohl alle gern wissen. Die Beamten haben ihre Freunde und Verwandten überprüft, aber vielleicht rede ich mal mit ihren Eltern.«

Sie begann ihre Notizen durchzulesen. »Wir brauchen auch noch eine Beschreibung von dieser Avonberaterin, von der Mrs. Banks erzählt hat.«

»Wollen Sie Ihre Weihnachtsbestellung rechtzeitig aufgeben?«

Diesmal meinte Vik es nicht sarkastisch. Er war einfach müde.

»Marti, wir haben alles überprüft, Bilder gezeigt, niemand hat etwas gesehen, und niemand wird etwas sehen, jedenfalls nicht in dieser Gegend.«

»Diese Fotos hat aber noch niemand gesehen. Vielleicht erkennt jemand eins dieser kleinen Mädchen.«

»Marti, wie oft soll ich es noch sagen? Was glauben Sie, wer zum Teufel sich dafür interessieren soll? Wenn wir eine Zeugin für irgend etwas gehabt haben, dann ist sie tot.«

Die Nichte von Ruth Price hatte keine Zeit gehabt zu kommen und sich um die Beerdigung zu kümmern. Darum gab es keinen Gottesdienst. Die alte Frau wurde eingeäschert, und ihre Asche wurde zum städtischen Friedhof gebracht, wo niemand jemals ihre Überreste besuchen würde. Sie war nicht einmal neben ihrem Ehemann bestattet worden. Marti fragte sich, ob jemand das Kaddish für sie gesprochen hatte.

»Isaac hat bisher nichts erbracht«, sagte Marti. »Wir gehen noch mal hin. Mit diesen Fotos.«

Sie kehrten zur Schlucht zurück, wo Danny Jones gefunden worden war. Isaac saß auf seiner Treppe und hielt ein Nickerchen in der warmen Sonne. Sie zeigte ihm die Bilder.

»Wenn ich etwas höre ...« versprach er wieder. Einen Moment lang hatte er einen verwirrten Ausdruck im Gesicht. »Isaac sieht nie etwas.«

»Hören Sie zu, ich muß wissen, ob dieser Kerl, den wir hier fanden, etwas mit R. D. zu tun hatte. Wenn Sie etwas hören, lassen Sie es mich wissen.«

»R. D. geht es nicht so gut, höre ich.«

»Ja, das stimmt, aber er wird es überleben.«

»Wie schade.« Isaac griff in seine hintere Hosentasche, und sie wußte, daß er wieder einen Drink brauchte. Für den nächsten Winter wollte sie einen Schlafplatz für ihn organisieren. Das Problem war, daß sie etwas finden mußte, was für ihn akzeptabel wäre.

Ihr nächstes Ziel war die Umgebung des Billardsalons. Sie sprachen mit vier sieben- oder achtjährigen Jungen, die in der Nähe Rollschuh liefen, und einer erinnerte sich, Danny dort herumlungern gesehen zu haben, aber das war alles.

Vik sagte nicht, das habe ich Ihnen ja gleich gesagt. Er war genauso enttäuscht wie Marti, daß sie nichts herausgefunden hatten.

Lindas Mutter wohnte im Norden der Stadt. Marti und Vik parkten vor dem großen Haus im Farmstil. Der Hof war mit Immergrün und Büschen bepflanzt. In der Auffahrt vor der offenen Garagentür parkte ein Cadillac. Linda hatte keine Möglichkeit, ihre Entwicklung mit Armut zu erklären.

Ihre Mutter, Mrs. Lyman, war eine kleine, korpulente Frau. Sie trug, wie es schien, eine Perücke mit kurzgeschnittenen, federartigen Locken und eine übergroße Brille, die aus der Mode war. Anstatt sie hereinzubitten, kam sie nach draußen und führte sie zu einer Terrasse neben dem Haus. Der Ausdruck auf ihrem dunklen Gesicht sah genauso sauer aus wie bei Vik.

»Ich lehne es ab, mich mit Lindas Problemen zu beschäftigen. Seit vier Jahren habe ich sie nicht gesehen. Ich will sie auch nie wieder sehen.«

Sie saßen auf Korbstühlen im Schatten einer großen Eiche.

»Dann haben Sie sie also in den letzten paar Tagen nicht gesehen?« fragte Marti. »Können Sie sich vorstellen, wo sie sich aufhält?«

»Hach. Das Mädchen hat keine Freunde. Dafür schließt sie zu schnell Freundschaft. Sie hat zwei ältere Schwestern, die beide auf dem College waren. Aber sie nicht, die nicht. Ihr Bruder war bei der Armee. Alle haben etwas aus sich gemacht. Alle außer ihr. Sie ist genauso wie ihr Daddy. Aus ihr wird nie etwas werden.« Sie lehnte sich mit einem Seufzer zurück, der fast befriedigt klang.

»Natürlich war es ein Fehler, als ich diesen Schurken, diesen Wesley Fremond heiratete. Mein erster Mann, John Lyman, der Vater meiner anderen Kinder, ist tot. Er war viel älter als ich, aber ein guter Mann. Doch dann ließ ich Dummkopf mich mit diesem idiotischen Wesley Fremond ein und bekam dieses Kind. Der schlimmste Fehler, den ich je gemacht habe. Alle beide sind zu nichts zu gebrauchen. Ich habe dem Kind alles gegeben, so wie den anderen, und sehen Sie nur, wie sie es mir zurückzahlt. Sie klaute schon, bevor sie zwölf war, und jetzt hurt sie herum. Ich habe das Mädchen geschlagen, bis es nicht mehr laufen konnte, und trotzdem hat es nicht auf mich gehört.«

»Könnte sie zu ihrem Vater gefahren sein?« fragte Marti.

»Dieser blöde Idiot hat sich fast zu Tode gesoffen. Jetzt liegt er in einem Krankenhaus der Kriegsopferversorgung in St.Louis. Kann mir nicht vorstellen, daß Linda mehr mit ihm zu tun haben will als er mit ihr.«

Mrs. Lyman klagte noch eine weitere Viertelstunde, ohne irgendwelche nützlichen Informationen zu geben. Marti und Vik hatten beide eine ganz miese Laune, als sie aufs Revier zurückkehrten.

Vik warf das Paket mit den Fotos auf den Schreibtisch. »Sieht aus, als hätten wir einen freien Abend.«

Und Joanna hatte nicht einmal ein Baseballspiel. Dann erinnerte sie sich an Theos Pfadfindertreffen. »Oh, nein«, murmelte sie. »Nicht das noch heute abend.«

Vik sah sie an, und seine drahtigen Augenbrauen hoben sich, aber er stellte keine Fragen. Wie ein Echo auf ihren Frust knackte er mit den Knöcheln und begann eine Zeitung zu zerreißen.

»He! Wenn Sie das Zeug da liegenlassen, Jessenovik, werden die Mäuse hier wieder Nester bauen. Sie wissen, wie lange wir im letzten Jahr brauchten, um die zwei zu fangen.«

Als sie gerade für den Rest des Tages Schluß machen wollten, erhielt Vik einen Anruf von der Anmeldung. Die Fotos vom vorderen rechten Kotflügel, die man bei dem Brand aufgenommen hatte, waren fertig. Vik beschloß, sie mit nach Hause zu nehmen.

32

Kurz nach fünf parkte Marti vor Ben Walkers Bungalow und sah zu, wie Theo und Mike in ihren blauen Pfadfinderuniformen ihre Schlafsäcke auf die Veranda hinaufschleppten. Sie wußte immer noch nicht, worüber sie bei ihrem Pfadfindertreffen sprechen sollte. Ein Film, den sie in der Serie ›Fremde Gefahren‹ gesehen hatte, kam ihr in den Sinn. Sie könnte aber auch über Straßenbanden und Drogen reden.

Theo packte seinen Schlafsack und zerrte ihn die fünf Stufen hinauf. Neben Mike, der mindestens zehn Pfund Übergewicht hatte und seinen Schlafsack auf der Schulter hochtrug, wirkte er noch schmaler und zerbrechlicher. Mike ließ Theo allein mit seinem Sack kämpfen, statt ihm zu helfen. Das gefiel ihr.

Sie hatte Theo eigentlich nur mitteilen wollen, daß sie rechtzeitig zu dem Treffen kommen würde, aber vielleicht sollte sie hineingehen und Ben Hallo sagen. Er hatte erwähnt, daß er nach dem Treffen mit ihr über den Campingausflug reden wolle. Wenn sie nicht hineinging, sähe es so aus, als ginge sie ihm aus dem Weg. Das stimmte auch, aber sie wollte nicht, daß er das wußte. Verärgert stieg sie aus dem Wagen.

Zögernd blieb sie an der Fliegengittertür stehen und überlegte, ob sie klopfen, klingeln oder Hallo rufen und hineingehen sollte. Sie konnte die Stimmen der Jungen hören und stieß die Tür auf, um ihnen zu folgen. Als sie den Flur betrat, kam Ben aus einer Tür am anderen Ende.

»Hi«, sagte sie, entschlossen, nicht in eins der Zimmer zu schauen, als sie auf ihn zuging. Sie tat es trotzdem mit einem kurzen Blick und bekam flüchtig zierliche Mahagonitische, einen Kaminsims mit Fotografien und ein Sofa und Sessel mit zerknüllten Bezügen mit.

Mikes Zimmer erreichte sie zuerst, sah die Jungen auf dem Fußboden hocken und ihre Campingausrüstung sortieren, und ging hinein. Als sie das Zimmer betrat, rief Ben Mike zu sich.

»Hi, Mrs. Mac«, sagte er und machte sich auf den Weg in die Küche. »Sehen Sie sich nur dieses tolle Campinggeschirr an, das wir im Army-Shop gekauft haben.«

Sie setzte sich neben Theo auf den Teppich und sah Johnny, als sie das Gesicht ihres Sohnes im Profil anschaute. Er betrachtete intensiv das Campinggeschirr oder was immer es war, was ihn faszinierte. Sie verspürte einen vertrauten Stich, als sie sich erinnerte, wie Johnny gewesen war, als er neun war. Er war zwei Jahre älter als sie gewesen und der beste Freund ihres Bruders Nathaniel. Er und Nate hatten genauso wie Theo und Mike zusammengehockt und Murmeln sortiert und Baseballkarten getauscht.

»Du möchtest diese Reise wirklich gern mitmachen, nicht wahr?«

»Die wird ganz toll werden. Ben sagt, da gäbe es eine Fähre, auf der wir den Fluß überqueren können, ohne aus dem Auto auszusteigen.«

»Du warst schon einmal campen.«

Seine Schultern verspannten sich. Für einen Augenblick schien er sich innerlich zurückzuziehen. Dann griff er nach seinem Rucksack und holte drei Tannenzapfen heraus. »Die habe ich damals mitgebracht.«

»Von dem Ausflug? Mit deinem Dad?«

»Ja.«

»Warum packst du sie jetzt ein?«

»Ich weiß nicht. Ich möchte sie einfach mitnehmen.«

Sie wußte nicht, was sie sagen sollte, aber sie wollte, daß Theo weiterredete. »Wo hast du sie gefunden?«

»In der Nähe des Sees, wo ich und Dad den Fisch gefangen haben. Diesen kleinen, den wir wieder zurückgeworfen haben.«

Und er nahm sie wieder mit in den Wald. Aber warum? Um eine Erinnerung an Johnny zu haben? Sie strich über einen Zapfen. Das war wieder so eine rätselhafte Botschaft, die sie nicht verstand und die Theo nicht erklären konnte. Sie streckte den Arm nach ihm aus, und er lehnte sich an sie. Er war muskulöser als zu Beginn des Sommers, kräftiger und nicht mehr so dünn.

»Ich war in der letzten Woche nicht oft zu Hause.«

»Das ist in Ordnung. Aber ich bin froh, daß du heute abend mal zu meiner Versammlung kommst. Kannst du ihnen von den guten Sachen erzählen, die du machst? Die Leute vom Morddezernat helfen den Menschen doch auch.«

Sie saßen ein paar Minuten still da. Dann sah er mit ernstem Blick zu ihr auf. »Bitte rede nicht über Waffen, Ma.«

»Kein Wort über Waffen.« Sie küßte sein Haar.

Ben war in der Küche und trug eine Männerschürze, auf deren Latz in roten Buchstaben RAUCHENDER FEUERWEHRMANN stand. Sein Stoppelbart deutete darauf hin, daß er zu den Männern gehörte, die sich zweimal täglich rasieren mußten. Sie mochte das kratzende Gefühl eines zwölf Stunden alten Bartes auf ihrer Wange. Sie reichte ihm bis zur Nase.

»Lassen Sie sich eine Last abnehmen«, lud er sie mit einem Geschirrtuch wedelnd ein, »und bleiben Sie zum Abendessen. Wir haben einen Lachs auf dem Grill, den ich erst heute nachmittag aus dem See geholt habe. Zitronen und Butter und ein paar Zwiebeln in Folie.« Er grinste. »Die Jungs wollen natürlich Hamburger.«

Sie akzeptierte eine Pepsi und sah zu, wie er sich mit der Behendigkeit eines Tänzers zwischen dem Kühlschrank und dem Tisch hin und her bewegte. Der Fisch hörte sich gut an, aber sie wollte noch nicht versprechen hierzubleiben. Sie konnte die Jungen lachen hören, Theos tiefes und begeistertes Lachen, das sie zu Hause schon lange nicht mehr gehört hatte.

»Die beiden sind wirklich gute Freunde«, bemerkte Ben, zog sich einen Hocker an den Tisch und öffnete eine Dose Limonade. »Und ein merkwürdiges Paar.«

Sie stimmte ihm zu, sagte aber nicht, warum sie das dachte. Sie wußte nicht, was Mike, der schon in der dritten Klasse als Raufbold bekannt gewesen war, und Theo, der sich noch nie geschlagen hatte, zueinander hinzog. Sie vermutete, daß es mit der Sache zusammenhing, die sie gemeinsam hatten, nämlich den verstorbenen Elternteil, und versuchte sie sich als zweiköpfige Selbsthilfegruppe vorzustellen. Aber Mike wurde dabei weder dünner, noch wurde Theo gesprächiger, so daß sie nicht verstand, in welcher Weise die beiden einander behilflich waren.

Ben nippte an seiner Limo, und ihr Mangel an Gesprächsstoff schien ihn nicht zu beunruhigen. Er stand auf, um nach dem Grill zu schauen, dann ging er nach unten, um mit den Jungs zu reden. »Sie sehen sich gerade die Landkarte an«, erklärte er, als er zurückkam. »Vielleicht tun sie einander gut.«

Dann machte er sich also auch Gedanken darüber.

»Ist es gut?« fragte sie. »Daß die beiden so oft zusammen sind?«

»Keine Ahnung«, antwortete Ben. »Das frage ich mich manchmal. Finden Sie es richtig, sich da einzumischen? Die beiden machen keinen Ärger und scheinen sich gut zu verstehen. Zumindest hat sich dadurch nichts verschlimmert.«

Aus irgendeinem Grund hatte sie geglaubt, Ben würde froh sein, daß Mike einen so netten Jungen wie Theo zum Freund hatte und daß sie sich eher Sorgen um Mikes Einfluß machen müßte. »Ja, es hat bisher keine Schwierigkeiten gegeben«, gab sie zu.

»Mikes Noten sind besser geworden, seit die beiden zusammen ihre Schulaufgaben machen.«

Sie hörte Theo wieder lachen.

»Ich frage mich, worüber die beiden sich manchmal unterhalten«, sagte Ben. »Ob sie wohl darüber reden ...« Er zögerte. »Ich weiß nicht, wie das für ein Kind ist. Vielleicht härter als für einen Erwachsenen, schwerer zu verstehen.« Er schüttelte den Kopf. »Redet Theo mit Ihnen darüber?«

»Nein.«

»Mike auch nicht. Ich weiß nie genau, was in ihm vorgeht.«

»Vermutlich sollten wir einfach abwarten«, sagte Marti.

Er lächelte unverhofft. »Ich war davon überzeugt, daß Sie wüßten, was für die Kinder am besten ist, oder zumindest für Theo.«

»Nein. Manchmal fällt es mir sogar schwer zu sagen, was für mich am besten ist. Ich wurstel mich einfach durch wie andere Menschen auch.« Es war das erste Mal, daß sie mehr als ein höfliches Gespräch über Theo und Mike führten. »Ich weiß nicht, ob man jemals darüber ›hinwegkommt‹. Manchmal mache ich mir Sorgen, wie die Kinder es schaffen.«

»Vermutlich genauso wie wir«, sagte Ben.

»Ich hatte gehofft, es fiele ihnen leichter.« Es war unkompliziert, sich mit Ben zu unterhalten.

»Mike sollte mit ihr an dem Tag, als es passierte, ins Geschäft gehen. Im letzten Augenblick rief unsere Nachbarin an und fragte, ob er zu ihr kommen könne. Ich sage Mike immer wieder, daß er den Unfall nicht hätte verhindern können, wenn er in dem Wagen gesessen hätte.

Er war erst vier. Ich bin nicht sicher, ob er mir glaubt.« Er stand auf, um sich um das Essen zu kümmern, und sagte mit abgewandtem Rücken: »Ich glaube, ich wäre froh, wenn die beiden darüber reden würden.«

Sie beobachtete, wie er aufwendig den Salat vorbereitete, Schalotten und Tomaten in Scheiben schnitt und Pfeffer mahlte. Wenn Johnny Sorgen hatte, kochte er Gerichte, die eine Menge Vorbereitungen erforderten. In der Nacht, als er starb, kochte er ein philippinisches Gericht mit kleingeschnittenem Kohl und Schweinefleisch. In der Nacht hatte er sich nur Sorgen gemacht. Wenn er deprimiert gewesen wäre, hätte er Pfannkuchen mit Vanillecreme und Schokoladenüberzug gegessen. Bevor er ging, schrieb er in Druckbuchstaben an die Tafel neben dem Telefon: Theo, bin mittags zu Hause. Dann bauen wir am Flugzeug weiter. Er konnte nicht vier Stunden später Selbstmord begangen haben. Er hatte die Absicht gehabt, nach Hause zu kommen.

Sie blickte auf und sah Ben, der ihr gegenüber saß. »Sie haben demnächst eine Art Jahrestag, nicht wahr?«

»Ja«, gestand sie. »Johnnys Geburtstag. Der vierzigste. Wir haben unsere Geburtstage immer groß gefeiert.«

»Ich kann Geburtstage nicht ausstehen. Dann sorge ich dafür, daß ich eine Nachtschicht habe. Arbeite freiwillig, wenn es sein muß. Ich habe ein schlechtes Gewissen, Mike allein zu lassen. Aber ich kann damit noch nicht umgehen.«

»Ich auch nicht«, sagte sie ganz leise.

33

Donnerstagmittag fuhr Marti zu dem Haus, in dem Ruth Price tot aufgefunden worden war. Zum ersten Mal seit vier Tagen war die Temperatur unter dreißig Grad gesunken. Mit siebenundzwanzig Grad kam ihr das Wetter fast angenehm vor. Dünne Wolkenfetzen zogen über den strahlend blauen Himmel. Es war ein schöner Tag für eine alte Dame, um im Park spazierenzugehen.

Marti stand an der Tür, die Ruth Price benutzt hätte, und betrachtete die Farbe, die von der Seitenfassade blätterte. Das vor einer Woche noch kniehohe Gras war jetzt nur knöchelhoch. Der Löwenzahn hatte sich unter den Messern des Rasenmähers nach unten gebeugt und sich kraftvoll und zahlreich wieder aufgerichtet.

Eine Biene summte neben ihrem Kopf. Sie wedelte das Insekt beiseite und sah auf die Uhr. Es war Viertel nach zwölf. Nach Aussage von Mrs. Banks, der Nachbarin von oben, war Mrs. Price um diese Zeit normalerweise ausgegangen. Es gab drei mögliche Strecken. Marti entschied sich für die, die an der Klinik vorbeiführte, und schlug das Tempo ein, in dem eine alte Frau ihrer Meinung nach gehen würde. Vik hatte recht – in Chicago hätte sie niemals die Zeit gehabt, so etwas zu tun.

Als sie sich der Straßenecke näherte, konnte sie den rot geziegelten Glockenturm der nahegelegenen Kirche sehen. Auf der Seneca Street, wo es eine Reihe kleiner Geschäfte gab, ging sie in Richtung Norden. Es waren nicht viele Menschen auf der Straße, und sie schienen alle ein Ziel zu haben.

Die abgebrannte Klinik befand sich fast an der Ecke der Seneca Street und der Second Avenue. Joe's Market war ganz in der Nähe. Sie ging um beide Gebäude herum und entdeckte den Müllcontainer hinter dem Laden. Joe würde die beschädigten und welkenden Waren gegen fünf Uhr hinauslegen. Sie fragte sich, wer Ruth Prices Anteil wohl bekommen und sich heute abend über eine Orange freuen würde.

In den letzten beiden Straßen vor dem Park befand sich ein Villenviertel. Die Häuser waren schon älter, meistens aus Holz und gut gepflegt. Vor vielen Häusern wuchsen Ringelblumen, Salbei und Petunien. Es gab Fliederbüsche, die jetzt grün waren, und Rosenstöcke voller Blüten. Ein Mann mit einem Strohhut blickte beim Unkrautjäten auf und lächelte. Hier wäre der Spaziergang für Ruth Price sicher und angenehm gewesen. Marti war überzeugt, daß die alte Frau diese Strecke gegangen wäre.

Sie blieb bei der alten Feuerwehr stehen und blickte über die Straße zum Truman Park. Dort gab es genauso eine tief in die Erde gemeißelte Schlucht wie die, in der Danny Jones gefunden wurde. An den mit Klee und Löwenzahn gesprenkelten Hängen standen schattige Bäume und Bänke. Während sie hinüberschaute, breitete eine junge Frau unter einem Baum eine Decke aus und teilte Sandwiches an ihre vier Kinder aus.

Auf einer Bank saß ein Mann und las, eine Zeitung dicht vor sein Gesicht haltend. Auf einer anderen Bank saß eine adrette, kleine, grauhaarige Dame mit einer Einkaufstasche aus blauem Leinen am Arm.

Marti überquerte die Straße. Hier gab es keine Teenager, keine plärrenden Radios oder laute Gespräche. Das Geplapper der Kinder schien im Rascheln der Blätter unterzugehen.

Zuerst ging sie zu der jungen Frau. Wegen ihres elfenhaften Gesichts und dem rotblonden Haar hätte man sie für die ältere Schwester der Kinder halten können, wenn sie nicht diesen leicht gewölbten Bauch und etwas hängende Brüste gehabt hätte. Marti zeigte ihr Ruth Prices Foto.

»Das ist die Lakritze-Frau«, sagte sie. »Ist ihr etwas passiert?«

Marti nickte.

Einer der beiden Jungen hörte auf, sein Sandwich zu kauen. »Wo ist sie?« Er schien der älteste zu sein, sechs vielleicht.

Die Frau drehte sich zu ihm um. »Iß weiter.«

»Ist ihr etwas passiert?« beharrte er.

»Ich rede gleich mit dir«, versprach die Frau, dann drehte sie sich zu Marti um. »In der Zeitung ging es um sie, nicht wahr?«

Marti nickte.

»Da war kein Foto, aber ich wußte, daß sie Ruth hieß.«

»Tante Ruth«, sagte der Junge.

»Sie hatte immer eine kleine Tüte mit Lakritze bei sich. Ich gebe den Kindern nicht viele Süßigkeiten, aber ich wollte sie nicht verletzen. Sie saß immer mit der Frau da drüben zusammen.« Sie zeigte auf die ältere Dame mit der Einkaufstasche.

Marti bedankte sich bei ihr.

Die Frau umklammerte den Griff ihrer Tasche, als Marti sich näherte. Marti holte ihre Marke heraus. »Polizei, Ma'am. Ich muß mit Ihnen über Ihre Freundin Ruth Price reden.«

Die Frau war sehr dunkel, und abgesehen von den Krähenfüßen und Lachfalten hatte sie eine glatte Haut. Auf dem Weiß ihrer Augen lag ein gelber Film, und ihre dunklen Pupillen waren trübe.

»Ich bin Ruths Freundin, Addie Liz. Ich weiß, daß sie tot ist. Meine Enkelin hat es in der Zeitung gelesen und mir erzählt. Es gab noch keine Beerdigung. Wird es eine geben?«

»Ihre Nichte hat sie einäschern lassen.«

»Es wäre schön gewesen, sich von ihr zu verabschieden.«

»Waren sie eng befreundet?«

»Die arme Ruth. Ich wußte nicht einmal, wo sie wohnte. Wir kamen immer nur in den Park, wenn das Wetter schön war, und saßen hier in der Sonne.« Sie legte schmale Falten in ihren Baumwollrock und strich mit ihren dicken, kurzen Fingernägeln darüber. »Meistens kam sie mit zu mir und sah ein wenig fern. Ich wohne nur ein paar Straßen weiter.«

»Erzählen Sie mir von ihr.«

»Es gibt nicht viel zu erzählen. Sie war Witwe wie ich. Die meisten Dinge, über die wir uns gern unterhielten, ereigneten sich, bevor Sie geboren wurden.«

Addie Liz deutete auf die Kinder. »Ruthie hatte sie in ihr Herz geschlossen. Es sind manierliche Kinder. Sie haben Respekt vor älteren Leuten.« Sie räusperte sich und sah einen Augenblick weg. Als sie sich Marti wieder zuwandte, waren ihre Augen feucht. »Manchmal machten wir uns kleine Geschenke. Ich habe zwölf Enkel, die mir ständig etwas mitbringen, was ich nicht brauche – Parfüm, Seife, viel zuviele Hautcremes. Was ich übrig hatte, brachte ich Ruthie mit. Sie brachte mir auch kleine Dinge mit. Dicke Socken, die ihrem Mann gehört hatten. Mein Gott, meine Füße sind manchmal so kalt, sogar im Sommer. Schlechte Durchblutung. Manchmal brachte sie mir eine Blume mit, die sie auf dem Weg gepflückt hatte.«

Die alte Frau fingerte an der Kameebrosche, die am Kragen ihrer Bluse befestigt war. Das Gold war zum Teil abgeblättert, und in den Windungen der Brosche waren weiße Plastikstellen zu erkennen. »Ruth liebte Apfelsinen. Ich brachte ihr fast jede Woche eine mit, außer wenn meine Enkelin vergaß, sie zu besorgen. Dann saß Ruth hier und aß die Apfelsine, wobei ihr der Saft übers Kinn lief und ihre Finger ganz klebrig wurden. Sie sagte immer, daß sie sich auf dem Weg nach Hause welche besorgen würde, aber ich war nie sicher, ob sie das Geld hatte, insbesondere nicht am Ende des Monats, wenn die Sozialhilfe zu Ende ging.«

Addie Liz begann, in ihrer Leinentasche herumzuwühlen. »Ich wohne gleich dort am Ende der Straße. Im Pflegeheim. Dort wird man ständig beklaut. Nicht nur von den Angestellten, sondern auch von den Leuten, die da wohnen. Ich lasse ihnen das Zeug, das ich nicht brauche.«

Sie zog eine schwarz lackierte Schachtel heraus, deren Deckel mit Drachen bemalt war. »Mein Enkel schickte mir die, als er in Vietnam war. Mein Otis. Sein Name steht auf dem Denkmal, das für die errichtet wurde, die nicht nach Hause kamen.« Sie nahm etwas heraus, was in ein Papiertaschentuch eingewickelt war. »Ruthie gab mir das an dem Tag, als sie starb.«

Es war eine kleine Brosche. »Sie sagte, es sei richtiges Silber, doch das glaube ich nicht. Sie ist auch nicht deshalb etwas Besonderes, sondern weil es ein Geschenk von einer Freundin war. Aber deswegen sind Sie nicht gekommen, nicht wahr? Sie glauben, ich könnte vielleicht wissen, wie sie gestorben ist. Oder warum.«

Marti nickte.

»Wenn ich geglaubt hätte, daß ich Ihnen helfen könnte, hätte ich schon längst angerufen.«

»Hat Sie Ihnen irgend etwas erzählt, was sich ereignet hat oder was sie auf dem Heimweg in der Woche zuvor gesehen hatte?«

»Am Abend des Feuers?«

»Ja.«

»Ruthie vermißte an diesem Abend jemand. Sie hatte erwartet, wieder das hübsche blonde Mädchen zu treffen, das einmal im Monat zum Doktor ging. Aber das Mädchen kam nicht, jedenfalls nicht, als Ruthie dort entlangging. Als Ruthie hörte, in den Flammen seien Menschen umgekommen, fürchtete sie um die Kleine. Ruthie sagte noch, sie habe ein anderes Mädchen in der Gasse gesehen, die Schwarze mit dem gefärbten Haar. Blau war es. Doch das Mädchen sagte zu Ruthie, sie habe die Opfer nicht gekannt.«

Ruth Price hatte Linda getroffen. Dessen war sich Marti sicher.

»Hat Ihre Freundin Ihnen noch etwas über das Mädchen mit dem blauen Haar erzählt?«

»Daß ihr Haar ein paar Wochen vorher grün gewesen sei.«

»Sagte sie etwas darüber, ob das Mädchen am Abend des Feuers allein war?«

»Ruthie sagte, daß sie aus der Eingangstür gerannt kam und nicht so freundlich wie das hübsche blonde Mädchen gewesen sei. Wenn Ruthie sie nicht einige Tage später angesprochen hätte, hätte sie nie herausgefunden, daß das blonde Mädchen nicht im Feuer gestorben sei. Ruthie spricht kaum mit jemandem. Dieses Mädchen, um das sie sich Sorgen gemacht hat, muß wirklich nett gewesen sein.«

War das alles, was Ruth gesehen hatte – Linda, die aus der Klinik gerannt kam? Linda war nicht mehr gesehen worden, seit sie am Dienstag aus dem Gefängnis entlassen worden war. Wußte Linda auch zuviel? Wenn sie sich nicht gut versteckte, wurde die Wahrscheinlichkeit, sie lebend wiederzufinden, immer geringer.

34

Nicht einmal eine Stunde später, nachdem sie den Truman Park verlassen hatte, befand sich Marti mit Vik, Vernon Halloran und seiner Anwältin wieder im Verhörzimmer des Landesgefängnisses. Nach vier Vergrößerungen war auf dem Foto von dem weißen Kotflügel eine winzige Delle zu erkennen gewesen. Der Lieutenant war daraufhin auch der Meinung gewesen, daß sie einen Grund hatten, Hallorans Ford Escort zu untersuchen, und ein Techniker von der Spurensicherung fand eine winzige Kerbe im Lack, die mit der auf dem Foto übereinstimmte.

Halloran hatte sich mit seiner Anwältin beraten und war bereit zu reden.

»Ich habe das Feuer nicht gelegt«, begann er. »Ich war es nicht.«

Marti betrachtete seine Anwältin, Evelyn Ruckers, eine kleine bebrillte Frau, die sie schon im Gericht gesehen hatte.

»Mein Mandant hat sich bereit erklärt, bei der Untersuchung einer Straftat behilflich zu sein.« Ruckers nickte Halloran zu.

»Ich war am Abend des Feuers dort, weil ich auf meine Tochter Wendy wartete, um sie daran zu hindern, in die Klinik zu gehen und sich die Antibabypille zu holen. Ich hatte von meiner Frau erfahren, daß Wendy sich die Pille einmal im Monat in der Klinik holte. Das ist alles. Gott sei Dank konnte eine Freundin ihrer Mutter sie zurückhalten. Als ich in den oberen Fenstern das Feuer sah, wußte ich, daß sie nicht da drin sein konnte. Ich dachte auch nicht, daß irgendwer da drin wäre, weil der Doktor weggegangen war.«

Marti war nicht sicher, ob sie ihm glauben sollte. »Von der Stelle, wo Sie geparkt hatten, konnten Sie den vorderen Teil der Klinik sehen, einen Teil der Gasse zwischen den Gebäuden und alles, was an beiden Ecken vor sich ging, stimmt's?«

»Ja.«

»Um wieviel Uhr kamen Sie an?«

»Fünf vor sechs.«

»Was beobachteten Sie als erstes?«

»Doktor Edwards, der ungefähr fünf Minuten nach meiner Ankunft aus der Klinik kam und die Gasse hinunterging. Ich konnte ihn zwischen den Gebäuden sehen.«

»Er fuhr nicht mit dem Wagen?« fragte Marti.

»Nein.«

»Und was dann?«

»Vielleicht zehn Minuter später kam ein grauer Lincoln vorbei, wendete an der Ecke und fuhr auch die Gasse hinunter.«

R. D.'s Wagen.

Halloran hatte Linda auch aus dem Vordereingang kommen sehen. Das war verwirrend. Soweit Marti wußte, war Teresa die einzige gewesen, die einen Schlüssel gehabt hatte, und ihr Schlüssel paßte nicht ins Schloß. Marti war enttäuscht. Sie hatte mehr erhofft. Sie besprachen sich mit dem Lieutenant und waren damit einverstanden, Halloran ohne Strafanzeige freizulassen – zunächst einmal.

Gleich nach ihrer Rückkehr ins Büro nahm sich Marti eine Kopie vom Grundriß der Klinik vor und holte sich Carmen Rodriguez ans Telefon.

»Wo bewahrten Sie Ihre Handtasche auf, Carmen?«

»Im Wandschrank auf dem Flur. Mrs. Johnson wollte nicht, daß wir an ihren Schreibtisch gingen.«

Marti überprüfte den Grundriß. Die Toilette, die für alle zugänglich war, befand sich gleich neben dem Schrank.

»Wo bewahrten Sie Ihre Schlüssel auf?«

»Ich weiß nicht. In meiner Jackentasche vielleicht oder in meiner Handtasche, wenn darin genug Platz war. Das war ganz unterschiedlich.«

Das traf wahrscheinlich auch auf Teresa zu. Von der Anmeldung aus hatte man keinen Überblick über den Flur. Jeder konnte sich Zugang zu den Schlüsseln verschaffen. Das Sprechzimmer des Arztes befand sich gegenüber der Toilette, das Untersuchungszimmer neben dem Sprechzimmer. Selbst Edwards konnte sich die Schlüssel genommen haben.

»Verdammt.«

Sie blickte auf und sah Halloran, seine Anwältin, seine Frau und Wendy ins Zimmer kommen.

Wendy war eine größere, etwas lebhaftere Version ihrer Mutter, mit kornblumenblauen Augen und dickem blonden Haar.

»Wendy möchte Sie etwas fragen«, sagte Evelyn Ruckers.

»Es geht um die alte Frau, die ich immer in der Gasse getroffen habe«, sagte Wendy. »Ich wollte ihr letzte Woche eine Jacke geben, aber ich wußte nicht, wo sie wohnt, und brachte sie darum zu Joe. Er sagte, sie sei die Frau, die getötet wurde. Das hat mich sehr getroffen. Sie sah immer so aus, als hätte sie Angst vor den Leuten. Anfangs sagte ich nur Hallo, bis sie auch Hallo sagte. Einmal brachte ich ihr Handschuhe mit. Es war so schrecklich, wie sie in den Mülleimern herumwühlen mußte.«

»Ihre Nachbarin sagte, daß sie kaum mit jemandem sprach«, erzählte Marti. »Aber sie mochte gut erzogene junge Leute. Ich glaube, sie machte sich sogar die Mühe, sich zu erkundigen, ob Sie nicht eins der beiden Mädchen waren, die im Feuer starben.«

Das schien Wendy zu freuen. Einen Augenblick lang tat es auch Marti gut zu wissen, daß jemand Ruth Price wahrgenommen und sich bemüht hatte, mit ihr ins Gespräch zu kommen, und so beharrlich gewesen war, bis sie antwortete.

Marti erzählte Wendy allerdings nicht, daß Ruth Price durch ihre Sorge eventuell soviel Aufmerksamkeit auf sich gelenkt hatte, daß jemand sich veranlaßt sah, sie zu töten.

»Sie kommt nach ihrem Großvater«, sagte Vik, als die Hallorans gegangen waren.

Marti stellte überrascht fest, daß es erst kurz nach vier war.

»Ist Edwards entlassen worden?« fragte sie.

Vik brummelte.

»Wir können ihn ohne die Erlaubnis seines Anwalts nicht verhören. Aber ich würde gern mit Mrs. Johnson reden, um einen besseren Eindruck von den täglichen Aufgaben in der vorherigen Klinik zu bekommen. Diese Schlüssel machen mir Gedanken. Lassen Sie uns zur Klinik fahren. Sie müßte bis sechs dort sein.«

Bevor sie gingen, kamen Slim und Cowboy herein.

»Wir haben jemanden für Sie mitgebracht«, sagte Cowboy mit schleppender Stimme.

»Glodine«, erklärte Slim und zeigte weder ein Lächeln, noch war er zum Scherzen aufgelegt. Es würde einige Zeit dauern, bis sie vergessen hätten, daß in Lincoln Prairie Geschäfte mit Minderjährigen gemacht worden waren, ohne daß sie etwas mitbekommen hatten. Falls Glodine Marti etwas Nützliches erzählte, würde es ihnen weiterhelfen.

Sie ging in das Verhörzimmer. Glodine saß nach vorn gebeugt da und wippte hektisch mit einem Bein. Mal schlang sie die Arme um sich, mal rieb sie sie.

Marti kannte die Symptome. »Wovon sind Sie gerade auf Entzug?«

»Heroin.«

Und R. D., ihr Dealer, lag im Krankenhaus. Sie mußte von ihrem Lieferanten abgeschnitten sein. »Warum sind Sie hergekommen?«

»Ich habe vielleicht etwas, was Sie wissen möchten.«

»Zum Beispiel?«

Glodine begann auf und ab zu gehen. Ihr lief die Nase. Sie wischte sie sich mit einem kleinen, feuchten Taschentuchklumpen ab. »Ich rief Sie wegen des Feuers in der Klinik an.«

Aha, sie war also die anonyme Anruferin gewesen. »R. D. ist nicht der Brandstifter.«

»Er brachte die kleinen Mädchen her. Es ist seine Schuld, daß Janey starb. Es war ihr Ring, den ich Ihnen gab. Ich nahm seinen Schlüssel, um ins Haus seiner Mutter zu kommen und ein paar Papiere zu holen.« Glodine setzte sich wieder. »Kann ich hier rauchen?«

»Nicht mehr.«

»Nirgendwo kann man mehr rauchen.« Ihr Bein begann wieder zu zucken. Sie schniefte.

Marti reichte ihr ein Papiertaschentuch. »Was wollen Sie?«

»Ich möchte clean werden.«

»Waren Sie schon mal clean?«

Glodine schüttelte den Kopf. »Ich wollte es nie.«

»Das machte alles leichter.«

»Das glaubte ich eine Weile.«

Marti fragte sich, warum Männer Geld bezahlten, um Sex mit Glodine zu haben. Sie war so dürr, daß sich ihre Brust- und Schulterknochen unter ihrem T-Shirt abzeichneten. Auf ihrer Stirn war ein Heer von Pickeln ausgebrochen. Sie hatte O-Beine, und wenn sie ging, zeigte einer ihrer Füße nach innen.

»Wollen Sie clean werden oder einfach nur hier wegkommen? Woher stammen Sie?«

»Aus Kansas. Da geh' ich nie wieder hin.« Glodine schniefte. »In Kansas hat man nichts als schwere Zeiten.« Sie sah sich im Raum um. »Überall hat man nichts als schwere Zeiten, verdammt.« Sie stand auf, setzte sich wieder und rieb ihre Jeans. »Ich will da raus. Aus allem raus. Er bringt diese kleinen Mädchen genau wie mich damals dazu, aber vor fünf, sechs Jahren fand ich's nicht so schlimm, für einen Mann anschaffen zu gehen. Das ist jetzt anders. Jetzt schaff' ich lieber für mich selbst an.«

Sie begann wieder, auf und ab zu gehen. »Diese Kinder hat er verkauft, als wäre nichts dabei. Richtig verkauft. Ich fragte ihn, wie er sie nur verkaufen kann. Das sei ja wohl nicht dasselbe, als verscheuerte er Videorecorder – schließlich gehörten die Kinder doch jemandem. Da ließ er mich von Brick verprügeln, bloß weil ich gefragt hatte. Das ist nicht recht, was er da macht. Das ist einfach nicht recht.«

Sie blieb stehen und sah die Wand an. »Ich habe ihm geholfen«, flüsterte sie so leise, daß Marti nur mit Mühe verstehen konnte, was sie sagte. »Ich habe ihm dabei geholfen. Meine eigene kleine Schwester hätte ich niemals auf die Straße gestellt, aber ihm habe ich geholfen.« Sie drehte sich zu Marti um. »Verstehen Sie, warum ich davon runter muß? Es ist nicht recht. Es ist alles nicht recht. So high kann man gar nicht werden, daß das einem recht vorkommt. Entweder werde ich jetzt clean, oder ich sterbe.«

Marti nahm den Umschlag mit den Fotos aus ihrer Tasche. »Kennen Sie eines dieser kleinen Mädchen?«

Glodine suchte vier heraus, die sie aber nur bei den Namen kannte, die R.D. ihnen gegeben hatte. »Er behielt sie erst ein paar Tage für sich, denn er hatte sich mit diesen Perversen eingelassen, die Filme mit ihnen drehten. Wissen Sie, was sie mit den Filmen machen? Außer sie zu verkaufen, meine ich? Sie zeigen sie anderen Kindern. Hier, das werden wir mit dir machen. Das wird dir genauso gefallen wie diesem kleinen Mädchen. Wir machen das, was deine Mama und ich zusammen machen. Siehst du. Genauso.« Sie schauderte. »Diese kranken, elenden Hunde. Sie allesamt.«

»Wissen Sie, wo die Mädchen jetzt sind?«

»Das weiß ich nicht, aber ich kann Ihnen sagen, wo sie vielleicht sind.«

Glodine gab ihr Adressen in Milwaukee, St. Louis und Minneapolis.

»Das heißt aber nicht, daß sie noch da sind. Das heißt nicht einmal, daß sie dort hingebracht wurden.«

»Wieviele Mädchen waren es?«

»Nicht viele. Am Anfang war es nur eins im Monat. Dann waren es mehr, ungefähr eins alle zwei Wochen. So kam es mir jedenfalls vor. Nur die hübschen kleinen Hellhäutigen wurden nach Antioch gebracht. Sonst brachte er sie hier unter, wenn nicht gefilmt wurde. Das dauerte meistens nicht länger als eine Woche. Manche von ihnen hatten so etwas noch nie getan. Sie hatten Angst und schämten sich. Aber das interessierte ihn nicht.«

»Wie lange macht R. D. das schon?«

»Ein Jahr oder so, denke ich. Ab und zu hatte er schon immer gern mal etwas ganz Junges. Doch erst als er mit diesen Leuten in Antioch ins Geschäft kam, fing er regelmäßig damit an.«

»Warum wurden sie zu Dr. Edwards gebracht?«

Glodine sah sie an, und ihr wurde bewußt, was das für sie bedeutete. »Ich kann keine Aussage machen. Weder über den Doktor noch über R. D. Nicht, wenn Sie mich hier nicht wegbringen.«

»Warum?« wiederholte Marti.

»Um sicherzugehen, daß sie nicht krank waren. Um die Babys abzutreiben, falls sie schwanger wurden. Ich war auch schwanger, als ich hierherkam. Das konnte ich meiner Mama nicht erzählen. Sie wollte, daß ich erst die Schule fertig machte.« Sie schloß die Augen. »Sehen Sie, das war eine professionelle Angelegenheit. Da war eine Menge Geld drin für R. D. und alle anderen. Hätte da jemand Aids oder eine Geschlechtskrankheit bekommen, wäre R. D. aus dem Geschäft gewesen. Und vielleicht auch in großen Schwierigkeiten.«

Marti betrachtete die Mädchen auf den Bildern. Sie war sich nicht sicher, ob sie wissen wollte, was aus ihnen geworden war.

35

Marti teilte Slim und Cowboy mit, was sie von Glodine erfahren hatte. Dann nahm sie einen Gefallen in Anspruch, den sie noch offen hatte, und sorgte dafür, daß Glodine umgehend in ein Drogenrehabilitationsprogramm kam. Anschließend rief sie Denise Stevens an und verabredete sich mit ihr am Nachmittag im Krankenhaus, um mit Christina zu reden.

Als sie Vik von Glodine berichtete, zeigte er fast so etwas wie ein Lächeln. »Das gefällt mir, wenn die Frauen Rache nehmen.«

»Daß er ein Krüppel ist, reicht noch nicht«, sagte sie. »R. D. war dafür verantwortlich, daß Janey hierherkam. Er ist verantwortlich für ihren Tod. Jeder, der mit dem Kind zu tun hatte, trug zu seinem Mißbrauch bei. Und was ist mit Edwards? Von einem Zuhälter kann man vielleicht nicht mehr erwarten, aber ein Doktor soll heilen und keinen Schaden anrichten.«

Sie erinnerte sich an Mrs. Johnson. Die Zeit reichte noch, um vor sechs Uhr in die Klinik zu kommen.

Als sie das Revier verließen, kaufte sie eine Abendausgabe der News Times. Die Schlagzeile lautete: DOKTOR NACH KLINIKBRAND FREIGELASSEN. Eine Zeichnung von Janey Willis und ein Foto von Edwards beim Betreten des Polizeireviers befanden sich ebenfalls auf der ersten Seite. Sie überflog den Artikel. Edwards war angeblich wegen des Feuers verhört und wieder freigelassen worden. Die Verstöße gegen das Arzneimittelgesetz wurden nicht erwähnt, und der Reporter wußte wohl auch nichts von dem Versicherungsbetrug, als der Artikel in Druck ging. Es wurde bestätigt, daß die Identität des toten Mädchens festgestellt worden war, ohne daß ihr Name genannt wurde. Teresa Martinez wurde überhaupt nicht erwähnt.

Als Marti und Vik zur Klinik kamen, war Edwards' BMW davor geparkt. Vik ging auf dem schmalen, dunklen Flur voraus. Als er in die Anmeldung hineinplatzte, blieb er abrupt stehen und bedeutete Marti mit einer Hand zurückzubleiben. Sie blieb stehen und lauschte. Sie konnte nichts hören, und Vik sagte nichts. Sie tastete den Boden nach knarrenden Stellen ab und ging dabei mehrere Schritte zurück, wobei sie zwar in Hörweite blieb, aber etwas mehr außer Sichtweite kam. Sie sah Vik reglos an der Tür stehen. Sie zog ihre Pistole heraus, hielt sie fest in beiden Händen und stellte sich dicht an die Wand, so daß sie die Eingangstür und Vik im Visier hatte. Sie fühlte eine Ader, die an ihrer Stirn pochte, und wie sich ihr Magen zusammenzog, als sie wartete.

»Sie!« rief ein Mann. Es war nicht die Stimme des Doktors. »Sie haben ihn freigelassen!« Ein lateinamerikanischer Akzent. Wütend. Sie erkannte jetzt die Stimme. »Er hat meine Schwester umgebracht, und

Sie sperren ihn nicht ein. Nur dieses andere Mädchen ist wichtig, dieses Mädchen, dessen Namen Sie nicht einmal kennen. Aber bei meiner Teresita, die immer so gut war, wird so getan, als hätte sie niemals existiert.«

Eine Waffe. Er mußte eine haben. Hielt er den Doktor als Geisel? Vik rührte sich nicht. Sie beobachtete seine Hand und wartete mit einem bitteren Geschmack im Mund.

»Hören Sie, mein Sohn, derjenige, der dafür verantwortlich ist, wird nicht davonkommen.« Vik sprach leise, mit beruhigender Stimme. »Zunächst muß ich erst einmal Ihnen helfen.«

»Sie lügen, damit ich ihn nicht umbringe, aber ich werde es tun. Ich werde ihn genauso erschießen, wie ich diesen Zuhälter niedergeschossen habe, den Sie freigelassen haben. Meine Teresita ist tot, und diese Männer dürfen frei herumlaufen.«

»Hören Sie, Martinez«, Vik machte mit der Hand eine leichte Bewegung nach hinten. Er wollte, daß sie nach draußen ging und sich einen anderen Weg nach drinnen suchte. Sie mußte sich darauf verlassen, daß er am besten wußte, was zu tun war. Er wußte, wer sich wo im Raum aufhielt und was dort vor sich ging.

»Sie sind aufgebracht«, sagte Vik. »Das erginge jedem Mann so an Ihrer Stelle, wenn er auf diese Art eine Schwester verloren hätte. Ich bin hier, um Ihnen zu helfen.«

Marti bewegte sich auf den Ausgang zu. Hörte man sie? Sie glaubte es nicht. Vik würde allein sein, sobald sie draußen war. Gab es da Fenster? Sie hörte, wie ihr Herz klopfte. Sie holte tief Luft. Das Fenster in der Anmeldung ging nach Süden. Hoffentlich bedeutete Viks Signal, daß Martinez mit dem Rücken zu ihr stehen würde.

»Ich glaube, es wäre wirklich besser für Sie, wenn Sie sich nicht in dieser Lage befänden, Martinez. Ich glaube, wir beide können eine andere Lösung finden.«

Sie ergriff den Türknauf. Wartete.

»Lassen Sie sich eine Minute Zeit und denken Sie nach. Ich weiß, daß Sie sehr aufgebracht sind. Aber noch ist alles in Ordnung. Noch gibt es kein Problem, das wir nicht lösen können.«

Während Vik sprach, drehte Marti den Türknauf. Das Klicken kam ihr laut wie ein Pistolenschuß vor.

»Ich weiß, wie schwer das alles für Sie gewesen ist, aber wir können eine Lösung finden.«

Heiße Luft blies ihr entgegen. Sonnenlicht schien ihr in die Augen. Hoffentlich bekam Martinez es nicht mit. Sie zwängte sich nach draußen und schloß die Tür langsam bis zum Anschlag, bis sie das Klicken diesmal etwas leiser hörte. Sie ging zum Fenster. Es stand halb offen und war durch Fenstergitter geschützt. Vik, der von der Seite zu sehen war, redete immer noch. »Ich weiß, daß Sie hier niemanden verletzen wollen. Lassen Sie uns eine Lösung finden.«

Der Doktor saß auf einem Hocker neben einem Karton und einem Stapel Akten. Martinez stand mit dem Rücken zu Marti hinter der Anmeldung. Sie richtete ihre Waffe auf ihn und konzentrierte sich, um vorauszusehen, wann er soweit war zu schießen, und auf den Abzug zu drücken, bevor er eine Chance hatte. Seine Schultern würden sich dann anspannen. Sie wünschte, sie könnte ihm in die Augen blicken. Die Augen verrieten es immer zuerst, wenn sie sich entschlossen hatten zu schießen.

»Hören Sie, mein Sohn, wenn Sie jetzt machen, was ich Ihnen sage, wird dabei niemand zu Schaden kommen.« Vik konnte sich nicht zum Fenster umdrehen, um sich zu überzeugen, ob sie da war, ohne ihren Standort zu verraten. Er ging aber davon aus, daß sie sein Signal bemerkt und genug Zeit gehabt hatte, um sich in Stellung zu bringen. Gut.

»Warum sollte ich Ihnen vertrauen?« Martinez stand mit gespreizten Beinen da, bereit zu schießen. »Sie haben meine Schwester verraten und diese Männer freigelassen.«

»Ihre Schwester hätte bestimmt nicht gewollt, daß Sie das tun, mein Sohn. Wer soll sich um Ihre Mutter kümmern, wenn etwas passiert? Sie sind jetzt der Mann im Haus. Ihr Vater hätte bestimmt gewollt, daß Sie sich um die Frauen kümmern. Überlassen Sie uns die Mörder.«

»Mein Vater hätte gewollt, daß meine Schwester gerächt wird.«

»Junge, legen Sie die Waffe nieder. Strecken Sie die Hände aus, alle beide, und lassen Sie die Waffe auf den Boden fallen.«

»Nein.« Er schüttelte den Kopf und wandte einen Augenblick unsicher den Blick von Vik ab. »Nein«, wiederholte er beharrlicher. »Nein! Sie werden diesen Zuhälter freilassen. Den hier haben Sie auch freigelassen. Sie sperren niemanden ein. Die haben meine Schwester umgebracht und kommen frei.«

Die Sonne brannte heiß auf Martis Rücken, und der Schweiß

durchtränkte ihre Bluse. Vik hatte ihn noch nicht überredet, aber er hatte die Kontrolle übernommen. Sie nahm die Waffe noch fester in die Hand. Sie hatte freie Schußbahn.

»Hören Sie, Martinez. Meine Partnerin steht direkt vor dem Fenster, mit gezogener Waffe, bereit zu schießen.«

»Sie wollen mich nur austricksen.« Seine Stimme wurde jetzt lauter und erregter. Er fuchtelte mit der Pistole, ohne auf jemanden zu zielen.

Sie wartete. Martinez beruhigte sich, seine Schultern hoben und senkten sich, aber er hielt die Arme wieder still.

»Cops sind nie allein unterwegs, Junge. Meine Partnerin steht hinter Ihnen. Hören Sie.«

Martinez wurde steif. Er drehte den Kopf nur ein wenig zur Seite.

»Strecken Sie beide Arme nach vorne«, sagte Marti. »Langsam. Lassen Sie die Waffe auf den Boden fallen. Jetzt.«

Er erstarrte. Dann hob er die Arme hoch.

»Langsam«, befahl sie.

Er gehorchte.

Sie hörte einen dumpfen Aufprall.

»Jetzt legen Sie die Hände auf den Kopf.«

Sobald Vik die Waffe von Martinez beschlagnahmt und seinen eigenen Revolver gezogen hatte, rannte sie zurück ins Gebäude.

Als zwei Beamte Martinez abführten, blieb Dr. Edwards auf dem Hocker neben dem Aktenschrank sitzen. Er berichtete kurz, wie Martinez hereingekommen war, die Waffe gezogen und gedroht hatte, ihn zu töten. Wenn man ihm eine Frage stellte, die nur ein Ja oder Nein als Antwort erforderte, war das auch alles, was er sagte. Er benahm sich fast so unterwürfig und teilnahmslos, als wäre das alles jemand anderem passiert.

Marti dachte an die Fotos der Mädchen. Würde er darauf reagieren?

»Erkennen Sie jemanden?« fragte sie, als sie sie aus dem Umschlag holte.

Edwards sah sich das obere Foto lange an. Seine Hände ballten sich zu Fäusten. Sie beobachtete ihn und war überrascht, als er mit der flachen Hand gegen den Aktenschrank schlug.

»Diese Hexe.« Seine Stimme war rauh. »Sie hat sie Ihnen gegeben.«

Er sah sie an, mit finsterem Blick und funkelnd vor Zorn. »Sie hat meine Schlüssel geklaut und ging in mein Haus, als ich nicht da war.

In mein Haus. Da hat sie sich ein Steak aufgetaut und in meiner Küche gebraten. Sie ging in meinen Weinkeller, trank eine Achthundert-Dollar-Flasche aus und vergoß ein Dutzend andere auf dem Boden. Sie brach den Schrank auf und warf Porzellan im Wert von Tausenden von Dollar an die Wand. Sie bediente sich mit der Unterwäsche meiner Frau, und mit meiner Wäsche verstopfte sie die Toilette.« Seine Hände begannen zu zittern, und seine Schultern schüttelten sich. »Sie drang in mein Haus ein. Diese Hure drang einfach in mein Haus ein. Sie sagte, sie könne tun, wozu sie Lust habe.«

Jetzt wußte Marti, wen er meinte.

»Diese Hexe«, sagte er. »Und R. D., dieser Bastard, lachte mich aus, als ich es ihm erzählte. Er sagte, das nächste Mal käme er vielleicht mit, und fragte, was ich tun würde – ob ich die Cops rufen würde?«

Linda und R. D. hatten erkannt, in welcher Lage Edwards wegen der Mädchen gewesen war. Und ihnen war allen klar geworden, wie wenig Macht er hatte, als er wegen des Einbruchs nichts unternahm.

»Linda, diese verdammte Hure! Sie sollte an dem Abend sterben!« Er stand auf, nahm einen metallenen Tesafilmhalter und schleuderte ihn durchs Zimmer. Glas splitterte, als er gegen das Fenster schlug.

Edwards starrte auf den Schaden und ballte die Fäuste, bis die Knöchel blaß waren. Er atmete heftig. Brandstiftung war ein Verbrechen, das aus Wut begangen wurde, und jetzt hatte sie einen wütenden Mann.

Sein Wagen, dachte Marti. Wo war sein Wagen am Abend des Feuers gewesen? Halloran sagte, er habe den Doktor die Gasse hinuntergehen sehen. Edwards hatte gesagt, er sei mit dem Wagen gefahren. Aber irgend jemand mußte den Wagen irgendwo gesehen haben, so oder so.

36

Nachdem Marti und Vik die Klinik verlassen hatten, rief sie den Lieutenant an. Dirkowitz war damit einverstanden, sofort drei Teams loszuschicken, die feststellen sollten, wo der Wagen geparkt worden war und ob noch jemand Edwards zu Fuß hatte gehen sehen. Dann fuhr Marti zu Howie's Take-out, wo sie sechs Hot dogs, Pommes frites und zwei große Cola bestellten und zum See fuhren. Vik sah erschöpft aus. Sie fühlte sich genauso. Sie konnte ihren eigenen Schweiß riechen. Bitteren Angstschweiß. Vik roch genauso. Sie wußte, daß jeder Beamte, der gerade eine Geiselnahme hinter sich hatte, mindestens den Rest des Tages freinehmen sollte, aber sie hatten noch soviel zu tun.

Der Lake Michigan sah friedlich blau aus. Die Wellen plätscherten sanft an den Strand, und in der Ferne glitten schaukelnd Dutzende von Segelbooten am Horizont entlang. Bänder mit roten und blauen Markierungen wiesen die Schwimmzonen aus. Der See wirkte zwar ruhig, aber es gab schnelle und kräftige Strömungen.

Statt an den Sandstrand zu gehen, blieben sie im Park unter den Fichten und suchten sich einen Picknicktisch nicht weit von der Einfahrt, wo die Jachten und kleinen Schiffe auf ihrem Weg zu den Helligen im Hafen passierten. Sie blickten beide aufs Wasser hinaus. »Wir werden mehr wissen, wenn wir Linda finden«, sagte Vik.

»Sie macht es uns nicht leicht.«

»Ich wette, daß sie und Brick irgendwo in Chicago sind. Ich glaube nicht, daß sie sich allzuweit von zu Hause entfernen. Es ist leichter, sich an einem Ort zu verstecken, den man kennt.«

Er wickelte einen Hot dog aus. »Das Kaliber war nicht groß genug, um jemanden zu töten. Martinez hätte dem Doktor schnurgerade in den Kopf schießen können, ohne einen Hirnschaden anzurichten. Es ist schön, was er R. D. angetan hat, aber ich will nicht, daß Edwards was passiert, bevor er hinter Gittern sitzt.« Er stieß einen Strohhalm durch den Becherdeckel und nahm einen großen Schluck. »Das war 'ne gute Leistung, wie Sie mich gedeckt haben.«

»Gott sei Dank gingen Sie voraus. Die Sache hätte außer Kontrolle geraten können, wenn wir beide da drin gewesen wären. Sie haben ihn sehr gekonnt beruhigt.«

»Meinem Dad war so was auch mal passiert. Der Typ war allerdings allein und hatte sich verbarrikadiert. Mein Dad sagte, er habe mit ihm geredet, als würde er mit mir reden. Aber wenn eins meiner Kinder so 'ne Nummer abziehen würde ...«

Marti lächelte.

»Wann findet denn dieser Campingausflug statt?« fragte er.

»Sie fahren heute abend los.«

Sie quetschte den Ketchup aus dem Plastiktütchen auf eine Serviette und tauchte ein paar Pommes frites hinein. »Wenn am Samstag nicht soviel zu tun ist, fahre ich für ein paar Stunden nach Chicago.«

Vik schluckte ein Stück Hot dog hinunter und spülte ihn mit Limonade nach. »Ich dachte mir schon, daß da etwas Besonderes bevorsteht.«

»Der Geburtstag«, sagte sie. »Er wäre vierzig geworden.«

Vik streckte den Arm aus und drückte ihre Hand.

Auf dem Weg zum Revier machten sie einen Abstecher zur Schlucht, in der, nur ein paar Straßen vom See entfernt, Danny Jones' Leiche gefunden worden war. Sie parkten in der Nähe der Brücke, die die Schlucht überspannte, gingen an der Kiesböschung entlang und betrachteten das Gestrüpp, das den Abhang zu dem schmalen Wasserlauf bestimmte.

»Was für ein Fluß«, bemerkte sie.

»Früher hatte ich immer Angst davor«, erzählte Vik. »Als Kind sah ich da oft hinunter. Hier war einmal das Stadtzentrum, und es war wohl vergleichbar mit einer Mall von heute. Im Globe kauften wir die Schuluniformen und bei Hein's die Schuhe. Dann gingen wir zu Druces oder Rexall, wo es das beste Eis in der Stadt gab, oder wir gingen bei Kilbanes Mittag essen. Manchmal gingen wir sogar ins Kino. Direkt gegenüber war Blumbergs Möbelgeschäft. Dort kauften Mildred und ich damals unsere Schlafzimmermöbel. Wir haben sie immer noch. Den Laden gibt es heute nicht mehr. Fast alles gibt es nicht mehr. Früher war hier viel los.«

»Schade, daß jetzt nichts mehr los ist«, sagte sie. »Jedenfalls nicht genug, um ein paar Zeugen zu haben.«

Vik schüttelte den Kopf. »Je mehr Zeit vergeht, desto mehr scheint es, als würde dieser Fall ungelöst bleiben. Ich mag solche Fälle nicht.«

»Sein Foto erschien gestern in der Zeitung. Sie bringen es am Sonntag noch einmal. Vielleicht erfahren wir dadurch etwas. Er mußte doch einen Grund gehabt haben, hierherzukommen, als er aus dem Gefängnis kam.«

Als sie gingen, sah sie Isaac auf den Stufen dösen. Sie war nicht sicher, ob sie ihn aufwecken sollte, aber sie beschäftigte der verwirrte Gesichtsausdruck, den er das letzte Mal hatte, als sie hier war. Vielleicht hatte sie nicht die richtigen Fragen gestellt? Vielleicht hielt er eine winzige Information zurück, bis sie die richtige Frage stellte? Sie zögerte, dann steuerte sie auf Isaac zu und ließ Vik zum Wagen vorgehen. Es war sinnlos, Vik gegenüber zu erwähnen, daß sie so etwas wie eine Ahnung hatte. Er würde es sie niemals vergessen lassen.

»Isaac! Wachen Sie auf!«

»Häh? Was? Oh, Detective Mac.« Er richtete sich auf und rieb sich die Augen, dann griff er nach der halbleeren Flasche, die er hinter seinem Rücken versteckt hatte, und lächelte.

»Sie sind's schon wieder? Der Junge, der da gestorben ist, macht Ihnen Sorgen, nicht wahr?«

»Natürlich«, erwiderte sie.

»Er war doch nur ein Fremder. Keiner von hier. Da brauchen Sie sich doch nicht solche Gedanken zu machen.«

»Jemand hat ihn umgebracht.«

»Ja, gut.« Wieder hatte er diesen Ausdruck.

»Erinnern Sie sich an etwas, das Sie mir nicht erzählt haben?«

»Nein, Ma'am.«

»Erzählen Sie mir noch mal, was Sie gehört haben.«

Er wiederholte die Geschichte, mit Geräuscheffekten und allem, was dazugehörte.

»Was passierte vorher?«

»Nichts.« Er hielt inne. »Eine ganze Weile vorher sind ein paar Kinder auf Skateboards auf dem Parkplatz rumgefahren.«

»Geschah irgend etwas in der folgenden Nacht, was in jener Nacht nicht geschehen war?«

»Es war lauter. Die Cops waren noch da, um die Leute fernzuhalten.«

»Und in der Nacht davor?«

»Da kam hier jemand pfeifend entlang.« Isaac pfiff ein Lied, das sie nicht kannte. Bei der Wiederholung hielt er mittendrin inne. »Eine Frau kam hier lang. Sie wechselte ihren Gang.«

Marti hatte keine Ahnung, was er damit meinte.

»Sind Sie sicher, daß es eine Frau war und nicht ein Kind?«

»Ja. Es klang, als ginge sie nach drüben zur Brücke. Die Kiesel knirschten. Sie blieb an der Schlucht stehen und hörte auf zu pfeifen. Dann fing sie wieder an zu pfeifen, als sie den Fußweg erreichte.«

Denise Stevens erwartete Marti im Krankenhaus mit einem roten Strohhut, auf dem ein Strauß weißer Nelken aus Seide befestigt war. Marti berichtete ihr, was Glodine erzählt hatte, und gab ihr die Adressen. Denise besaß bereits einen Satz Fotos. Sie setzten sich in eine Sitzecke in der Nähe des Krankenhauseingangs.

»Ich kann Ihnen in dieser Sache keine Versprechungen machen«, erklärte Denise. »Aber ich kann die örtlichen Behörden zu Ermittlungen veranlassen. Wollen Sie es wissen, falls wir irgendwelche Informationen über die Mädchen bekommen?«

»Wahrscheinlich nicht, aber sagen Sie es mir trotzdem, damit ich mich ein paar Tage lang deprimiert und unzulänglich fühlen kann. Wie geht es Christina?«

»Allmählich besser. Wir haben ein paar Gespräche gehabt. Ich glaube, sie ist bereit, mit Ihnen zu reden. Ich habe auch ein paarmal mit ihrer Mutter gesprochen. Sie wurde wegen Totschlag eingesperrt, als Christina drei war. Christina war in Pflege, seit ihre Mutter ins Gefängnis kam.«

»Warum hat die Mutter sie nicht wieder zu sich geholt?«

»Am Anfang konnte sie es nicht. Sie mußte erst Arbeit und eine Wohnung finden. Das Übliche. Mittlerweile war Christina bei einem halben Dutzend Pflegefamilien gewesen und ging in eine Schule für verhaltensgestörte Kinder. Sie war bei einem Schulpsychologen in Behandlung, der davon abriet, daß sie zu ihrer Mutter zurückkehrte, und die Mutter kämpfte nicht hart genug darum. Sie wußte nicht, wie. Christina wurde immer schlimmer, aber interessanterweise fand sie Pflegeeltern, die bereit waren, sie zu behalten – die sogar darauf bestanden.«

»Wer von ihnen hat sie mißbraucht?«

»Ich habe den Eindruck, daß sie eine Art Maskottchen war und unter den Freunden des Pflegevaters herumgereicht wurde.«

Marti fühlte wieder, wie sich ihr Magen umdrehte. »Ich hasse es, mit Kindern zu arbeiten. Es tut mir in den Ohren weh, so etwas zu hören. Wie schaffen Sie das nur?«

»Ich muß es.«

Das war eine merkwürdige Antwort, aber Marti hakte nicht weiter nach. »Ihre Mutter sagte, daß sie sie nicht haben wolle?«

»Ihre Mutter hat diese Geschichten gehört, wie verdorben Christina angeblich sei. Sie hat furchtbare Angst, sie zu sich zu holen. Ich war bei Reverend Douglas, der sich mit der Kirche in der Nähe der Mutter in Verbindung setzte, und ein paar Kirchenschwestern kümmern sich jetzt darum. Ich denke, wenn wir das richtige Netzwerk für sie aufbauen und ihnen die notwendigen Mittel verschaffen, können wir sie vielleicht zusammenbringen.«

»Wen hat die Mutter getötet?«

»Eine ihrer Klassenkameradinnen. Wegen Christinas Vater. Damals war sie sechzehn. Inzwischen hat sie die Schule beendet, arbeitet als Busfahrerin und hat sich ein kleines Haus gekauft. Sie hat keine weiteren Kinder.«

Marti fragte sich, wer von den Pflegeeltern Christina ein dreckiges Flittchen genannt hatte. »Ich hoffe, Sie erreichen etwas, Denise, aber ich glaube nicht mehr an Wunder.« Sie dachte daran, wieviel Zeit sie wohl gebraucht hatte, um überhaupt so viel zu erreichen. »Niemand sonst hätte das geschafft. Sie verdienen es, Glück zu haben.«

»Ich bin nicht die einzige, die sich Gedanken um sie macht. Wenn sie mit Ihnen redet, dann deshalb, weil Sie nicht gleich davon ausgegangen sind, daß sie den Teddy geklaut hat. Sie sehen auch etwas, was es wert ist zu retten.«

»Ich sehe, wie schwierig diese Rettungsaktion sein wird.«

»Vielleicht, aber nicht unmöglich.«

Sie gingen zum Fahrstuhl.

Christina war noch in ihrem Zimmer, diesmal trug sie Jeans und eine locker sitzende Bluse. Ihr Haar war geflochten und mit Hündchenspangen befestigt. Sie lächelte nicht, als sie hereinkamen, doch Marti hatte den Eindruck, daß sie froh war, Gesellschaft zu bekommen. Sie versteckte ein Buch, in dem sie geschrieben hatte, aber Marti konnte noch sehen, daß es ein Malbuch war, in dem man die Punkte miteinander verbinden mußte.

Denise sprach als erste. »Warst du heute im Gruppenraum?«

Christina schüttelte den Kopf.

»Heute abend wird ein Film gezeigt. Das Licht wird verdunkelt. Du mußt mit niemandem sprechen, und du mußt nicht allein sein. Versuch es mal.«

Christina blieb unverbindlich.

»Es wird einfacher, wenn du erst einmal wieder die Dinge tust, die die meisten Zwölfjährigen tun. Eine Weile wird es dir merkwürdig vorkommen, wieder ein Kind zu sein, aber ich habe noch ein paar andere Kinder, die ich dir vorstellen kann und die dir helfen können.«

»Wohin komme ich, wenn ich hier rauskomme?«

»Ich arbeite noch daran. Wohin möchtest du denn gehen?«

»Lieber in ein Heim. Ich will nicht mehr zu Pflegeeltern. Bevor ich da bleibe, laufe ich wieder weg.«

»Wegzulaufen ist nicht immer schlecht«, erklärte Denise. »Das bedeutet, daß es dir dort nicht gefällt, wo du bist und wo du manchmal auch nicht sein solltest. Aber in deinem Alter kannst du dabei in noch größere Schwierigkeiten kommen. Darum bleibst du jetzt hier, bis ich etwas für dich gefunden habe. Es wird Zeit, daß du mal das tust, was für Christina gut ist, indem du zum Beispiel Detective Mac erzählst, wie du hierhergekommen bist.«

»Mit Linda«, berichtete Christina. »Sie nahm mich in ihre Wohnung mit. Sie sagte, sie sei beim Film und ich könnte da auch hinkommen. Sie sagte, ich könnte damit Geld verdienen.« Sie begann, ihren Zopf zu drehen. »Ich wußte, wovon sie in Wirklichkeit redete. Es war unwahrscheinlich, daß sie ein richtiger Filmstar war. Aber es machte mir nichts aus. Es war nicht das erste Mal für mich.«

Marti fragte nicht, wer der erste gewesen war. Sie wollte es nicht wissen. »Wo hast du Linda kennengelernt?«

»Am Busbahnhof. Sie nahm mich in ihre Wohnung mit. Eine richtig hübsche Wohnung. Dann kam R. D. Ich wußte, wie das läuft, ehe ich dahinging. Es ist okay. Die Leute in dem Haus, wo die Filme gedreht werden, sind sehr merkwürdig, aber daran muß man sich wohl gewöhnen. Linda hatte ein paar Pillen, die sie mir gab, so daß es einem egal ist, was sie machen.«

Marti lockerte ihre Fäuste und holte die Fotos heraus.

»Hast du irgendeins dieser Mädchen schon mal gesehen?«

»Außer mir war da niemand in meinem Alter.« Sie sah sie sich trotzdem an. »Nein.«

»Wolltest du jemals die Wohnung oder das Haus verlassen?« fragte Marti in der Hoffnung, eine Straftat nachweisen zu können.

»Wohin sollte ich gehen?«

»Wolltest du denn weggehen?« fragte Marti.

»Ich wollte die Filme nicht machen.«

»Erklärte Linda dir, was du in den Filmen machen solltest?«

»Sie fragte mich, mit wem ich schon mal was gehabt hätte. Ich sagte, nur mit meinem Pflegevater und seinen Freunden. Sie sagte, ich würde jetzt dafür bezahlt werden. Aber sie hat gelogen.«

»Wie bist du zu dem Haus gekommen, in dem du gefilmt wurdest?«

»Mit R. D. Auch Brick und Linda waren im Wagen, aber R. D. fuhr gern Auto.«

»Wolltest du mit einem dieser Männer Sex haben?«

»Wer will das schon? Aber es war nicht so schlimm«, erklärte Christina. »Abgesehen von R.D. kannte ich niemanden. Am liebsten möchte ich keinen von ihnen wiedersehen.«

Marti hatte keine Ahnung, was sie zu ihr sagen sollte. MacTavish saß auf einem Kissen auf dem Bett. Sie hob ihn hoch. »Weißt du, wer ihn dir gebracht hat?«

»Das muß Glodine gewesen sein.« Zum ersten Mal brach Christinas Stimme. Sie sah aus dem Fenster und blinzelte heftig. »Sie sagte, daß ich so was nicht tun sollte. Daß ich zur Schule gehen sollte. Sie weiß, daß ich nicht mehr in das Haus gehen und keine Filme mehr machen will. Sie hilft mir, wenn ich hier rauskomme, weil sie mir weh getan haben.«

Marti reichte Christina den Teddybär. Tränen strömten dem jungen Mädchen übers Gesicht, als sie ihn an sich drückte, aber sie gab keinen Laut von sich.

Martis Pieper ertönte, bevor sie das Krankenhaus verließ. Ein Verwandter war gekommen, um Danny Jones zu identifizieren.

»Friß oder stirb«, sagte sie zu Denise, aber sie war gespannt darauf, diese Person, wer immer es auch war, zu sprechen.

Ein junger Mann, ungefähr so alt wie Jones, wartete auf dem Revier. Er trug einen Geschäftsanzug und einen blauen Schlips mit kleinen roten und weißen Sechsecken. Vik reichte Marti ein Formular. Er hatte ein paar Routinefragen gestellt, aber auf sie gewartet.

Dem jungen Mann schien es nichts auszumachen, die Leiche zu identifizieren, und er war weder unruhig noch nervös. Als sie sich setzte, nahm er noch einen Schluck Kaffee und sah sie wartend an.

Sie warf einen Blick auf Viks Notizen. »Michael Jamison. In welchem Verhältnis stehen Sie zu Danny Jones?«

»Wir sind Cousins. Ein Freund meiner Mutter sah das Bild in der Zeitung und rief an, um zu fragen, ob er zu unserer Familie gehöre. Aber meine Mutter wollte damit nichts zu tun haben.«

»Wie gut kannten Sie ihn?«

»Eigentlich nicht besonders. Sie wissen ja, wie das ist. Manche Leute bleiben im Süden, manche ziehen in den Norden. Meine Mutter kam hierher, als sie noch zur Grundschule ging. Sie organisierte es über jemanden in der Kirche dort unten, daß sie hier bei einer Familie aufgenommen wurde.«

»Wie war Ihre Mutter mit Danny verwandt?«

»Er war der Sohn ihrer jüngeren Schwester, aber sie hatten sich nicht mehr gesehen, seit sie hierherkam. Er und ich haben uns nie kennengelernt, aber meine Mutter hat Fotos. Danny sieht genauso aus wie ein Onkel von mir.«

»Hat mal jemand mit Danny gesprochen?«

»Oh ja, er rief an, als seine Eltern starben. Bei einem Autounfall. Meine Mutter dachte, er wollte mit Virgie hierherkommen, aber Momma wollte die Verantwortung nicht übernehmen.«

Eigentlich hätte seine Mutter das verstehen müssen. Schließlich hatte sie auch jemand aufgenommen. Etwas gutzumachen war vor Jahren ein alter Brauch, ja, eine Verpflichtung gewesen. Zu viele Menschen hatten das vergessen.

»Wer ist Virgie?«

»Dannys kleine Schwester, Virginia.«

»Wie alt ist sie?«

»Elf, vielleicht zwölf.«

Sie holte die Namensliste und die Fotos heraus und zeigte ihm die Aufnahmen.

Er schüttelte den Kopf. »Ein Foto von den beiden steht auf unserem Kaminsims. Sie ist nicht dabei. Warum sollte sie es sein?«

Statt zu antworten, überflog Marti noch einmal die Namen. Jeannie war der einzige, bei dem es möglicherweise einen Zusammenhang gab.

»Haben Sie eine Ahnung, warum er hier war?«

»Meine Mutter erzählte, daß Virgie sie aus Kentucky anrief und sagte, daß er im Gefängnis sei und sie nicht wüßte, wo sie bleiben sollte. Momma sagte, daß sie zu ihr kommen könne, bis er wieder rauskäme. Dann rief Virgie noch mal an und sagte, daß sie hier sei, aber einen Freund getroffen habe, bei dem sie bleiben könne. Als Mom nichts mehr von ihr hörte, ging sie davon aus, daß alles in Ordnung sei, und als Danny anrief, sagte sie ihm dasselbe.«

Und jetzt war Danny tot, und von seiner jüngeren Schwester gab es keine Spur.

Als Marti kurz nach sieben nach Hause kam, war sie so müde, daß sie nicht einmal mehr Hunger verspürte. Sie ging in die Küche, setzte sich auf den Schaukelstuhl am Fenster und dachte daran, gleich wieder aufzustehen und sich ein Sandwich zu machen. Es war still im Haus. Sharon und Lisa waren beim Chor, Joanna hatte ein Baseballspiel und

Theo war nach Wisconsin gefahren. Bigfoot, ihre braune Promenadenmischung, kam in den Raum getapst. Er war so groß wie ein Bernhardiner und hatte ein braunes Fell mit ein paar weißen Flecken. Johnny hatte ihn vor sieben Jahren im Tierheim ausgesucht und nach seinen Pfoten benannt, die völlig unproportional zu seinem Körper waren, als er noch ein Welpe war. Er stupste mit der Nase gegen ihre Hand.

»Bist du allein?« fragte sie. »Dein Kumpel ist ohne dich abgereist.«

Er schnüffelte an ihrer Hand und seufzte, als sie ihn zwischen den Ohren kraulte. Dann ließ er sich zu ihren Füßen nieder.

Sie lehnte sich zurück ins Kissen und war gerade am Eindösen, als Joanna hereinkam.

»Habt ihr gewonnen?« fragte sie.

»Knapp. Erst am Ende der siebten Runde.« Joanna warf ihren langen braunen Zopf zurück. Ihre Sporthose war mit Dreck beschmutzt. Sie war mehr als einmal gegen das Schlagmal gerutscht.

»Tut mir leid, daß ich nicht da war.«

»Ist schon gut.«

Nach Joannas Stimme zu urteilen, war sie nicht so sicher.

Innerhalb weniger Minuten hatte Joanna neben ihr einen Teewagen aufgestellt, zwei Gläser mit Eistee und Sandwiches mit kalter Hähnchenbrust gebracht.

»Du siehst erschlagen aus, Ma. Mußt du noch mal raus?«

»Nein.«

Joanna saß am Tisch, nicht weit vom Schaukelstuhl entfernt.

Marti dachte an die Party am letzten Samstagabend und überlegte, ob sie etwas dazu sagen sollte, daß Joanna so früh weggegangen war. »Läuft bei dir alles gut?«

»Ma, ich habe die Party verlassen, weil ich müde war.«

Marti hatte nicht genug Energie für eine ernste Diskussion. »Kaum zu glauben, daß du zu müde zum Tanzen warst.«

»Nun ja, Tanzveranstaltungen und Partys sind nicht so, wie ich sie mir vorgestellt habe. Meistens sind sie langweilig. Möchtest du etwas Kamillentee? Der hilft dir, zu entspannen und einzuschlafen.«

Sharon sagte, Kinder gebrauchten das Wort langweilig manchmal, um Depressionen zu beschreiben. Sie beschloß aufzustehen, aber sie brauchte mehrere Minuten, um die Energie dafür zu sammeln. Sie ging zu Joanna und blieb hinter ihr stehen. Joanna lehnte ihren Kopf an sie und schloß die Augen.

»Du bist auch müde.«
»Vermutlich ja.«
»Warum sind Tanzen und Partys so langweilig?«

Joanna antwortete nicht und entfernte sich auch nicht. Marti fühlte ihre Anspannung und begann, ihre Schultern zu massieren. »Ich glaube nicht, daß du dich gelangweilt hast. Ich glaube auch nicht, daß du schüchtern oder müde warst. Ich erinnere mich an ein kleines Mädchen, das Ballerina werden wollte und für seinen Daddy Pirouetten drehte. Es würde ihm das Herz brechen, wenn du nicht mehr tanzt.«

»Ich kann sein Herz nicht brechen«, flüsterte Joanna. »Dad ist nicht mehr da.«

Marti setzte sich, zog Joanna an sich heran und fühlte ihr Haar an ihren Lippen, als sie sprach. »Ich weiß nicht, wann es aufhört, weh zu tun.«

Joannas Schultern fingen an zu zittern. Sie weinte heftig schluchzend. Marti wiegte sie und fühlte ihre eigenen Tränen warm über ihr Gesicht laufen.

37

Das erste, woran Marti dachte, als sie am Freitagmorgen aufwachte, war Isaac und die »Frau, die ihren Schritt wechselte«. Vielleicht hatte Isaac doch etwas gesehen? Vielleicht übersetzte er das in etwas, was man hören konnte? Zwei Straßen vom Revier entfernt kam ihr ein Gedanke. Gleich nach dem Dienstappell ging sie zu Mrs. Banks.

Die alte Frau fegte gerade die Vordertreppe, als Marti dort ankam. Auf ihrem dunklen Gesicht glänzte vor Anstrengung Schweiß. Sie zog drei oder vier Schlüpfer unter ihrem losen Kittel hoch. »Haben Sie schon herausgefunden, wer es war?«

»Noch nicht.«

»Die arme Ruthie. Ihre Nichte kam nicht einmal, um sie zu beerdigen.« Sie machte einige kauende Bewegungen. »Die Leute von der Kirche kamen und haben neue Schlösser angemacht. Genauso wie Sie gesagt haben. Sind Sie sicher, daß sie keinen Schlüssel behalten haben?«

»Ganz sicher.«

»Ich will nicht eines Nachts tot im Bett aufwachen.«

Marti versuchte, nicht zu schmunzeln. »Ich möchte, daß Sie sich diese Fotos ansehen und mir sagen, ob Sie eine davon in dieser Gegend gesehen haben, die ihr Aussehen auf dem Foto verändert hat.«

»Sie wollen, daß ich mir diese Bilder ansehe und sage, das ist sie, aber sie sah überhaupt nicht so aus, als ich sie sah?«

»Genau.«

»Menschenskind, so was habe ich ja noch nie gehört! Wie soll ich das denn machen?«

Aber sie nahm die Bilder, setzte sich auf die oberste Stufe und studierte sie eine Weile. Dann legte sie sie weg und sah die Straße hinauf und hinunter. »Die Kinder sind noch nicht draußen. Eine halbe Stunde lang wird es noch still sein.« Sie betrachtete erneut die Bilder. »Wenn die hier vielleicht langes Haar hätte.«

Marti holte einen Tintenmarker, den man wieder abwischen konnte, aus ihrer Tasche und nahm die Veränderung vor.

»Das ist das Mädchen, das einen halben Tag lang durch die Nachbarschaft wanderte.«

»An welchem Tag?«

»An dem Dienstag, bevor Ruthie starb.«

»War sie auch die Avon-Beraterin?«

»Dieser verrückten Avon-Beraterin habe ich nicht die Tür geöffnet. Außerdem kam die am Mittwoch.«

»Hat dieses Mädchen Sie gesehen?«

»Natürlich nicht. Ich benutze immer mein Fernglas. Solche Leute sollte man von hier fernhalten. Sie wollte hier entweder jemanden abholen oder mit Drogen handeln. In solchen Fällen rufe ich immer bei dieser Hotline an und melde sie. Darum wartete ich ab, ob sie etwas anrichtete, ehe ich sie meldete, aber sie ging nur durch die Straßen und kam hier ab und zu vorbei.«

Kurz nach sechs, ungefähr zu dem Zeitpunkt, als Ruth Price kam, war R. D. durch die Gasse hinter der Klinik gefahren. Aber das hatte Ruth Addie Liz nicht erzählt. Entweder war nichts passiert, was ihre Aufmerksamkeit erregte, oder sie hatte Linda dort schon öfters gesehen und fand ihre Anwesenheit nicht ungewöhnlich.

»Sind Sie sicher, daß das die Person ist, die Sie gesehen haben?«

»Ich habe sie ganz deutlich gesehen. Das Fernglas ist wirklich gut. Sie kaute Kaugummi.«

»Hat Ruthie sie gesehen?«

»Ruthie war im Geschäft und kaufte eine Zeitung, als das Mädchen wegging. Das kann ich nicht sagen, aber ich sah sie miteinander reden.«

Das mußte in dem Augenblick gewesen sein, als Ruth Price sich nach Wendy Halloran erkundigt hatte. Zurück auf dem Revier zeigte Marti Vik das veränderte Foto von Linda. »Sie muß irgendwo sein, tot oder lebendig.«

»Wollen Sie meine Neuigkeiten hören?« fragte Vik. »Der Wagen des Doktors stand den ganzen Abend lang drei Straßen weiter geparkt. Joe sah ihn ungefähr zu der Zeit, als das Feuer ausbrach, zur Klinik hin- und wieder weggehen.«

»Haben wir ihn also?« fragte sie. »Wir haben ihn!«

»Es war mit Vorsatz«, fügte Vik hinzu. »Er hatte es auf Linda abgesehen, aber es scheint so, als hätte er beschlossen, bei der Gelegenheit gleich noch Teresa zu beseitigen. Daß Janey da war, hat er vielleicht nicht gewußt.«

»Weil Linda in sein Haus einbrach«, sagte Marti. »Der einzige Ort, an dem wir uns alle sicher fühlen wollen.« Edwards war zu einem Opfer geworden. Er hatte sich verletzt und machtlos wie alle Opfer gefühlt, und dann hatten Linda und R. D. auch noch gesagt, daß sie ihm das jederzeit wieder antun könnten. Das hatte er ihnen geglaubt.

Marti holte alles heraus, was sie über Danny Jones hatte. Die Akten waren dünn. Dieses Verbrechen war das einzige, das sie mit den anderen nicht in Verbindung bringen konnte – das, von dem sie glaubte, daß sie es nicht lösen würden.

»Jones hatte eine zwei Tage alte Verletzung im Gesicht«, erinnerte sie Vik. »In sechs Monaten wird vielleicht ein Säufer oder Junkie oder sonstwer aufgegriffen, der einen Einbruch plante. Er wird sich vielleicht erinnern, daß Jones sich mit jemandem geschlagen hat, oder er wird gestehen, daß er ihn überfahren hat, nachdem er über den verlorenen Streit nachgedacht hatte.«

Viks Telefon klingelte, während sie sprach.

»Rate mal, was?« sagte er, als er auflegte. »Es gibt einen Haftbefehl für Preppy. Er wird in Kalifornien gesucht, weil er dort vor drei Jahren einen Pornoladen führte. Der Mann kommt viel rum. Zuerst verfolgten sie seine Spur nach Atlanta, dann hierher. Er ändert häufig seinen Namen. In Atlanta hieß er Bruce Derrick, in Los Angeles Bobby Dann und jetzt nennt er sich Bill Demming.«

»Und er ist auf Kaution frei«, fügte Marti hinzu. »Mittlerweile könnte er sogar schon in der Schweiz sein. Ich bin sicher, daß Demming genug Kontakte hatte, um ein Flugticket dorthin zu bekommen.«

Vik zielte mit seinem Bleistift auf einen der Kalender.

»Warum fahren wir nicht noch mal zu seinem Haus?« schlug Marti vor. »Der Haftbefehl gibt uns das Recht dazu. Außerdem müssen wir über diesen Mord an Jones außerhalb des Büros nachdenken.«

»Wir brauchen eher mal eine anständige Nachtruhe und ein freies Wochenende«, brummte Vik. »Oder haben Sie wieder so ein Gefühl?«

»Ja«, sagte sie. »Na und?«

38

Linda drehte erneut an der Nummernscheibe. Demming hatte ihr die Kombination für den Safe aufgeschrieben, aber sie bekam ihn nicht auf. Sie schob die Kleider beiseite, die ihr immer noch im Weg hingen. Sie haßte es, in Schränken zu hocken, selbst wenn die Tür offenstand. Als Kind hatte man sie in Schränke eingesperrt, weil ihre Momma wußte, daß sie Angst vor der Dunkelheit hatte. Doch die machte ihr jetzt nichts aus. Nichts machte ihr jetzt etwas aus. Das war ein guter Shit gewesen, den sie da unten gefunden hatte. Die beste Dröhnung, die sie seit langer Zeit gehabt hatte.

Sie versuchte noch mal die Kombination. Nichts. Es war alles Demmings Schuld, einfach alles. Alles war gut gegangen, bis er auftauchte. Für R. D. hatte sie ab und zu ein kleines Mädchen mit nach Hause bringen müssen, aber nicht so viele wie dann, als er Demming kennenlernte.

Sie waren alle kleine Huren gewesen und keine einen Dreck wert. Bei jeder Gelegenheit hatte sie sie geschlagen und nicht nur, damit sie sich auf R. D. freuten. Denn er kam schon, wenn er draußen vor der Tür stand und hörte, wie sie heulten und bettelten. Glodine prügelte er auch. Brick mußte Glodine nur am Nacken packen, damit sie in Ohnmacht fiel, und R. D. peitschte sie dann aus.

Als R. D. damit anfing, wußte Linda, daß sie abhauen mußte. Er war nicht mehr er selbst. Er war wie ihre Momma. Aber niemand sollte sie jemals wieder schlagen.

Nach dem Einbruch beim Doktor hätte sie flüchten können, wenn Edwards es nicht R. D. erzählt hätte. Da mußte sie den Schmuck abgeben und so tun, als hätte sie eine Überraschung für ihn geplant. Wie gut, daß R. D. das für witzig hielt. Sonst hätte er sie vielleicht auch geschlagen.

Sie blickte auf die Pistole. Niemand würde sie noch einmal schlagen. Sie würde sich von niemandem mehr auspeitschen lassen. Das war das Beste, was dabei herausgekommen war. Dadurch war sie gezwungen worden, auf sich selbst aufzupassen.

Sie dachte an das Mädchen. Virgie hieß sie. R. D. gab ihnen gern neue Namen. Er nannte sie Jeannie, und er wollte sie behalten. Sie hatte ihm gesagt, daß dieses Mädchen viel zu blöd sei, um von irgendwelchem Nutzen für ihn zu sein. Und das war sie auch. Jeannie nahm sämtliche Pillen ein, die sie ihr an dem Abend hinterlassen hatte. Damit hatte sich das Mädchen selbst umgebracht.

Sie waren alle beide zu blöd gewesen. Jeannies Bruder hatte nicht einmal den Verstand einer Fliege gehabt. Der Dummkopf wollte ihr erzählen, daß er zur Polizei gehen würde, wenn sie ihm nicht seine Schwester bringe. Wenn sie gewußt hätte, daß er ihr direkt ins Auto laufen würde, wäre sie nicht einmal so schnell gefahren. Beinahe wäre sie in die Schlucht gestürzt, verflucht noch mal.

Noch jetzt konnte sie sein Gesicht vor sich sehen und den Aufprall hören. Mein Gott, das war gut. Dieser blöde Heini hatte ihr doch tatsächlich vertraut. Die meisten Leute vertrauten ihr. Die kleinen Mädchen gingen sofort mit ihr nach Hause, egal wie verrückt die Geschichten waren, die sie ihnen erzählte. Sie glaubten ihr. Auch diese alte Frau kam direkt zu ihr und wollte wissen, wer in dem Feuer gestorben war. Sie hätte bestimmt lange nach ihr suchen müssen, wenn sie das nicht getan hätte.

Linda versuchte es noch einmal mit dem Schraubenzieher. Das mußte doch aufzuschrauben sein. Wenn Demming das Ding nur nicht so tief in den Boden eingelassen hätte … Da war eine Menge Geld drin, mit dem sie bis nach Kalifornien käme, um in ein paar richtige Pornofilme zu kommen. Verdammt, wenn sie nur an den ganzen Safe herankäme, dann würde sie auch einen Weg finden, ihn zu öffnen. Jedenfalls brauchte sie sich keine Sorgen darum zu machen, erwischt zu werden. Der Gedanke daran brachte sie zum Lachen.

39

Marti teilte der Zentrale ihr Ziel mit, als sie bereits unterwegs waren. Sie parkten auf der Straße und gingen zu Fuß zu dem Haus, wobei sie sich dicht an die großen Kiefern hielten und die Auffahrt vermieden. Auf den Stufen vor der Haustür lagen Zeitungen verstreut, und die roten und weißen Geranien, die bei ihrem letzten Besuch so schmuck in ihren Zedernholzgefäßen ausgesehen hatten, welkten in der heißen Sonne.

Das Haus wirkte leer. Marti begab sich in einigem Abstand auf die Rückseite des Gebäudes. Vik folgte ihr. Es stand kein Wagen in der Garage. Sie folgte einem tiefer ins Gebüsch führenden Weg und fand den Wagen, mit dem Danny Jones umgebracht worden war, auf einer Lichtung. Der alte Mann, dem er gehörte, hatte ihn nicht als vermißt gemeldet. Wahrscheinlich wußte er gar nicht, daß er weg war. Sie kehrten mit gezogenen Waffen zum Haus zurück und vermieden die Auffahrt.

Falls jemand im Haus war, so hatte man sie und Vik, soweit sie es beurteilen konnte, noch nicht bemerkt. Sie ging zu der Tür, die in die Küche führte, und guckte dort, wo die gerüschten Gardinen zurückgebunden waren, durch das Fenster. Eine Frau lag auf dem Boden. Marti konnte ihre Beine sehen. Sie bewegte sich nicht.

Sie ballte die Faust und hob sie an ihr Ohr, damit Vik die Polizei in Antioch unterrichtete und Unterstützung anforderte. Dann wartete sie, bis er vom Wagen zurückkam. Die Tür war nicht abgeschlossen. Sie traten ein und lauschten. Es war kein Laut zu hören außer dem metallischen Ticken einer Uhr, das durch die Stille verstärkt wurde. Sie ging zu der Frau. Mrs. Preppy war erschossen worden.

Mit gezogenen Waffen machten sie sich schweigend auf die Suche. Der gewellte Putz auf der Wand drückte sich in Martis Schulter, als sie Vik Deckung gab. Schweiß rann ihren Rücken hinunter und durchtränkte ihre Achselhöhlen.

Vik öffnete eine Tür. Die Besenkammer. Die nächste führte in die Waschküche. Es gab keinen Keller. Er folgte ihr ins Eßzimmer, wo alles in hellblauen Tönen gestrichen und gepolstert war. Marti beobachtete, wie Vik die Kleider durchsuchte, die in einem tiefen Schrank neben der Haustür hingen. Plötzlich hörten sie ein lautes Summen. Vik fuhr herum, zielte. Sie folgten der Fliege ins Arbeitszimmer und beobachteten das Insekt bei der Landung. Preppy lag vornüber auf dem Schreibtisch. In seinem Rücken waren zwei Schußlöcher, und es lag ein schwacher Geruch in der Luft. Ohne ihn zu berühren, um ihn auf die Leichenstarre zu überprüfen, wußte Marti, daß er nicht länger als sieben oder acht Stunden tot war. Ihr Mund war trocken. Sie wischte ihre Handflächen an der Hose ab. Sie kehrten ins Wohnzimmer zurück. Falls der Mörder noch im Haus war, befand er oder sie sich im ersten Stock.

Nachdem sie sich überzeugt hatten, daß niemand hinter ihnen war, gingen sie zur Treppe. Marti probierte die erste Stufe. Kein Knarren. Sie hielten sich an der Seite, Vik am Geländer, Marti an der Wand.

Oben gab es Holzfußböden. Sie waren poliert und knarrten nicht. Vik befeuchtete seine Lippen und holte tief und ruhig Luft. Sie gingen den Flur entlang und durchsuchten ein Zimmer nach dem anderen. Im ersten war alles rosa, die Wände, der Teppich, das Himmelbett und die Bettdecke. Ein Mädchenzimmer auf den ersten Blick. Am Kopfende des Bettes, wo kleine ausgestopfte Tiere auf den Kissen saßen, hingen Fesseln aus Seilen. Ein Wolfskostüm in Erwachsenengröße lag zusammengefaltet am Fußende des Bettes. Ein lebensgroßer, ausgestopfter Tiger bleckte seine Zähne, und auf seinem Rücken lagen eine Reitgerte und eine Peitsche. Auf einem Tisch mit Rädern standen ein Videorecorder und ein Fernseher.

Das nächste Zimmer war kleiner, alles aus Chintz und Ahornholz, gerüscht und feminin. Puppen füllten eine Wiege und quollen aus einem Puppenwagen. Ein halbes Dutzend Stoffpuppen lag mit herunterhängenden Köpfen in einer Ecke. Metallene Handfesseln hingen an den vier Pfosten des doppelten Himmelbettes. Vor zehn Jahren hatte Marti schon Pornofilme mit dieser Ausstattung gesehen. Wenn sie darüber nachgedacht hätte, dann hätte sie etwas Originelleres erwartet. Als sie wieder auf dem Flur waren, näherten sie sich dem Elternschlafzimmer. Marti glaubte etwas zu hören und blieb mit dem Ohr an der Tür stehen. Sie hörte es wieder – ein undeutliches, aber menschliches Geräusch. Sie atmete aus und bereitete sich auf das vor, was immer sie in dem Zimmer erwarten mochte. Zumindest war da jemand drin, der noch lebte. Sie drückte sich flach an die Wand neben der Tür, streckte die Hand aus, drehte den Knauf und schob die Tür auf. Nichts geschah. Ein fernes, knirschendes Geräusch wurde etwas lauter, und dann hörte sie ein unterdrücktes Fluchen.

Jemand, den sie nicht sehen konnte, keuchte und schnappte nach Luft, als würde er etwas tun, was sehr viel Anstrengung erforderte. Wer immer es war, hatte nicht bemerkt, daß die Zimmertür sich geöffnet hatte.

Sie blieb an der Tür stehen, drehte sich zu Vik um, der ihr von hinten Deckung gab, und zuckte die Schultern. Sie konnte nicht sagen, ob es ein Mann oder eine Frau war.

Sie war schon einmal in diesem Zimmer gewesen, mit Mrs. Preppy. Sie warf jetzt einen Blick hinein. Die Tür zu dem begehbaren Wandschrank stand weit offen. Jemand war da drin. Sie konnte sich nur an die aufgereihten Schuhpaare und die drei Wände voller Kleider erinnern. Sie lauschte erneut, dann hob sie einen Finger. Es war eine Person, dessen war sie sich sicher.

Marti bedeutete Vik zurückzubleiben und trat in das Zimmer. Auf Zehenspitzen ging sie zu dem geöffneten Wandschrank.

Linda hockte auf den Knien und versuchte, mit einem Schraubenzieher einen Bodensafe aufzubrechen. Sie trug eine Perücke, und das lange schwarze Haar reichte ihr fast bis zur Taille. Marti sah eine Pistole auf dem Boden.

»Keine Bewegung.«

Linda zuckte zusammen, dann stürzte sie auf ihre Pistole zu. Marti überwältigte sie und hörte Linda krächzen, als sie sich auf sie hockte und ihr Gesicht nach unten drückte. Sie wußte nicht, wo die Pistole war, und benutzte ihr Gewicht, um Linda festzuhalten. Vik kam zu ihnen geeilt.

»Bewegen Sie sich noch nicht, Marti. Jetzt habe ich die Pistole.«

»Meine Hand, lassen Sie meine Hand los«, stöhnte Linda.

Vik nahm die Waffe an sich, bevor er den Fuß wegnahm.

40

Am Sonntagmorgen fuhr Marti zu der Hütte in Wisconsin, wo Theo war. Mit Johnnys Bel Air verließ sie das Haus kurz vor Tagesanbruch. Gestern war sie mit Joanna zum Friedhof im Süden von Chicago gefahren. Auf Martis Wunsch befand sich Johnnys Grabstelle auf offenem Land, abseits der Bäume und Büsche, damit es keine Erinnerungen an Vietnam gab. Die Sonne war hell und der Wind sanft am Grab gewesen. Auf dem Grabstein, einem silbernen Granit, hatte sie unter seinem Namen nur ein einziges Wort eingravieren lassen: FRIEDE. Die Erde hatte sich gesetzt und war flach geworden, das Gras war grün und kurz geschoren. Der Rosenstrauch, den sie gepflanzt hatte und der auch »Friede« hieß, war in Blüte gewesen. Johnnys Schwertlilien waren auf beiden Seiten eingepflanzt worden, und sie hatte noch mehr mitgebracht.

Joanna, die immer praktisch dachte, hatte den Spaten herausgeholt, die Erde gelockert und kleine Klumpen Unkraut ausgegraben, während Marti neben dem Grabstein saß und ihr zuschaute.

»Dein Dad wollte immer eine Tochter haben. Er war so glücklich, daß du so aussahst wie ich.« Joanna war ein ganz pummeliges kleines Baby gewesen, mit dicken Händen mit Grübchen. Er sang ihr immer ganz leise etwas vor, so daß Marti anfangs gar nicht wußte, was für ein Geräusch das war. Sie fand auch nie heraus, welches Lied es war.

»Er sang dir immer etwas vor«, sagte sie. »Als du klein warst.«

»Ich weiß.«

»Nein, das weißt du nicht. Du warst zu klein.«

»Als ich im Kindergarten war und er mich hinbrachte, summte er mir immer ›You Are My Sunshine‹ vor.«

»Wirklich? Das wußte ich nicht.«

Etwas daran war tröstend. Sie hoffte, Joanna würde es auch trösten. Aber Joanna hackte auf die Erde ein, als würde die Erinnerung sie stören.

»Und er summte es mir an dem Abend, als er das erste Mal mit mir zum Essen ausging und anschließend mit mir tanzte, ins Ohr.« Marti hatte das ganz vergessen.

Joanna vermischte die feuchte und die trockene Erde. »Ich weiß nicht, wie hier irgend etwas wachsen soll«, klagte sie. »Zu Hause hat

Dad für die Schwertlilien erstklassige Erde benutzt.« Sie pflanzte die Schwertlilien hin und her, ohne eine Anordnung zu finden, die ihr gefiel. »Er pflanzte sie in Reihen an, nicht in Kreisen«, sagte sie und klang verärgert, als sie sie nochmals umstellte.

Marti ließ sie allein, bis sie eine der Schwertlilien von sich schleuderte, sich hinkniete und zusah, wie sie über das Gras schlitterte.

»Ich gehe heute abend mit Chris ins Kino.«

»Gut.«

»Nein. Das ist nicht gut.« Sie hielt inne. »Ich würde so gern mit Dad reden«, sagte sie wütend. »Ich bin so sauer auf ihn, weil er mich verlassen hat.«

»Ich auch«, sagte Marti.

Als sie nach Lincoln Prairie zurückkehrten, fuhr Marti ins Pflegeheim, um Ruth Prices Freundin, Addie Liz, zu besuchen. Joanna wollte mitkommen, und sie nahmen zwei Becher Eiscreme mit, die sie sich mit der alten Dame teilen wollten.

Pflegeheime deprimierten Marti – wohl hauptsächlich deshalb, weil sie nicht überzeugt war, daß alle Bewohner wirklich dort sein mußten. Wenn Addie Liz es allein in den Park schaffte, konnte sie sich bestimmt gut genug um sich selbst kümmern, um woanders zu wohnen.

Das Haus war sauber, hell, mit vielen sonnigen Fenstern und geblümten Gardinen. Marti hielt einen jungen Pfleger mit Irokesenfrisur und einem goldenen Knopf im Ohr an.

»Sie wollen Miss Addie besuchen?« fragte er. »Mann, das ist stark. Seit sie aus dem Krankenhaus hierhergebracht wurde, hat sie noch nie jemand besucht.«

»Aber ihre Familie – « begann Marti.

»Sie hat nur einen Großneffen«, unterbrach sie der Pfleger. »Vor ein paar Jahren kam er aus Kalifornien zu ihrem Geburtstag, und einmal im Monat oder so schickt er ihr ein Paket.«

»Aber die Apfelsinen ...«

»Ja, die mag sie. Jeden Donnerstagmorgen mußten wir ihr welche mitbringen. Aber das will sie seit einiger Zeit nicht mehr. Wir haben uns etwas Sorgen um sie gemacht. Sie scheint den Appetit verloren zu haben.«

»Ihre Freundin ist gestorben«, erklärte Marti. »Der sie die Apfelsinen gab.«

»Oh.« Der junge Mann schien überrascht.

»Diese alte Frau, die sie immer zum Fernsehen mitbrachte? Wie schade. Wenn Sie hereinkommen wollen, hole ich sie her.«

Das Wohnzimmer sah auch freundlich aus mit den vielen Hängepflanzen. Die Bewohner waren irgendwo, und das große Fernsehgerät lief vor leeren Couchen und Stühlen.

Addie Liz ging gebeugter, als Marti es in Erinnerung hatte, und ihr dunkles Gesicht wirkte noch weiser als zuvor. Ihre blaue Einkaufstasche hatte sie an einer Karre festgebunden, die sie hinter sich herzog.

»Oh, Detective MacAlister.«

Marti war überrascht, daß sie sich an ihren Namen erinnerte. »Hi, Miss Addie. Das ist meine Tochter Joanna.«

»Das ist aber nett von Ihnen zu kommen.« Sie betrachtete sie genauer. »Mein Gott, das Kind ist Ihnen wie aus dem Gesicht geschnitten. Ich habe heute keine Gesellschaft erwartet. Ich dachte schon, es wäre einer meiner Enkel.«

Marti versuchte nicht darüber nachzudenken, daß es keine Enkel gab, außer einem in Kalifornien und denen, die die alte Frau erfand.

Als sie das Eis aßen, sagte Addie Liz: »Sie starb, weil sie etwas sah, was sie nicht sehen sollte, nicht wahr? Dabei wußte sie nicht einmal, daß sie irgend etwas gesehen hatte. Sie hätte sich niemals erkundigen sollen, ob das Mädchen gestorben sei. Das kommt dabei raus, wenn man sich Gedanken um jemanden macht und sich darum kümmert, was aus ihm wird. Man ist besser dran, wenn man sich um überhaupt niemanden kümmert.«

»Das ist ein gutes Gefühl, wenn sich jemand um einen kümmert«, sagte Joanna. »Selbst wenn es manchmal weh tut.«

Als sie gingen, versprach Joanna, Addie Liz in der nächsten Woche wieder zu besuchen und ihren Namen an die Organisatoren des kirchlichen Programms für ältere Leute, die nicht aus dem Haus kommen, weiterzuleiten. So ist das, wenn man in einer kleinen Stadt lebt, dachte Marti. Da lernt man schneller Leute kennen, aber man wird auch zu schnell in etwas hineingezogen.

Als Marti jetzt in Richtung Wisconsin fuhr und die Sonne über der Landschaft mit den langgestreckten Hügeln aufging, summte sie »You Are My Sunshine«. Joanna war gestern abend mit Chris ins Kino gegangen. Halleluja.

Marti nahm nicht die Strecke, wo sie mit der Fähre übersetzen mußte. Die Hütte befand sich in einer bewaldeten Gegend am Rande vom Devil's Lake. Es gab noch sechs weitere Hütten entlang der Straße, die in einer Sackgasse endete. Beim ersten Mal verpaßte sie die Stelle, doch auf dem Rückweg konnte sie das Zelt hinter der Hütte sehen und Ben Walkers Wagen, der unter ein paar Bäumen parkte.

Sie war nicht sicher, warum sie so früh gekommen war, nur daß sie diese Wälder sehen wollte, von denen Theo sich so angezogen fühlte und die so sehr jener Landschaft ähnelten, in deren Nähe Johnny sich nie wieder aufhalten wollte. Es hörte sich nicht so an, als ob schon jemand wach wäre, und sie wollte sowieso mit niemandem sprechen. Sie warf einen Blick in das Zelt. Beide Jungen schliefen noch. Sie ging einen schmalen Sandweg entlang, der sich durch die hohen Bäume wand, und blieb stehen, als sie einen Hügel erreichte, von dem aus sie das Zelt und die Holzhütte sehen konnte.

Sie setzte sich, umgeben von Gebüsch, in den Schatten dichter Eichen und lauschte den Geräuschen kleiner Tiere, die sie nicht identifizieren konnte, und dem Gezwitscher von Vögeln, die sie noch nicht kannte. Sie versuchte, eine Weile lang an nichts zu denken, dann versuchte sie, sich alle Nachrichtensendungen und Zeitschriftenreportagen vor Augen zu führen, die sie vom Krieg in Vietnam gesehen hatte. Sie versuchte, die Kanonenschüsse und das Feuer der Maschinengewehre und den Lärm der Flugzeuge über sich und die Schreie der Sterbenden zu hören. Aber sie konnte sich nicht einmal vorstellen, wie ein Krieg an einem so friedlichen Ort wie diesem Wald aussah.

Dann dachte sie an ihre Reise zur Vietnam-Gedenkstätte, wo sie mit ansah, wie Johnny mit feuchten Augen und heftig schluckend die Namen seiner Freunde suchte. Er erzählte ihr, daß er Vietnam nicht verstanden habe, daß keiner von ihnen es verstanden habe, daß sie einfach nur gestorben seien oder überlebt hätten. Er hatte überlebt, um in einem anderen Krieg zu sterben. Aber er hatte wieder Frieden gefunden. Dessen war sie sicher.

Sie hörte Theo nach Mike rufen. »Hey, sieh dir mal diese Kröte an.« Sie hörte ein paar Minuten zu, als die Jungs das Gebüsch durchforschten. »Meine Mutter ist da«, sagte Theo, als er den Wagen bemerkte. Marti ging nach unten zum Lager.

»Wir müssen jetzt Frühstück machen«, rief Theo ihr zu. Als er sprach, kam Ben aus der Hütte. Er sah schlank und muskulös in seinem T-Shirt, den Shorts und den Sandalen aus.

»Kommen Sie rein und schauen Sie sich um«, sagte er.

Die Besichtigung dauerte fünf Minuten. »Rustikal« war der beste Begriff, um das Haus zu beschreiben. Sie war überrascht, daß die Jungs sich für das Zelt anstelle des Hochbetts entschieden hatten, das nur über eine Leiter zu erreichen war. Ben schenkte ihnen Orangensaft ein, und sie setzten sich nach draußen an einen Picknicktisch unter den weiten ineinandergreifenden Ästen einiger Bäume.

»Wollen Sie uns überprüfen?« fragte er lächelnd.

»Ich wollte mir den Wald ansehen.«

»Wir müssen später auf die Spitze des Kliffs steigen und auf den See hinunterschauen. Es ist hundertfünfzig Meter hoch. Haben Sie Höhenangst?«

»Nein.«

»Es ist schön hier«, bemerkte er und sah sich um.

»Friedlich«, pflichtete sie ihm bei.

»Es ist gut, ein paar Tage rauszukommen.«

»Erinnert es Sie an Vietnam?« fragte sie.

Er dachte einen Augenblick nach. »In gewisser Hinsicht vielleicht. Aber an Vietnam, wie es hätte sein sollen und wie es heute hoffentlich ist. Diese Leute haben den Krieg nicht verdient. Aber wer hat das schon? Wir auch nicht.«

Sie fragte sich, ob Johnny nach diesem einen Campingausflug, als die Alpträume aufhörten, wohl auch so empfunden hatte.

»Sie haben den Mann wohl gefaßt, was?« fragte Ben.

»Einen Mann und eine Frau, stellte sich heraus.« Er hatte offenbar keine Zeitung mehr gelesen, seit sie abgefahren waren. Sie brachte ihn auf den neuesten Stand. »Kaum hatten wir Linda eingesperrt, da fing sie schon an, damit zu prahlen, was sie alles getan hat. Slim hatte recht. Sie liebt Publikum. Und sie bereut es überhaupt nicht, jemanden umgebracht zu haben. Sie meint, es sei deren eigene Schuld gewesen.«

Sie erzählte ihm von dem Fußbodensafe und dem Schraubenzieher. »Aber manchmal hat sie offenbar Geistesblitze. Sie wurde nämlich mißtrauisch, als der Doktor am Abend des Feuers nicht da war. Sie stahl der Martinez den Schlüssel, damit sie aus dem Haupteingang rennen konnte, falls der Doktor ihr auflauerte, und den geklauten Schlüssel ersetzte sie durch den einzigen, den sie bei sich hatte, nämlich den Schlüssel zu R. D.'s Haus. Wir haben das überprüft. Zu dumm. Ruth Price suchte sich gerade Obst aus, als R. D. Linda und

Janey in der Gasse absetzte. Selbst wenn Ruth nicht darauf geachtet hätte, wäre ihr bestimmt wieder eingefallen, daß Linda aus dem Haupteingang gerannt kam und in solcher Eile war.«

»Man kann sich kaum vorstellen, daß ein Doktor ein Feuer in der Absicht legt, jemanden zu töten. Daß er Brandstiftung begeht, um einen Betrug zu vertuschen, mag sein, aber nicht um zu töten.«

»Er war haßerfüllt.«

Carmen hatte ihr mit der gestrigen Post Teresas Kontoauszüge geschickt. Erst gegen Ende der Woche würde sie genaue Einzelheiten wissen, aber Teresa hatte 37.000 Dollar auf ihrem Konto. Es sah so aus, als hätte sie Edwards um mehr als eine Lohnerhöhung gebeten. Durch diese Tatsache und seine Unfähigkeit, R. D. und Linda daran zu hindern, sein Haus zu betreten, wann immer sie wollten, sah sich Edwards veranlaßt zu handeln.

»Sie müssen sich um eine Menge Dinge kümmern, die ich vermeiden kann«, sagte Ben. »Wenn ich es nicht schaffe, jemanden wiederzubeleben, muß ich es nicht der Familie erzählen, daß er tot ist. Das muß manchmal hart sein.«

»Manchmal ja«, gestand Marti.

Danny Jones oder seine Schwester Virgie erwähnte sie nicht. Ihr Tod war so sinnlos gewesen, nichts als eine schreckliche Kettenreaktion, die in Gang gesetzt wurde, als jemand Jones einen bewaffneten Raubüberfall anhing, den er nicht begangen hatte. Der afroamerikanische Bestattungsunternehmer aus der Stadt spendete die Bestattungsfeier. Sie war nicht sicher, ob Verwandte der beiden kommen würden.

Theo und Mike kamen lachend an den Tisch gelaufen. Theo, dessen Hemd mit Mehl bestäubt war, stellte eine Thermosflasche auf den Tisch. »Kaffee«, sagte er strahlend. Mike reichte jedem einen Plastikbecher und zog ein paar Zuckerpäckchen aus der Tasche. Immer noch lachend rannten die Jungs zurück in die Hütte.

Sie kostete den heißen Kaffee und schüttete eine Menge Zucker hinein. Ben probierte seinen auch und verzog das Gesicht.

»Theo wird den Dreh schon herausfinden. Er ist genauso klug wie seine Mom. Es gab drei Verdächtige, und Sie haben die richtigen gefunden.« Er lächelte. »Und Sie haben es geschafft, daß die Beweise hieb- und stichfest sind. Ich bin beeindruckt.«

Das freute sie.

Gesellig schweigend nippten sie an ihrem Kaffee, bis Ben sagte:

»Ich glaube, ich werde mein Haus verkaufen, wenn ich zurückkomme. Haben Sie Ihr Haus in Chicago verkauft?«

»Ja.«

»War es eine gute Entscheidung?«

Sie dachte an die Stelle vor dem Haus, wo Johnny seine Schwertlilien gepflanzt hatte. »Ich weiß nicht«, sagte sie. »Ich konnte dort einfach nicht bleiben. Für manche Leute ist es vielleicht gut zu bleiben. Aber ich wäre niemals ...« Sie hielt inne. »Ich hätte mich mit der Situation nicht abfinden können.« Das sah sie jetzt sehr deutlich. »Und ich hätte es den Kindern auch nicht gestattet.«

»Meine Wohnung sieht noch fast genauso aus wie damals, als meine Frau starb.«

Sie bemerkte, daß er seine erste Frau »meine Frau« nannte, als würde die zweite Frau nicht existieren. »Aber Sie haben doch wieder geheiratet?« hakte sie nach, denn sie mußte es wissen.

Er senkte den Kopf und blickte auf seinen Becher hinunter. »Eine schlechte Entscheidung. Ich hätte das Haus verkaufen sollen.« Er schüttelte den Kopf. »Wir kannten uns nicht lange genug, und wir wollten nicht dieselben Dinge. Es war hart für Mike. Ich hätte es nicht tun sollen. Die Scheidung wird bald durch sein.«

»Denken Sie deshalb daran, Ihr Haus zu verkaufen?«

Er sagte eine Weile nichts. »An einem Tag war alles noch gut, und am nächsten Tag war es vorbei.«

»Ich weiß.«

Er sah sie an. »Ja, Sie kennen das«, sagte er. »Das ist eine verrückte Zeit hinterher, nicht wahr?«

Sie nickte.

Ben blickte an ihr vorbei auf die Bäume und dann zu dem Haus hinüber, wo die Jungs das Frühstück vorbereiteten. »Ich habe das Gefühl, es wird Zeit, wieder nach vorn zu schauen. Vielleicht möchte ich deshalb das Haus verkaufen.«

Die Hintertür flog auf. »Das Frühstück ist fertig«, rief Theo. Die Jungs kamen mit folienbedeckten Tellern zu ihnen herüber. Mike hatte eine Flasche Sirup unter den Arm geklemmt. Marti lugte unter die Folie. Darunter befanden sich dünne Pancakes, nicht angebrannt, aber richtig braun. Und Spiegeleier mit einem knusprigen Rand.

Die Jungs sahen sich an, sagten einstimmig »Butter« und rannten wieder in die Hütte.

Mike brachte die Butter. Theo kam mit einem einlitergroßen Terrarium mit den drei Tannenzapfen darin zurück. Er hatte den Wald nachgebaut.

»Ein friedlicher Wald«, sagte er. »Ohne Krieg. So hätte er Dad gefallen.«

Friede. Keine Waffen. Kein Krieg. »Ja, so hätte er ihm gefallen. Genauso hat er es jetzt, Theo. Genauso.«

Theo lächelte und gab ihr einen Kuß. Dann rannte er mit Mike fort. Marti betrachtete das Terrarium. »Theo hat noch nie Frühstück gemacht.«

»Mike auch nicht.« Er probierte den Pancake. »Nicht schlecht für den Anfang.«

Marti sah ihn an, dann die beiden Jungs, die gerade die Hüttentür erreichten. »Ja, nicht schlecht für den Anfang«, pflichtete sie ihm bei und bestrich ihre Pancakes mit Sirup.